KB052834

유흥수 자서전

모자라지도 넘치지도 않았다

[유흥수 자서전]

모자라지도 넘치지도 않았다

초판 1쇄 인쇄 | 2022년 6월 1일
초판 1쇄 발행 | 2022년 6월 20일
지은이 | 유흥수
교정/편집 | 김현미 / 이수영 / 김보영
표지 디자인 | 김보영
펴낸이 | 서지만
펴낸곳 | 하이비전
신고번호 | 제 305-2013-000028호
신고일 | 2013년 9월 4일
주소 | 서울시 동대문구 하정로 47(신설동) 정아빌딩 203호
전화 | 02)929-9313
홈페이지 | hvs21.com
E-mail | hivi9313@naver.com

ISBN 979-11-89169-68-8 (03810)

값:20,000원

* 저자와 협의하여 인지첨부를 생략합니다.
* 잘못된 책은 바꾸어 드립니다.

유흥수 자서전

모자라지도 넘치지도 않았다

하이비전

자서전을 쓰는 이유

'내 인생의 가을이 오면 나는 나에게 묻고 싶은 말이 있다'로 시작하는 윤동주의 시처럼, 이제 내 인생의 가을이 아니라 겨울도 지나고 80고개도 한참을 넘어서니 뭔가 내 일생에 대한 정리가 필요하다고 생각되었다.

내가 어떻게 살아왔는지 스스로 일생을 뒤돌아보고 또 내 후손들에게 그들의 한 할아버지가 어떤 시대를 어떻게 살아왔는가를 기록으로 남기고 싶기도 했다.

먼 옛날 태고로부터 영겁으로 이어지는 과정에서 보면 한 점에 불과한 나의 생애지만, 그래도 내가 살아온 80여 년이란 이 기간도 하나의 시대이고, 그 시대는 한마디로 표현한다면 그야말로 격동의 역사라고 말할 수 있을 것이다.

2차 세계대전의 종료와 해방, 6·25전쟁, 4.19와 5.16혁명,

유신시대와 군사정권, 산업화와 민주화, 그리고 국민소득 100불 미만의 최빈국에서 3만 불 시대의 중진국으로 오기까지의 이 변화무쌍한 엄청난 흐름 속에서 민족의 아픔, 갈등, 고통과 함께 엉키고 찢어지고 물어뜯는 그 살벌한 격동의 시대를 나는 살아왔다.

　나는 그런 시대를 공직자로서 살아왔다.

　폐허의 땅에서 한강의 기적을 이룬 번영이 오기까지 그렇게 달려온 대한민국 호의 한 구석에서 50년 가까이 공직자로 살아왔다. 반은 관리로, 반은 정치인으로 살아온 것이다.

　그러나 나는 역사의 큰 주역은 아니었다. 큰 주역은 아니었지만 그래도 맡은 분야에서 벽돌 한 장이라도 쌓아 올리면서 대한민국 호와 같이 성장해왔다.

대단한 성취는 아니지만, 나름대로 그때 그 시대마다 내 역할에 충실하면서 중요한 역사의 현장에 함께 하기도 했다.

　비록 역사의 줄기를 바꾼 주역은 아니었지만 그 주변에서 보고 듣고 느끼기도 했다. 그리고 그것들을 그때그때 메모와 일기로 남겼다. 버리기엔 너무 아쉬웠다.

　이 책은 그러한 이야기들을 모으고 정리해 본 것이다.

　그래서 내가 쓰는 내 이야기는 보통사람의 보통 이야기에 불과하다. 그때 그 시대는 어떤 생각을 하고 어떤 모양의 세상에서 어떻게 살았느냐 하는 것을 보통사람의 관점에서 남기는 것은 기록으로서도 가치가 있을 수 있다고 생각한다.

　그러나 공적인 기록으로 남기고 싶다기보다 내 후손에게 남기고 싶은 생각이 더 많았기 때문에 사적인 이야기, 세세한 이야기를 많이 포함했다. 그래서 회고록이라 하지 않고 자서전이라 한다.

 아주 먼 훗날 세계 각처로 흩어져 살고 있을 내 혈육들이 이 책을 중심으로 자기 조상을 회고하는 하나의 자료가 된다면 그 이상 나의 바람은 없다.

 이 책을 사랑하는 아내와 가족 그리고 내 후손들에게 바친다.

1장

출생과 학창시절

1. 14대를 이어 온 고향, 합천(陜川)

　나의 출생지는 전형적인 농촌마을인 경남 합천군 야로면 묵촌리이다. 이곳은 나의 16대 선조이신 반곡(盤谷) 유적(柳績)할아버지께서 낙향하신 이래 쭉 살아온 고향이다.

　좀 더 뿌리를 거슬러 올라가면 경기도 남양주시 와부면에 묘소를 둔 18대조 충경공 유량(柳亮)[1]할아버지에 이른다. 그분의 아드님이신 17대조 판윤공 경생(京生) 할아버지는 지금의 서울시장에 해당하는 한성판윤을 지내신 분이다. 그분의 셋째아들인 반곡(盤谷) 유적(柳績)할아버지가 진위 현령을 지내시다 시끄러운 세상을 피해 경남 안의 지역(현재 함양군 안의면)으로 낙향하게 된 것이 이 지역과 인연을 맺게 된 시작이다. 정확한 기록은 없으나 낙향의 이유는 추정컨대 1498년 연산군 4년에 있었던 무오사화를 접하면서 시끄러운 세상과 멀리한 것으로 보인다.

1　본관은 문화(文化). 자는 명중(明仲). 부친은 고려 밀직사 유계조(柳繼祖)이다. 1381년 고려 우왕 7에 생원이 되고, 이듬해 문과 을과에 제1인으로 급제. 전의부령(典儀副令)을 거쳐 판종부시사(判宗簿寺事)가 되었다. 조선의 개국에 협력한 공으로 개국원종공신(開國原從功臣)에 책록되고, 이듬해 중추원부사를 역임하였다. 1404년에 대사헌에 이어 형조판서가 되었으며, 예문관대제학도 겸하였다. 그 뒤 판한성부사 · 이조판서를 거쳐 참찬의정부사(參贊議政府事)에 올랐으며, 다시 대사헌이 되었다. 1413년 문성부원군(文城府院君)으로 진봉되었다가 1415년 우의정으로 승진되었다. 조선의 창건에서 제도 확립에 크게 기여한 명신 중의 한 사람이다. 시호는 충경(忠景)이다.

그때의 기준으로 보면 세상을 등지고 살기엔 가장 적합한 그 야말로 첩첩산중의 심산유곡이다. 다시 그 첫째 아들인 효손 (孝孫)할아버지가 합천으로 거처를 옮기면서 우리 집안은 14대 에 걸쳐 약 400여 년을 대대로 이 합천에서 살아왔다. 족보를 살펴보면 낙향 이후 높은 벼슬을 지낸 분은 없지만 10대조인 치헌(恥軒) 유세훈(世勛)할아버지는 조정에까지 알려진 효자 로, 1615년 광해군 7년에 효자 정려각이 내려졌고 지금도 우 리 고향 향리에 전해지고 있다.

전형적인 농촌 마을이었지만 농사는 없었고 가난한 선비의 전통을 이어 온 가문이다.

정려각

나는 바로 이런 산골 마을에서 1937년 11월 15일에 태어났다. 음력으로는 10월 13일이다. 정축생 소띠다. 호적에는 같은 해 12월 3일로 되어 있으나 신고일에 불과하다.

나는 내가 태어난 날에 특별한 의미를 부여하기 좋아한다. 즉 음력으론 10월 13일 술시, 저녁 8시경이라 한다. 소띠임으로 소가 힘든 일은 다 끝내고 소구간에서 만월이 다 되어가는 달을 쳐다보면서 건초를 반추하고 있는 모습을 상상해 보라. 여유, 풍요, 낭만, 평화를 상징하고 있지 않는가! 그래서 한때 호를 牛月이라고 한 적도 있다.

아버지 유석희(柳錫禧) 님과 어머니 이상이(李相伊) 님 두 분은 7남매를 두셨는데 나는 그중 장남이다. 한 아이는 어릴 때 사망하여 사실상은 6남매인 셈이다.

나는 4살 무렵 일본으로 건너갔기 때문에 고향에 대한 기억은 거의 남아있지 않다. 그때 이미 아버지는 백부(유석렬 · 柳錫烈)와 함께 일본에서 사업을 하고 있었다. 어머니는 나와 바로 밑의 여동생 옥자를 낳고 할머니를 모시고 고향을 지키고 있었다. 그때까지 부친은 한국과 일본을 왔다 갔다 하신 것 같다. 그 후 일본에서 어느 정도 기반도 잡히고 해서 우리 식구 모두가 일본으로 가서 합치게 된 것이다. 우리가 갔을 때는 이미 백부의 사업은 꽤 성공한 상황이었던 것 같다.

2. 일본에서 보낸 유년기

우리가 정착한 곳은 교토(京都)이다. 그곳에 있는 우교우쿠(右京區) 가쯔라(桂) 소학교에 입학하여 귀국하기 전인 5학년까지 다녔으니 나의 유년기는 거의 일본에서 보낸 셈이다.

아버지와 할머니, 할머니 왼쪽 여동생, 오른쪽 필자

인격 형성의 기초도 일본에서 축적되었다고도 할 수 있다. 백부의 사업은 비교적 잘되는 편이었고 아버지도 백부를 돕고 있었기 때문에 일본에서의 우리 생활은 어려운 편은 아니었다.

소학교 시절에 생활에 쪼들린 기억은 전혀 없다.

　주로 야구를 하고 근처 강가에서 수영을 했던 기억이 많고, 그렇게 공부에 압박감을 느끼지는 않았다. 민족 차별감도 그렇게 느끼지 못했던 것으로 보아 넉넉한 유년시절을 보낸 듯하다.

　근간 주일대사로 부임했을 때 교토 출신인 일본 중의원의장인 이부키 분베이(伊吹文明) 의장의 주선으로 가쯔라(桂) 소학교 시절 동창생들을 만날 기회가 있었다. 열 명 정도가 모인 그 자리에서 일본인 동창생들이 약 70년 전의 나를 알아보아 참으로 감회가 깊었다.

　해방이 된 후 대개의 경우 재일교포들은 즉시 귀국하였는데 우리는 그렇지 못하고 4년을 더 있다가 1949년 10월에 귀국했다. 6·25전쟁이 일어나기 8개월쯤 전이다. 그 이유는 백부께서 비교적 큰 사업을 하셨기 때문에 그 재산 반입을 위한 교섭이 길어졌기 때문이라고 들었다. 결국 재일교포 재산 반입 제2호로 가져왔으나 귀국하자마자 그다음 해 6.25가 터지고 결국 그것으로 우리 부친 세대는 끝나고 말았다.

　부친께서는 일본에서의 뒤처리 때문에 우리와 함께 귀국하지 못하고 몇 개월 뒤에 오셨다. 만약 그때 우리 집이 조금만 더 일본에 남았더라면 영영 귀국하지 못하였을 것이니 내 운명은 또 어떻게 되었을까 하고 가끔 생각해보곤 한다.

3. 낯선 도시 부산

　드디어 부모님을 따라 고국에 돌아왔지만 어린 나로서는 새로운 환경에 적응하는 데 어려움을 겪어야 했다. 귀국과 함께 잠시 고향 시골에 머물다가 그 이듬해 부산 수정국민학교에 6학년으로 편입했다.

　편입한 초기에 우리말이 서툴러 반 아이들에게 많은 놀림을 받았다. 또 그들의 억센 부산 사투리는 낯설고 무섭기까지 했다. 반 아이들의 심한 욕지거리가 하도 신기하기도 해서 화장실에서 몰래 혼자 흉내내어 본 일도 있었다.

　학교생활에 조금씩 적응하려고 할 즈음 6·25전쟁이 터졌다. 전쟁이 나자 학교는 군대에 접수되었고 선생님들은 학생들을 이끌고 학교 대신 공원이나 낡은 건물 등으로 전전하며 수업을 이어나갔다. 반우였던 설상대군의 부친이 하시던 설소아과병원 2층에서 공부하던 것도 잊히지 않는다.

　어떻든 나에겐 너무도 새롭고 이상스런 상황이 한꺼번에 닥친 것이다. 그때 어슴푸레 세상에 대해 눈 뜨기 시작한 것 같다. 공부를 해야 한다고 느끼게 된 것도 그 무렵이다. 비록 혼란과 놀라움의 연속이었지만 그 과정에서 겪었던 일들은 내 일생에서 큰 전환점이 되고 큰 깨달음이 되었다고 할 수 있다.

그때 우리 담임선생이 이종욱 선생님이시다. 선생님은 모든 것이 서투른 나를 잘 이끌어주셨고 졸업할 때 우리들에게 주신 "사회의 쓰레기가 되지 말라."는 그 말씀은 내게 큰 울림이 되었다.

선생님과의 인연은 지금까지 이어오고 있으며 반우였던 이기택 군과 함께 서울로 초청하여 한강 유람선으로 구경시켜드린 일도 잊히지 않는다.

일본에서는 운동이나 하고 공부 같은 것은 별로 염두에 두지 않았었다. 여기 와서 중학교에 가려면 시험이 있고 비로소 경쟁이라는 것을 처음 알게 되었다. 부모님도 아이들의 향학에 대해선 전폭적으로 지원하셨고, 아직 그때까지는 좀 여유가 있어 한글 선생까지 구해주셨다. 당장 중학교 입학시험을 봐야 했기 때문이다.

당시 부산의 명문학교로는 경남중학교와 부산중학교를 꼽았다. 그때 중학교 입학시험은 전국적으로 치러지는 국가고시 방식으로 이루어졌는데 나는 다행히 그 시험에서 비교적 좋은 점수를 받아 남들이 선망하는 경남중학교에 진학할 수 있었다. 나는 일본에서부터 야구를 좋아했기 때문에 당시 야구의 명문으로 이름을 떨치고 있던 경남중학교에 왠지 더 마음이 끌렸던 것 같다.

앞에서도 말한 바와 같이 귀국 다음 해 초등학교에 편입하자마자 6·25전쟁이 발발했다. 부산에 있었기 때문에 내 눈에 비친 전쟁의 모습은 죽고 죽이는 참화가 아니라 전국 각지에서 몰려드는 피난민의 행렬로 기억되고 있다.

팔도 사투리가 뒤섞여 북새통을 이룬 당시의 부산은 나에게 세상에 대한 새로운 느낌을 가져다주었으며 특히 서울에서 피난 온 학생들의 단정한 모습은 내게 큰 인상을 남겼다.

부산보다 더 넓은 세상이 있구나 하는 자각과 함께 미래에 대한 막연한 꿈을 가지게 된 것도 그때였다.

6·25전쟁은 우리 민족의 비극이었지만 감수성이 많던 소년기를 보내던 나에게는 새로운 세계를 향해 꿈을 키울 수 있었던 내 인생의 큰 계기가 되기도 했다. 내가 고등학교를 서울로 택한 것도 여기서 시작된 것이다.

4. 학마(學魔)가 낀 학창시절

나는 일본에서 초등학교를 다니던 도중 해방이 되어 곧 귀국할 것이라고 1년을 쉬었고, 중학교에서는 무기정학, 고등학교는 재수하여 입학하였다. 그리고 대학은 6년 만에 졸업하였으니 내 학창생활의 전 과정이 결코 순탄치 않았다. 한마디로 학마가 껐다고 할 수밖에 없다. 그럼에도 굴하지 않고 초등학교부터 대학까지 전 과정을 끝까지 마쳤다.

초등학교 당시 한 해를 쉬었던 것은 나의 의지와는 상관없는 일이었지만 중학교 이후의 학마는 나 자신으로 인한 것이었다. 학창시절에 겪었던 남다른 일들이 당시에는 억울하기도 하고 고통스럽기도 했다. 하지만 지금 돌이켜 생각해보면 그것도 나를 단련시키고 성장시켜준 소중한 거름의 역할을 했다고 생각한다.

만일 순탄하게만 학창시절을 보냈다면 나는 의지도 약하고 겸손할 줄도 모르는 독불장군이 되었을지도 모른다.

■ 무기정학과 학업상

새로 입학한 경남중학교는 특히 야구로 유명했다.

일본에서 소학교 시절부터 야구를 했다는 이유로 나는 경남 중학교에 입학하자마자 야구선수로 선발되었다.

좋아하는 야구를 하게 된 것은 기쁜 일이었으나 실은 내심으로 공부라는 것을 알게 되어 공부를 해야겠다고 생각하고 있었다. 더구나 중학교 2학년 때 반에서 2등을 한 번 했다. 그것은 나에게 있어 큰 의미가 있는 것이었다. '나도 하면 되는구나!'라는 자신감을 가지게 되었기 때문이다. 그러나 야구부에서 벗어날 수가 없었다. 결국 이것이 학마의 불씨가 되었다.

문제의 발단은 3학년 당시 전국 중학교야구대회 예선전에서 비롯되었다. 전국대회에 출전하기 위해서는 지역 예선을 통과해야 하는데 우리 경남중 야구팀이 아쉽게도 예선전에서 탈락하게 된 것이다. 그런데 대회 규정에는 전년도 우승팀에 대해서는 예선전의 성적과 관계없이 본선 진출의 기회가 주어진다는 것이었다.

우리 경남중학교는 전년도에 우승을 했다. 예선 탈락으로 실의에 빠졌던 우리는 쾌재를 불렀다. 야구명문 경남중학교의 명예를 회복할 수 있는 기회를 찾았으니 서울에 올라가서 전국우승을 해서 명예를 회복하고자 했다. 그런데 어떤 이유 때문이었는지 모르지만 학교에서는 전국대회 출전을 허락하지 않았다. 이러한 학교의 조치는 야구부 선수뿐만 아니라 일반 학생들까지도 반발을 불러왔다.

이에 야구부원들은 학교의 출전 불허 방침을 거부하고 우리끼리 서울로 가기로 했다. 철없는 짓이었지만 질풍노도의 청소년기였던 우리는 앞뒤 가리지 않고 서울로 향했다. 하지만 대회 출전도 하지 못하고 다시 학교로 돌아오니 처벌이 기다리고 있었다. 우리는 승복할 수가 없어 이번엔 학생들 사이에서 동맹파업을 하자는 의견이 나왔다.

나의 기억으로는 내가 동맹파업에 크게 앞장섰던 것은 아니었는데 아마도 파업 준비를 우리 집에서 자주 모여서 하는 바람에 주동자로 몰렸던 것 같다.

여하튼 주동자는 곽정출, 백무호 그리고 나 세 사람이 되어버렸다. 결국 동맹파업은 실패하고 주동자인 곽정출, 백무호, 나 세 사람은 무기정학, 나머지 적극 참여자에게는 유기정학이라는 중징계가 주어졌다.

곽정출 군은 나중에 나와 같이 국회의원이 되었다.

무기정학으로 우리 세 사람은 문제 학생처럼 지목되어 졸업때까지 이어졌다. 그 일로 졸업식에서 하나의 해프닝이 생기기도 했다. 무기정학의 주인공인 우리 세 사람은 학업성적은 모두 우수한 편이어서 성적으로만 보자면 졸업 우등상 대상자였는데 학교에서는 파업 주동자에게 우등상을 줄 수는 없다는 의견이 강했다고 한다.

우등상이란 학업성적뿐 아니라 품행이 단정한 학생에게 주는 것이 원칙이라는 이유 때문이었다. 학교 선생님들은 고심 끝에 우등상 대신 '학업상'이라는 상을 만들어 우리 세 사람에게 수여하였다. 아마도 경남중학교 개교 이래 '학업상'을 받은 사람은 곽정출, 백문호, 나 유흥수가 전무후무할 것이다.

■ 학교보다 더 값진 재수생활

중학교 졸업을 앞두고 좀 더 큰 세상을 향해 나가겠다는 포부를 밝히자 부모님께서도 흔쾌히 허락했다.

내가 고등학교 입시를 치르던 해는 최초로 중학과 고등학교 입시가 분리된 해였다. 이전까지는 중학교에 입학하면 자동으로 해당 고등학교로 진학하게 되어 있었지만 중·교교 입시 분리로 출신 중학교와 다른 고등학교로 진학이 가능해졌다. 그것은 나에게 새로운 기회였다. 부산을 벗어나 서울이라는 새로운 세계로 발을 들여놓을 수 있는 계기가 주어진 것이다. 나는 전국의 수재들이 모인다는 경기고등학교에 도전해보겠다는 꿈을 품고 서울로 향했다.

하지만 경기고등학교의 벽은 결코 만만치 않았다. 당시 대부분의 명문 고등학교에서는 입학시험문제 출제 시 동일계 중학교 학생들에게 유리하도록 같은 중학교에서 다루는 교과내용을 출제하곤 했다. 특히 경기고의 경우 경기중 출신 합격자가 대부분을 차지할 정도였다. 나의 입학시험 성적은 일반 교과목에서는 합격이 충분히 가능한 수준이었다. 그런데 음악, 미술, 체육 등 예체능 과목이 문제였다. 예체능 시험문제가 경기중학교 출신 학생이 아니면 맞추기 어려운 문제였는데 특히 미술 시험 때문에 고배를 마셔야 했다.

여하튼 경기고 낙방은 내 인생의 첫 실패였다. 시험에 낙방하고 다시 부산으로 내려가는 열차 안에서 느꼈던 좌절감은 오래도록 잊을 수 없었다. 하지만 첫 좌절의 경험은 내 인생에서 소중한 경험이 되었다.

경기고 입시에서 실패한 나는 재수를 결심하고 부산으로 내려왔다. 부모님은 부산의 어느 명문고교에 들어가면 어떻겠냐며 주선해 주시겠다고 하셨지만 나는 오기가 생겨 꼭 경기고에 가겠다고 우겼다. 당시로서는 요즘과 같이 재수생을 위한 학원도 없던 터라 그저 집에서 책을 읽는 것이 재수생활의 전부였다.

재수 생활이라고는 해도 나는 공부보다는 동서양 고전작품이나 문학작품을 읽으면서 시간을 보냈다. 학과 실력으로 치면 이미 합격할 수 있었던 것이었으니까 굳이 많은 시간을 입시공부에 할애할 필요는 없었다.

　1년간의 재수 기간은 평생을 통틀어 가장 다양한 책을 읽었던 시기라고 할 수 있다. 독서를 통해 나는 새로운 세상을 체험할 수 있었고 세상을 바라보는 시야도 크게 넓어졌다. 청소년 시절에 어떠한 책을 읽고 감동했는가에 따라 그 사람의 평생의 가치관이 결정된다고 해도 과언이 아닐 것이다. 그러한 의미에서 재수시절 읽었던 책들은 내 삶의 질과 방향을 제시해준 소중한 스승이라고 하겠다.

　재수시절 나의 정신세계를 풍요롭게 만들어준 대표적인 작품 몇 가지를 간략히 소개해보고자 한다.
　앙드레 지드의『좁은문』,『전원교향곡』, 괴테의『젊은 베르테르의 슬픔』, 스탕달의『적과 흑』, 헤르만 헤세, 하이네, 윌리엄 워즈워즈의 시 등 닥치는 대로 많은 고전과 문학작품을 읽었다. 이것을 통하여 사유하고, 고민하고 또 교양을 풍부하게 할 수 있었다.
　책을 통하여 만나는 인물들은 나의 유일한 친구가 되었고 나의 꿈과 미래를 응원하는 멘토가 되어주었다.

서양 고전문학이 인간의 본성과 사랑을 생각하게 했다면 한국문학작품은 우리 민족이 처했던 현실과 나가야 할 방향에 대해 생각하게 해주었다. 심훈의『상록수』는 식민지 시절 우리 민족이 겪어야 했던 역사적 현실과 나아가야 할 방향을 보여주었다. 이광수의 작품『흙』의 주인공 허숭의 삶은 열악했던 우리 농촌의 현실을 인식하게 해주었고 두 작품 모두 당시 후진국 신세를 벗어나지 못하고 있던 한국의 청소년으로서 많은 것을 생각하게 하였다. 김대성의 연애소설도 재미있었다.

훗날 대학생이 된 후〈후진국연구협회〉를 만들어 한국을 후진국에서 벗어날 수 있는 길에 대해 모색했던 것도 재수시절 읽었던 이러한 작품의 영향이 있기 때문이 아닐까 한다.

문학작품 이외에 위인들의 삶을 다룬 책들도 많이 읽었는데 『나폴레옹 전기』를 읽으며 새로운 세계를 향한 용기와 결단의 리더인 나폴레옹을 내 삶의 롤 모델로 삼아보자고 흠모하기도 했다.

또한 영국 빅토리아 시대의 번영기를 이끌며 양당제 의회정치를 실현하였던 윌리엄 글래드스턴과 벤저민 디즈레일리의 삶을 다룬 책을 통해 현대 민주주의의 정치에 대해 많은 것을 배울 수 있었다. 훗날 내가 정치인의 삶을 살았던 것도 어쩌면 그 당시에 책을 통해 만났던 위대한 정치지도자로부터 받은 영향

때문이 아니었을까.

데일 카네기의 『카네기 처세술』은 훗날 다양한 사람들과 관계를 맺고 조직의 수장이 되어 리더십을 발휘할 때 큰 도움이 되었다. 특히 저자 카네기가 책에서 강조한 ▲ 상대방의 이름을 기억하라 ▲ 대화할 때는 상대방의 관심사를 화제로 삼아라 등은 지금까지도 내 삶의 중요한 지침이 되고 있다.

상대가 어떤 사람인지를 알려면 그 사람의 서재에 꽂힌 책을 보면 된다는 말이 있다. 즉 어떤 책을 얼마나 읽었는가에 따라 지적 수준은 물론 그 사람의 가치관과 삶의 자세까지 짐작할 수 있다.

내 인생에 있어서도 독서에 몰입했던 1년간의 재수시절은 내 삶의 깊이와 방향을 잡아주고 내 성장의 귀중한 자양분이 되어준 시기였다. 학교에서 정규교육을 받았던 시기보다 독서삼매경에 빠져 지냈던 그 재수시절을 더 귀중하게 여기는 이유가 바로 이 때문이다.

■ 경기고에서 키운 꿈

1년의 재수 기간을 거치고 한 번 실패했던 경기고에 입학하였다. 나의 성취감은 남달랐다. 좌절에 굴하지 않고 해냈다는 자부심이 나를 채우고 있었다. 그러나 그때부터 심하게 기울기 시작한 가세 때문에 어렵게 학교시절을 보낼 수밖에 없었다. 주로 입주 가정교사로 숙식을 해결해야만 했다.

경기고등학교는 전국의 수재들과 최고의 가정적 배경을 가진 학생들이 모인 곳이다. 그런 곳에서 겪게 되었던 심리적 갈등과 사춘기의 감수성을 나는 지금 생각해도 잘 견디고 극복해낸 것 같다. 비뚤어지지 않고 자기 성장을 향해 잘 참으며 정진해 온 것이다. 성적은 중간 정도였지만 상위권으로 들어가기에는 마음 놓고 공부에만 전념할 수 있는 환경이 아니었다.

박찬종, 조용호, 유만근

앞으로 우리나라 각계각층에서 활동하게 될 좋은 친구들을 많이 알게 된 것은 엄청난 행운이었다. 이태섭(국회의원, 과기처장관), 박찬종(5선 의원, 한때 대선후보), 안치순(총리실 행조실장), 한태열(동아일보 기자, 청와대 비서관), 지규억(현대중공업, 삼성중공업 사장), 유효명(재미 의사), 조용호(방송인), 한진규(대우구룹 임원) 등은 고교 시절부터 [한가람]이란 이름의 모임으로 인연을 이어왔다.

특히 우리들 9명 전원이 서울대에 합격했을 때의 감격은 이루 말할 수 없었다. 천하를 다 얻은 것처럼 흥분했던 일들이 주마등처럼 스친다. 그러나 벌써 세 사람이나 고인이 되었다.

그 외에도 지금도 자주 만나고 있는 가까운 친구로는 CJ의

이태섭, 유효명, 김원균

손경식 회장(상공회의소회장, 경총련회장), KBS 가요무대의 만년 사회자 김동건 국민 아나운서, 국제 로타리 활동으로 아직도 바쁜 대우의 윤영석 회장, 그리고 여러 가지 봉사활동에 열심인 김원균 회장 등도 평생을 함께 한 죽마고우들이다.

그중에서도 이태섭 장관과는 친구로서도 모자라 사돈의 인연까지 맺게 되어 그의 아들은 나의 사위가 되었다. 친구와 또 사돈으로 주위 사람들이 부러워할 정도로 우리는 돈독한 관계를 유지하고 있다. 특별한 인연으로 만나 우리처럼 잘 지내고 있는 사람들은 아마 별로 많지 않을 것이라 생까한다. 지금도 우리는 일주일이 멀다 하고 자주 만나고 있다.

고교 시절 하면 또 빼놓을 수 없는 추억이 있다. 고등학교 때 제2외국어에 독일어와 불어가 있었는데 대부분이 독어반이고 불어반이 딱 한 반이었다. 그 반은 고교 3년 내내 바뀌지 않고 갔다. 박찬종, 안치순, 나, 이 세 사람은 모두 같은 불어 반으로 고교 3년 내내 친하게 지냈다. 거기다가 모두 정치 지향적인 공통점이 있었다.

우리의 화제는 늘 정치와 시국이었다. 그러던 중 고3일 때 누구인지 모르지만 '우리 국회에 직접 방청 한번 가보자!'고 제안을 했다. 그런데 국회가 열리는 시간엔 학교 수업이 있는 것이 문제였다. 고심 끝에 우리는 수업을 빼먹고 국회에 참관하러 가기로 하였다. 선생님께는 적당히 둘러대고 국회의사당을 찾아갔다.

국회 방청석에서 본회의장을 내려다보니 신문에서나 접할 수 있었던 정치인들이 단상에서 연설을 하고 있는 모습이 눈에 들어왔다. 조병옥 선생이 내각을 상대로 질의를 하는 모습도 보였다.

본회의장에 쩌렁쩌렁 울리는 목소리와 날카로운 논리로 장관들을 질타하는 장면에서 나는 온몸에 전율을 느꼈다. 동행했던 박찬종, 안치순도 난생 처음 보는 국회 본회의장 모습에 적잖은 감동을 받았던 것 같다. 국회 방청 이후 나는 언젠가 정치인이 되겠다는 꿈을 갖게 되었다.

박찬종 역시 나와 같은 꿈을 가지게 되었을 것이다. 훗날 우리 두 사람은 정치인이 되어 국회 본회의장 단상에 서게 되었으니 당시에 가졌던 꿈을 이룬 셈이다. 안치순 역시 정치를 향해 관직에서 잘 달리고 있었는데 그만 과로로 현직에서 순직하고 말았으니 참으로 안타깝고 슬픈 일이 아닐 수 없었다.

당시 우리 반 담임은 서장석 선생님이었는데 자초지종을 들으시고 엄중하게 꾸짖었으나 큰 벌은 주지 않으셨다. 참으로 인자하고 유능한 스승으로 나는 지금도 존경하고 있다. 나중에 경기고 교장을 하시고 서울시 부교육감을 역임하셨다.

■6년 만에 졸업한 서울법대

3학년이 되면서 본격적으로 진로를 결정해야 하는 시기가 되었다. 평소 책 읽기를 좋아했던 나는 막연히 문학이나 철학 쪽에 관심을 두기도 했다.

그러나 6.25전쟁을 거치면서 아버님이 하시던 사업이 쇠퇴의 길로 접어들었고 내가 대학진학을 앞둔 시기에는 가세가 더욱 기울어 있던 상황이었다. 대학에 진학하더라도 부모님의 지원을 기대하기가 어려운 처지에 문학이나 철학을 선택할 수는 없었다. 집안의 장남으로서 조금이라도 일찍 사회에 나가 자리를 잡는 것이 필요했다. 또한 정치인이 되겠다는 꿈을 이루기 위해서는 법학을 전공하는 것이 좋겠다는 생각이 들어 서울법대에 진학하기로 했다.

학마(學魔)는 대학에 입학한 후에도 가시지 않았다. 1958년 서울법대에 진학한 후 학비와 생활비 모두 나 스스로 해결해야 하는 상황이었다. 당시로는 나만 그렇게 어려웠던 게 아니라 우리나라 전체가 가난에 허덕이던 시절이었다.

　나라가 전쟁 통에 폐허가 될 대로 된 상황이었다. 1인당 GNP가 60불 정도이었으니 오죽하랴. 그나마 명문대 학생이라는 것만으로 입주가정교사 자리를 얻을 수 있었다는 점만으로도 커다란 행운이었다. 숙식을 해결하면서 등록금과 생활비도 조달할 수 있었기에 나로서는 비교적 좋은 조건이었다. 그러나 등록금이 충분치 못하여 등록 반, 휴학 반이었다.

　뒤에서 말하겠지만 4·19 이후 여러 우여곡절을 겪은 후 고시에 전념하였는데, 운 좋게도 졸업을 앞두고 합격하였다. 그러나 휴학이 많아 정상적으로 졸업은 할 수 없어 곧바로 공직자의 길로 접어들었다.

　솔직히 말하면 그때 내 생각은 고시에 합격했으니 이제 구태여 꼭 졸업을 해야겠다는 절실한 생각은 없었다.

　그래서 졸업을 하지 않은 채 경찰 공직자로 임용된 후에 지금의 아내를 만나 교제를 하고 있었는데, 장인께서도 서울법진 출신이라 동창회 명부를 아무리 뒤져도 내 이름이 없다고 나에 대해 의아해하셨다고 한다. 아내가 자초지종을 말씀드리자 장인께서는 아무리 고시합격을 했다고 해도 정식으로 대학졸업장은 반드시 있어야 한다고 졸업을 강력히 권고하셨다. 결국 장인어른의 권유 덕분에 6년 만에 대학졸업장을 받을 수 있었다. 지금 생각해도 참 잘한 것 같다.

대학을 이런 식으로 다녔기 때문에 학교 강의를 열심히 듣지도 못했고 그래서 반우들과의 교우도 적었다. 나는 오히려 졸업 후에 알게 된 대학 동기가 더 많다.

강용식, 김경철, 김기춘, 김대중, 김두희, 김헌무, 이병기, 이상배, 이재후, 이정락, 정성진, 황주명 등은 천맥회로 인연을 맺어 지금까지 이어오고 있다.

조봉균, 전수일 등이 이끌어 온 다사회에서도 졸업 후 많은 친구를 만날 수 있었다. 요즘 자주 어울리는 김도언, 김영진, 원철희, 김거인 등도 졸업 후 가까워졌다.

5. 가난한 나라 청년의 길

대학에 입학한 해는 1958년이었다.

당시는 6.25전쟁의 상처가 여전히 남아있어 경제적으로는 물론 정치적으로도 매우 불안정한 시기였다. 사람들은 가난에서 벗어날 희망을 갖지 못하고 있었고, 정치권은 부정부패로 국민들의 신뢰를 얻지 못하고 있었다. 젊은 대학생들은 조국의 현실에서 희망을 찾지 못하고 뭔가 새로운 변화를 갈구하는 분위기였다. 나 역시 대한민국의 새로운 변화를 절실하게 원하였다. 그것은 가난한 나라의 청년으로서 당연한 고민이었다고 생각한다.

■ 젊은 날의 고뇌를 담은 [한국혁명론]

당시 자유당 정권은 온갖 부정과 부패로 점철되어 있었다. 대한민국은 모든 면에서 열악했다. 정치, 경제, 문화 모든 측면에서 혁명이 필요하다는 분위기가 대학가에는 퍼지고 있었다.

나는 가난한 나라의 젊은이로서 무언가 해야 한다는 사명감이라 할까, 그러한 생각으로 〈한국혁명론〉이라고 하는 대학노트에 분야별로 정리되지 않는 담론을 기록한 것을 시늄도 가지고 있다. 지금 생각해보면 젊은 대학생의 치기 어린 짓이긴 했

〈한국혁명론〉 원고를 적었던 대학노트

지만 그것은 뭔가 혁명이 필요하다는 당시의 사회상의 한 표현이기도 하다. 또한 국가와 민족의 미래를 진지하게 고민했던 청년 유홍수의 흔적이라는 점에서 나에겐 소중한 기록물이 아닐 수 없다.

비록 대학 1학년생에 불과했지만 〈한국혁명론〉을 쓰면서 나름 진지했다. 한국사회 전반에 걸친 문제점과 정치, 경제, 교육, 통일을 위한 방안까지 전 방위적인 나의 고민이 원고에 담겨 있다.

이글은 비록 정리되지 아니한 낙서 같은 것이지만, 내가 그때 그런 생각도 했구나 하면서 무척 애착이 간다.

■ 4.19와 후진국연구협회

1960년 4.19혁명은 한국 젊은이들의 가슴을 뜨겁게 달구었던 대사건이었다.

대학 3학년 때의 일이다. 서울대학교에서는 문리대를 중심으로 시위에 나섰는데 법대생이었던 나는 시위에 적극적으로 나서지는 못했다. 하지만 한국혁명을 꿈꾸었던 청년으로서 4.19는 나를 크게 고무시켰다.

4.19혁명으로 이승만 정권이 물러나고 대학생들 사이에서 새로운 국가건설을 위한 토론이 활발히 전개되었다.

나는 대학생들의 모임인 〈후진국연구협회〉를 결성하는 데 앞장섰다. 〈후진국연구협회〉는 서울 주요 4개 대학

四個大學生들모여
後進國研究協會창립

一二五일하오三시반 시내 미공보원영화실에서는 高麗大、서울大、延世大、 東大등 四개大학(花대동) 여명이 모여 「후○○○○ 진국연구협회」는 창립총회가 개최되었다 이날창립총회 에서는 임원선거와 지도교수를 선대한다음 경의 개국으로 아카데믹한활동을 전개한다 한다

연구경론은 행정부와 입법부에 건의한다 제一차로 一二월二일에 연구 세미나는 둘차기로 하 는데 그제목은 「한국우진성극 복의제과제」로 한우진성극복 그런데 이날선거와 지도교수입 원과교수도이날선거와 간다

◇任員
회장∥安致淳
(서울大法大)
부회장∥金南
梁俊錫(延世大)
總務柳興洙(서
高大
李桂翊(서
울大法大)

의 대표 학생들이 주축이 되어 결성한 학술단체로서 대학생이 주축이 되어 대한민국의 발전을 선도한다는 기치를 걸고 활동을 시작했다.

서울대, 연대, 고대, 이화여대, 경희대 등에서 참여했다. 훗날 국회의원이 된 고대의 강경식, 경희대의 임진출, 그리고 사업에서 성공한 일양토건의 장현수 등이 포함되어 있었다. 나는 산파역을 맡아 주도적으로 모임 결성을 위해 앞장섰다. 회장은 안치순이 먼저 맡고 나중엔 내가 회장을 맡았다. 〈후진국연구협회〉는 다른 대학생 조직과 달리 직접 행동하기보다 세미나 등 연구 활동을 통해 새 국가 건설에 기여하고자 했다. 그 내용을 행정부와 입법부에 건의하여 실제 정치에 적용될 수 있도록 하자는 것이다.

우리는 미국공보원에서 창립총회를 갖고 1차로 〈한국후진성 극복의 과제〉라는 주제로 첫 세미나를 가졌다. 나는 〈한국혁명론〉을 쓰면서 공부하고 고민했던 것들을 토론에 부쳐 결론을 유도하기도 했다.

1차 세미나 이후의 토론에서는 〈남북교류와 우리의 주장〉을 주제로 '가자 북으로, 오라 남으로'라는 다소 과격한 주장을 외치기도 하였다. 그때도 대학가에는 이런 다소 진보적인 분위기가 있었던 것 같다.

그러나 〈후진국연구협회〉는 지속되지 못했다. 4.19에 이어 다음 해 5.16으로 군사정권이 들어서면서 모든 정치활동이 금지되고 대학생들의 활동 역시 족쇄가 채워졌기 때문이었다.
〈후진국연구협회〉를 비롯한 주요 학생 조직에 대해서는 일제 검거령까지 내려졌다.

어느 날 학교에 갔더니 은사였던 배제식 교수께서 다급하게 말씀하셨다.
"야, 너 동대문 경찰서에서 잡으려 왔어. 빨리 피해!"
난데없는 수배자 신세가 된 것이다. 그것은 정치적 격동기를 살아야 했던 대한민국 청년의 운명과도 같은 것이었다.

수배령이 떨어지고 회원들은 뿔뿔이 흩어졌다. 나 역시 서울을 떠나 외가 쪽 친척 소유인 재실(齋室:무덤이나 사당 옆에 제사를 지내기 위하여 지은 집)로 몸을 숨겨야 했다. 허름한 가방 하나를 들고 떠나면서 희망으로 부풀었던 청년의 꿈이 흔적도 없이 사라지는 좌절감을 맛보아야 했던 기억이 지금도 새롭다.

5.16혁명은 국가의 운명뿐만 아니라 나의 진로까지 바꾸었다. 고시공부에 전념할 수 있게 해준 것이다. 외갓집 재실로 낙향하여 시험공부에 전념했다. 가세는 더욱 기울고 나로서는 막다른 골목의 승부였다. 몇 번의 낙방 끝에 행정과에 합격했다. 졸업을 하는 해인 1962년 10월이었다. 그러나 나는 휴학을 거듭한 처지라 졸업하지는 못하고 있었다.

高試 行政科 合格者 발표

내각사무처는 27일 오전 제14회 고등고시 행정과 합격자 38명을 발표했다. 이 고시에서 權丙錠(23·11회예시합격) 씨는 70점으로 수석을 차지했으며 최연소자는 陳穆(21·서울商大준업) 宋相現(21·고려大法4년) 양씨이고 최연장자는 金桓植(39·내각사무처 총무국사무관) 씨로 밝혀졌다. 고등고시행정과의 합격자는 다음과 같다.

▲제1부
張基玉 崔大權 李東勳
金澤秀 李仁秀 金漢赫
車秀明 柳興洙 康祐榮
宋相現

당시 14회는 고등고시로는 마지막이었는데 합격자가 38명이었다. 지원자는 무려 3,000여 명이 몰렸던 것으로 기억한다. 나는 원래 사법과를 지원했으나 계속 낙방하는 바람에 우연히 친구의 권유로 바로 이어 실시된 행정과에 응시했는데 합격했다. 법관이 아닌 행정관이 되라는 운명인가 하고 생각했다.

■ 어느 부처로 갈 것인가

나는 1부 합격자이고 1부 합격자는 대개 내무부로 많이 지원했다. 수습을 거쳐 바로 군수로도 갈 수 있기에 젊은이로서 매력적일 수밖에 없다. 또 경제부흥을 외치던 시절로서 상공부에 가는 것도 하나의 선택이었다.

고민할 수밖에 없었다.

결국 나는 경찰을 택했다. 경찰은 수습을 끝내면 총경 계급을 주었다. 도시의 경찰서장에 해당하는 계급이다. 내가 권력 지향적인 성향이었던지, 내게는 경찰의 길이 큰 매력으로 다가왔다. 정치에 대한 꿈을 가졌던 나로서는 빠른 시간에 이름을 알릴 수 있다는 계산도 깔려 있었던 것 같다.

그리고 우스운 이야기지만 그 무렵 꿨던 꿈도 한몫을 했다.

어느 부처로 갈까 한참 고민 중이던 어느 날 밤 우연히 꿈을 꾸게 되었는데 꿈속에서 나는 갑옷을 입고 말을 탄 자세로 칼을 빼어 들고 있었다. 갑옷과 말 그리고 칼은 흔히 무(武)와 권력을 상징하지 않는가. 이것을 경찰로 가라는 계시로 해석한 것이다.

결국 나는 경찰에서 총수까지 했으니 이처럼 경찰 조직에 몸을 담게 된 것은 결코 우연이 아니고 필연적인 운명이었을지도 모른다고 가끔 생각한다.

2장

경찰에서 시작하다

경찰에 입문하기로 결정하고 내 인생의 출발은 경찰에서 시작되었다.

경찰에서의 나의 관운은 순탄했다.

2년간의 비교적 긴 수습기간을 제외하면 총경 7년 만에 경무관으로 승진했다. 경무관 3년 만에 바로 부산경찰국장 그리고 치안감 승진으로 이어져 본부 1, 3부장을 거쳐 서울 시경국장, 그리고 치안총수인 치안본부장까지 올랐다. 경찰서장은 하지 못했지만 부산, 서울 경찰국장 등 요직을 다 거쳐 총수에 올랐으니 남다른 관운이 있었다고 하겠다. 그때 내 나이 40대 초반이다.

1. 총경으로 출발

1963년 1월 31일자로 내무부 치안국 수습 총경으로 발령을 받았다. 약 2년 정도 수습을 받으면 정식 총경이 된다. 총경은 경찰에서도 상당한 고위 간부이다. 도시의 경찰서장 급이라 하면 제일 이해가 빠를 것이다. 그때만 해도 경찰의 계급이 오늘날처럼 많지 않았다.

총경 시절

그 당시 치안국에 총경이 갈 수 있는 계장 자리가 13개밖에 없었다.

20대의 나이에 이렇게 화려하게 첫 사회진출을 하게 된 것이다.

■ 첫 보직 경남경찰학교 부교장–경찰 정풍운동을 일으키다

내무부 치안국에서 2년 가까운 총경 수습을 마치고 첫 보직
으로서 부산에 있는 경남경찰학교 부교장으로 발령이 났다. 내
나이 27세다. 교장은 경찰국장이 겸직함으로 사실상의 교장
인 셈이다. 치안국에서의 수습기간은 경찰 초년생으로 적응하
고 배우는 기간이었다면 경찰학교 부교장은 본격적으로 지휘관
의 리더십을 보여줘야 하는 자리였다. 나이로 보면 나는 아직
20대에 불과했지만 내가 지휘해야 할 부하 경찰관 중에는 부모
뻘 되는 연배의 직원들도 있었다.

실질적으로는 경찰업무에 처음 접하는 것이고 또 학창생활에
서 바로 경찰 간부로 시작했기 때문에 모든 것을 새로운 각도
에서 보려고 노력했다. 그때만 해도 경찰에 대한 비난이 많았
다. 특히 경찰사회의 부조리는 늘 지탄의 대상이었다. 그래서
부교장 시절 내가 특별히 관심을 가졌던 것은 경찰조직이 구태
를 벗고 새롭게 태어나야 한다는 것이었다. 과거의 폐단과 악
습을 개선하고 진정으로 민중의 지팡이가 되기 위해서는 경찰
스스로 쇄신이 필요하다고 보았다.

그래서 젊은 경찰관을 중심으로 "깨끗하고 새롭고 명예로운
경찰"이라는 캐치프레이즈를 걸고 정풍운동에 나서기로 했다.

당시 나의 상관이던 경남경찰 국장은 정석모 씨(후에 내무장관, 국회의원 역임)였는데 그도 흔쾌히 나의 뜻에 응해 주었다. 지금은 쉽게 말하고 있지만 상명하복의 질서가 엄격한 경찰사회에서 이런 하극상으로 비칠 수도 있는 일에 책임 있는 상사가 동의해 준다는 것이 결코 쉬운 일이 아니다. 정석모 국장은 나중에 또 기술할 기회가 있을 것으로 생각하지만 서울법대 선배이기도 한 참으로 나의 롤 모델이었고 또 나를 아껴주시던 분이다.

당시 정석모 국장도 경찰 쇄신에 대한 의지를 가지고 있었고 그런 일의 주무부서인 경무과를 두고 나에게 일을 맡겼다. 나를 인정했다는 이야기다. 아이디어를 내고 문장을 만드는 과정에서 당시 부산 문화방송의 강남주 기자(후에 부산의 부경대 총장 역임)의 도움이 많았다.

그 내용이 언론에 크게 보도되자 뜻밖에 여론의 관심을 많이 받게 되어 도하 신문에 크게 장식되었다. 경찰조직 상부인 치안국의 입장에서 보자면 하부로부터의 이런 쇄신운동은 곤혹스러울 수밖에 없었다. 하지만 나쁜 일도 아니고, 경찰조직의 정화운동을 펼치겠다는 목소리에 압력을 넣어 혼내기도 부담스러운 일이었을 것이다. 그리하여 이 정풍운동은 경찰조직 전체 차원에서 추진하기로 하겠다는 상부의 약속을 받고 일단락

되었다.

당시 우리는 경찰의 혁신은 반드시 필요한 일이라고 생각했다. 정풍운동의 결과 본래 우리가 원했던 정도는 아니었지만 『경찰윤리헌장』 제정을 이끌어내는 성과를 얻기도 했다.

정풍운동도 운동이었지만 나는 여기서 평생을 같이 교유한 두 사람과 깊은 인연을 갖게 되었다. 한 사람은 국장이었던 정석모 선배이고, 한 사람은 출입 기자이었던 강남주 시인이다.

앞으로도 자주 두 분의 이야기가 나오겠지만 정 국장님은 나의 롤 모델이 되었고 강 총장은 기자를 그만두고 다시 공부를 하여 교수를 거쳐 부산의 부경대학교 총장을 지냈고, 지금까지도 하루가 멀다 하고 소식을 주고받는 친구가 되었다. 그는 저명한 민속학자 겸 시인이기도 하다.

그리고 정석모 국장은 그 후 국회의원, 내무장관으로서 승승장구했고 지금은 그의 아들인 정진석 의원이 선거구를 이어받아 아버지 못지않은 중진으로 잘 달리고 있다.

■ 영국경찰대학 유학

경남경찰학교 부교장으로 2년여 근무한 이후 본부인 치안국 외사과 2계장(일본계장)으로 자리를 옮겼다.

이 시절, 나에게는 또 하나의 특별한 기회가 찾아왔다. 영국

경찰대학으로 유학을 가게 된 것이다. 이는 콜롬보 플랜[2]의 일
환으로 진행된 것이었는데, 나로서는 매우 매력적인 기회였다.
당시 나라 전체로 보더라도 유학생은 많지 않은 실정이었다.
게다가 유학이라 하면 대부분 미국 유학을 가던 시절이었다.
그러나 나는 영국 유학을 택했다.

유학 길 전송 나온 가족들

2 1950년 1월 스리랑카의 수도 콜롬보에서 열린 영연방 외무장관회의에서 캐나다
의 제안으로 채택되었기 때문에 콜롬보계획이라고 한다. 아시아 제국(피원조국)의 생
활수준 향상을 위한 식량 · 운수 · 동력이ㅏ 교육 · 위생 등의 개발을 영국, 캐나다, 오
스트레일리아 등이 원조하는 6개년 계획(1951~1957)으로 발족하였는데, 그 후 수
차에 걸쳐 기간을 연장했다. 콜롬보계획에는 자본원조계획과 기술원조계획이 있는데,
피원조국이 개별적인 개발계획을 제시하고, 그에 대한 양국 간의 쌍무협정(雙務協定)
에 의하여 원조를 제공하는 형식을 취하고 있다.

사실 유학의 길을 택한 데에는 경기고를 다니면서 남몰래 가졌던 꿈같은 것도 작용했을 것이다. 당시의 경기고는 우수한 학생들뿐 아니라 내놓아라 하는 집안의 자제들이 많아 이들이 외국 유학하는 모습을 보고 무척이나 부러워했다. 그런데, 외국의 자금으로 외국 유학길이 열렸으니 이 어찌 기쁘지 않을 수 있겠는가.

나는 영국의 브람실경찰대학을 택했다. 미국에도 경찰대학이 있고 다녀온 경찰관이 많았지만 나는 희소가치를 택했다 할까, 유럽 쪽을 더 보고 싶기도 했고 뭐 그런 기분으로 영국을 택했다.

나로서는 이 기회가 세계를 접하는 첫 경험이었기에 가능한 많은 서양의 문물과 접하고 싶었다. 그래서 영국 유학을 하는 동안 경찰업무를 익히자는 생각은 사실 별로 없었고 이런 기회를 이용해서 유럽의 문물과 접하고 세계를 좀 더 알고 싶었다.

휴가 기간을 이용해 프랑스, 독일, 이탈리아, 스위스, 덴마크, 네덜란드 등 대부분의 유럽 제국을 돌아다녔다. 그 엄청난 유럽의 건축과 문물에 놀라지 않을 수가 없었다. 5천 년의 역사라고 자랑하던 우리나라의 역사는 너무 초라하게 다가왔다. 지금은 세계여행이 일상화 되다시피 한 상황이지만 그 당시로 돌아가서 한번 상상해 보라. 이 젊은 청년의 감동과 느낌이 어떠했을까!! 그리고 대부분의 여행이 혼자였기에 생각하고 사유하는 시간이 많았다. 나의 인생관이라 할까 세계관이라 할까 많은 부분이 이 시절에 형성되었다고 생각한다.

한번은 야간열차로 로마역에 도착했을 때 창가에서 자리 잡았다고 소리치고 난리치는 모습을 보았는데 꼭 우리의 6.25시절 무렵을 떠 올리게 해 혼자 웃었던 기억이 지금도 생생하다. 유럽도 아직 그때는 그러한 수준이었다.

그리고 가끔 주말이면 가깝게 지내던 반우들이 자기 집으로 초대해줘서 같이 주말을 보내기도 했다. 영국의 가정생활과 일상의 문화를 볼 수 있는 좋은 기회였다.

리버풀에서 온 죤 레딩톤의 집에 초대되어 갔을 때다. 죤의 아내는 실비아라는 이름을 가진 변호사였는데 내가 한국식으로 그녀를 부를 때 "Mrs. Reddington" 하고 부르니 그녀가 의아해하면서 "내 이름은 실비아인데 왜 내 이름을 불러주지 않느냐? 너는 나한테 친밀감을 느끼지 않느냐?" 하고 정색을 하는 것이 아닌가. 나는 깜짝 놀라 그런 것이 아니고 동양의 풍습이 그렇다고 하면서 그 후부터 "실비아, 실비아!" 하니 그리 좋아한다. 남의 마누라의 이름을 막 부르는데 그리 좋아하니 이 얼마나 큰 문화의 차이인가!

그들과 함께 영국의 세계적인 시인 윌리안 워즈워즈의 고향

글라스미르를 방문하여 그의 대표작 "수선화"를 읊조렸던 일은 영원히 잊을 수 없을 것이다. 그 존과는 그가 죽을 때까지 교우했으며 내가 국회의원이 되어 만났을 때는 정말 감개무량했다. 그 외에도 몇몇 친구들하고는 최근까지 크리스마스 카드를 주고받곤 했다.

결국 사람이란 다 비슷한 생각을 하고 비슷한 꿈을 가지고 산다는 것을 그때부터 느꼈다. 생활방식이나 문화의 차이는 있다 하더라도 인간은 그 근본에 있어서 다 같은 것이다.

의원시절 런던에서 다시 만난 영국 경찰대학 친구들

이후 미국을 거쳐 1년여의 유학생활을 마치고 귀국했다. 미국은 수박 겉핥기였지만 결국 나는 유럽과 미국을 다 보고 온 셈이다.

이는 나에게 있어 큰 보탬이 되었다. 그때까지만 해도 큰 세계를 접하지 못했던 나로서는 세계의 문화와 세계인의 생각을 접할 수 있었던 좋은 기회였다. 막연하게만 생각해 왔던 세계인의 생각과 의식이 우리와 별반 다르지 않다는 것, 세계 공통의 가치와 윤리가 존재한다는 것 등은 내가 직접 체득한 훌륭한 경험이었다. 다소 글로벌한 나의 의식구조도 어쩌면 그때 형성된 것인지 모르겠다.

■ 경찰서장을 사양하다

영국에서 돌아오면서 경찰전문학교 교수부장을 거쳐 이후 부산경찰국 수사과장으로 근무하게 되었다. 당시 대학 선배이고 고시 출신인 최두열 치안국장(후에 부산시장, 노동청장)이 발령내준 것이었는데, 나로서는 경찰에 몸담은 이후 처음으로 경찰다운 첫 보직을 맡은 것이다. 역시 경찰이라면 교육기관만 맴돌 것이 아니라 수사니 정보니 보안이니 또는 경찰서장 등 이런 것을 해보아야 경찰답다.

역시 수사과장은 할만했다. 겨우 30을 넘긴 약관의 나이인데 모두가 굽실굽실하고 속된 말로 밥도 생기고 술도 생기고 하니 철없는 어린 나이(?)에 우쭐해졌다 할까.

그러나 1년이 조금 지나자 정상천 씨(후에 서울시장, 국회의원, 해수부장관)로 치안국장이 바뀌었다. 그도 고시 출신으로 나를 좋아하고 아껴주는 분이다.

얼마간 지난 후 정상천 치안국장이 나를 불렀다.

"이봐 유 총경, 자네 이제 부산지역 서장 한 번 해봐야지?"

경찰서장이라 하면 한 지역의 치안책임자다. 누구나 원하는 자리였다. 경찰에 투신했다면 당연히 한 번은 거쳐야 할 자리다. 더구나 나는 30대 초반이니 얼마나 멋진가! 그러나 나는 곰곰이 생각했다.

"죄송하지만, 저는 이제 지방 근무는 그만하고 싶습니다. 어느 자리라도 좋으니 치안국 계장 자리로 보내주셨으면 합니다."

"그래? 아니 서장 하면 좋은데 왜?"

정 국장께서는 퍽 의아해했다. 서장 자리면 으레 받아드리리라고 예상하고 또 사실 대개 그러하기 때문이다.

"외람된 말씀이지만 수사과장 하고, 이제 부산에서 서장까지 하면 잘못하다 사람 버리겠습니다."

웃으며 반 농담 식으로 한 말이었지만, 사실 나는 그때 약간의 회의감을 가지고 있었다. 이미 수사과장을 맡으면서 경찰의 부정적인 면을 많이 보았고, 그래서 수사과장, 경찰서장 등으로 지방에서 오래 머물면 잘못하면 나쁜 재미에 빠져 시골 촌놈이 되지 않을까 싶어 겁이 났기 때문이다. 나로서는 아직 젊으니 장래를 생각해야 하는 것은 당연한 일이다. 내 나름의 계산은 서장을 해도 서울에 가서 한다는 생각이었고 지방에서 바로 서울시 경찰로 차고 들어가기는 어려우니 치안국을 거치겠다는 생각도 깔려 있었다. 그러나 이것이 결국 내가 경찰서장을 한 번도 하지 못하고 마는 결과가 될 줄이야!

그런데 뜻밖에 정 국장님은 나를 치안국 인사계장으로 발탁하였다. 어느 부처나 마찬가지지만 인사담당은 자기의 심복을 앉히는 중요한 자리다. 나도 깜짝 놀랐다. 아마도 그때 내가 서장 직을 사양하면서 한 말이 그에게 좋은 인상을 주어서 그가 나를 신임하게 된 것이 아닌가 싶다.

요즘도 그렇겠지만 당시로서도 인사계장을 거치면 다음은 서울에서도 최고의 요직 서장으로 나가는 것이 관례였다.

나는 내심 서울의 요직 서장은 굳었다고 좋아했다. 그러나 나중에 말하겠지만 나는 결국 서장도 하지 못하고 그 자리에서 경무관으로 승진하고 말았다. 그래서 결국 경찰의 꽃이라는 경찰서장도 한 번 하지 못하고 경찰 총수에 오르는 결과가 되고 말았다.

2. 승진에 얽힌 이야기들

■ 경무관 승진

앞에서 말했듯이 나는 진급이 매우 빨랐다. 총경 7년 만에, 33세에 경무관으로 승진했다. 당시만 해도 경찰은 정치권력의 영향을 받던 시절이었다. 그러나 나는 아무런 배경이 없었다. 그런데도 불구하고 승진이 빨랐던 이유는 오히려 내가 아무 정치색이 없었기에 가능했던 일이라고 생각한다. 내부에서 상사들이 고시 출신으로 오로지 실력파로 인정해 준 것이다. 경무관 승진의 경우도 그러하다.

어느 일요일로 기억한다. 정석모 치안국 부국장으로부터 전화가 왔다.

"어이 유흥수, 인사자료 챙겨가지고 서울 00호텔로 오게."

나는 그때 인사계장이다. 당시 정석모 씨는 치안국 부국장이었지만 경찰의 실세였다. 정치계에선 4인체제니 반4인체제니 하던 때였다. 박정희 대통령의 용병술로 권력이 이리 갔다 저리 갔다 할 때다. JP 계와 김성곤 계를 요리조리 박 대통령이 활용할 때다. 그때는 JP가 총리요 오치성 씨가 내무장관이었다.

동향이고 공주고보 선배인 JP 계일 수밖에 없었던 정석모 씨는 국방대학원으로 밀려가 있다가 이들의 복귀와 더불어 다시 경찰의 실세가 된 것이다.

그래서 부국장이었지만 실세로서 경무관 승진 작업을 주도한 것이었다. 보안이 무척 중요한 일이었기 때문에 서울 모처의 호텔에서 은밀히 진행되었다. 나는 자료를 챙겨 부랴부랴 호텔로 향했다. 그때만 해도 내가 경무관 승진이 되리라고는 생각하지도 못했다. 나는 인사계장을 맡고 있었으니 다음 보직은 으레 서울 시내 서장으로 나갈 것이라고만 생각하고 있었다.

호텔에서 3~4일 갇혀서 작업을 하던 중 하루는 정석모 부국장이 뜻밖의 말을 던졌다.

"자네 이름도 하나 넣어놔."

나는 깜짝 놀랐다.

"네?"

"뒤쪽에 넣어 놓으면 올라가다가 짤릴 수도 있으니 중간쯤으로 넣어놔. 기회는 이럴 때 잡는 거야."

어안이 벙벙하지만, 지시대로 중간쯤에 내 이름도 끼어 넣었다. 그때 아마 승진 예정자가 한 10여 명인 것으로 기억한다. 이렇게 나는 쉽게 경무관으로 승진했다. 정석모 씨가 나를 얼마나 아끼고 신뢰했는지 알 수 있는 대목이다.

■ 37세에 부산경찰국장으로 발탁

이렇듯 젊은 나이에 빠른 승진을 하다 보니 당시 한 유력 주간지에 '내무부의 떠오르는 젊은 엘리트'로 기사화된 일도 있다. 지방국에 고건(후에 총리), 치안국에는 유흥수가 선정된 것이다.

경무관으로 승진하고 나서 1년여 간은 국방대학원에 들어갔다. 그리고 나서 치안국 감사담당관, 보안과장을 거쳐 일약 부산시경국장으로 대 영전을 했다. 불과 경무관 4년 만이다. 대개 부산국장 정도의 자리에 가려면 고참 경무관에 몇 군데 지방 국장을 거쳐야만 갈 자리다. 그걸 나는 단숨에 가버린 것이다.

김종필 총리에게 승진 신고

그것도 정석모 씨의 치밀한 계획에 의한 것임을 알았다. 그때 정석모 선배는 치안국장을 마치고 강원도지사를 거쳐 내무부 차관으로 와 있었다. 그러던 중 내무장관으로 홍성철 씨가 부임해 왔다. 박정희 대통령의 심복으로 성격이 원만하고 합리적인 분이었다. 또 홍 장관님은 나와는 일면식도 없었지만 나의 경기고 선배였다. 이런 고리를 활용해서 정석모 차관이 만들어 낸 작품이었던 것이다. 치안국장도 서울법대 선배인 최석원 씨다. 그도 내가 좀 빠르다고는 생각했을지 모르지만 강하게 반대할 수는 없는 입장이다.

그때 내 나이 37세였다.

경찰서장도 못 해본 상태에서 경무관 승진을 하고, 부산 경찰의 총수인 부산경찰국장을 맡았으니, 처음에는 걱정도 되고 속으론 긴장도 됐지만 겉으론 태연한 척해야 했다. 수많은 부하직원이 지켜보고 부산시민이 감시하고 있다. 초기엔 사무실 침대에서 자는 것이 예사였다.

당시 경찰국장 관사가 해운대 바닷가에 있었는데 당시만 해도 무장공비나 간첩의 침투가 해안으로 빈번히 일어나던 시기였다. 밤에 바닷가를 보고 있노라면 저 넓은 바닷가의 어느 한 부분에 무장공비가 침투할지 몰라 두렵기도 했다.

한번은 등골이 서늘해질 만한 사건이 일어나기도 했다. 1975년 부산지역에서 어린아이 연쇄살인사건이 일어났는데, 살해된 어린아이의 배에 '후하하, 죽였다'라는 낙서를 해 놓은 것이다. 지금은 각종 엽기적인 사건이 많지만, 그때만 해도 이렇게 끔찍한 사건이 드물던 시절이라 전국이 발칵 뒤집혔다.

박정희 대통령께서 국무회의에서 빨리 범인을 잡으라고 채근할 정도였다. 상부의 독촉은 이만저만이 아니다. 상황이 이러니 경찰국은 난리가 났다. 나는 이제 끝났다고 생각했다. 대통령까지 언급이 있었으니 내 목이 견딜 수 있을까. 그때 내가 겪은 마음고생은 이루 말할 수가 없다.

부산경찰국장 시절

그러나 관운이라는 것이 있는 것인지 이 사건의 해결도 보지 못했는데 그 후 나는 부산경찰국장에서 바로 치안감으로 승진했고, 치안본부 1부장으로 부임했다.

당시 내무부 치안국은 치안본부로 개편하면서 1부, 2부, 3부의 조직체계를 갖췄다. 1부는 인사, 경리, 예산, 기획을, 2부는 경비, 경호, 보안 등을, 3부는 수사, 정보, 대공, 외사 등의 업무를 담당했다. 1부는 경찰 내부 조직을 관장하는 부서다. 이런 자리에 바로 승진하면서 온다는 것은 이 역시 엄청난 파격적인 인사였는데, 이에 얽힌 재미난 이야기가 있다.

■ 치안감 승진 – 본부 1부장으로

60~70년대만 해도 경찰사회에는 소위 '빽'이라는 것이 아직 통하던 시절이다. 정치인이나 고위급 공무원과 남다른 인연을 가진 소위 '빽' 있는 사람들은 승진에서도 특별한 혜택을 받았다. 하지만 나에겐 특별히 '빽'이라는 것이 있을 리 없었다. 다만 몇몇 나를 좋아한 선배 상사들이 잘 챙겨 준 것뿐이다.

그중에서도 최두열 국장은 처음으로 내게 보직다운 보직을 주었고 정상천 당시 국장도 본부 인사계장으로 발탁하여 승진의 기틀을 만들어 주었다.

앞에서 언급한 대로 정석모 선배 역시 나에게 결정적인 배려를 베풀어 주신 분이다.

돌이켜 생각해보면 늘 직근 상사들이 이끌어 준 것이다. 나에게 특별한 "빽"이 없었다는 것이 오히려 승진에 도움이 되었던 것 같다. 만일 정치적 권세를 이용했다면 한두 번 발탁은 되었겠지만 꾸준히 능력을 인정받고 승진하는 기회를 얻지는 못했을 것이다. 사실 또 내게는 그런 배경도 없었다.

경무관 승진 때의 이야기는 앞에서 했지만 치안감 승진도 재미있는 일화가 생각난다.

1976년 부산시경 국장에서 치안감으로 승진하여 치안본부 제1부장으로 자리를 옮겼다. 보통의 경우 첫 치안감 승진이면 해경대장이나 다른 외각을 한번 거치고 치안본부로 들어오는 것이 관례였다. 그런데 내 경우는 관례를 깨고 그것도 바로 1부장으로 왔으니 대단한 영전이다. 당시 김치열 내무장관은 나에게 "당신은 2계급 승진이야."라고 말했을 정도였다.

내가 치안감으로 승진했을 때는 김치열 장관 때인데 사실 나는 김치열 장관과는 개인적으로 전혀 알지 못했다. 김 장관이 검찰총장으로 있을 당시 부산으로 여름휴가를 왔을 때 공항 영접을 가서 귀빈실에서 만난 게 처음이고 전부였다.

그때 장관은 정복을 입은 나를 보고 "당신은 아직 대학원 학생으로 보이는군." 하고 농담을 건넸다. 나이가 어린데 정복까지 입었으니 더 어려 보였을 것이다. 그 후 얼마 안 가서 그가 내무장관이 되었다.

부산으로 초도순시 왔을 때도 나는 아직 부산시경 국장으로 있었는데 그때 장관을 위한 만찬자리에 나도 동석하게 되었다. 부산시장, 경남지사, 해경대장, 부산·경남 양 경찰국장 등이 참석했다. 만찬 시 술이 한잔 된 상태에서 장관과 한 대화가 아직 잊히지 않는다. 기분이 거나해진 장관은 나를 향해 몇 마디 던졌다.

"국장, 당신 어째 그렇게 젊은가 했더니 고시 합격자라면서?"
"예."
대답하기가 무섭게 장관은 말했다.
"그런데 말이야, 난 고시 합격자가 제일 싫어!"
그 말은 진심이라기보다는 일종의 동류의식의 표현이었을 것이다. 그래서 나도 한잔 마신 김에 대거리를 하고 말았다.
"장관님도 고시 합격자 아니십니까?"
장관은 일본 고등문관시험 합격자였다. 장관의 말이 이어졌다.

"나는 시험 합격한 순간부터 고시는 잊어버렸어."

나도 이어서 맞받았다.

"장관님, 저도 시험 합격한 그 후부터 바로 고시는 잊어버렸습니다."

나이도 젊고 술도 한잔한 김에 이런 말도 했는지 모르겠다.

장관은 고시 합격자가 갖기 쉬운 비 융통성을 벗어나라고 우회적으로 지적한 것이고 나는 이미 벗어났다고 대답한 것인데 장관은 혹 그때의 대화를 좋게 생각했는지 모르겠다. 어떻든 그 후 얼마 안 가서 나는 승진하여 본부로 올라갔다.

김 장관은 당시 박 대통령의 신임이 두터워 실세로 꼽히는 분이었다. 김 장관은 실세답게 경찰개혁을 추진하면서 본부장을 현직 국회의원을 그만두게 해서 영입하고 치안감, 경무관 등을 대거 물갈이했다. 그 과정에서 나도 발탁된 것이다. 그 후 들은 이야기지만 장관 부임 후 밑에 사람들에게 당신이 장관이라면 누굴 승진시키겠느냐고 물어본 질문에 내 이름이 제일 많았다고 한다. 치안감 승진에 대비하여 이미 내부적으로 대상 인물들에 대한 조사를 다 한 상황이었던 것이다.

3. 역사의 소용돌이 속 치안본부 3부장

1979년과 1980년은 한국 현대사에 매우 중요한 시기이다. 유신정권의 몰락과 제5공화국의 탄생 등 역사의 격동기를 나는 치안본부 3부장으로 재직하면서 목격했다.

그때의 치안본부장은 손달용 씨였고 내부무장관은 5.16혁명 주체인 구자춘 씨였다.

치안본부 3부는 경찰의 정보, 수사, 대공, 외사 분야를 책임지는 막강한 자리다. 경찰조직을 통해 접수된 전국의 모든 사건사고 그리고 정보가 모이는 곳이다. 그래서 나는 치안본부 3부장으로서 현대사의 굵직한 사건들을 많이 보고 접할 수 있었다.

비록 주역은 아니지만 그 변방에서 흐름을 엿볼 수 있었던 것이다.

특히 1979년은 현대사의 흐름을 바꾸는 엄청난 사건들이 연이어 벌어진 해였다. 유신정권 몰락의 시발점이 되었던 YH 사건에 이어 국민을 경악하게 했던 10.26 대통령 시해사건과 정치권의 흐름을 바꾼 12.12가 있었다. 그리고 다음 해 벌어진 5.18도 잊을 수 없는 사건이었다.

이러한 것들을 내가 본 대로 느낀 대로 하나의 기록으로 남기고자 한다.

■ YH 사건

1979년 8월, YH 사건은 유신시대 종말을 알리는 서곡이었다.

사건의 발단은 가발 수출업체인 YH무역이 영업 부진으로 폐업을 공고하면서 시작되었다. 폐업 소식을 들은 이 회사 여공 노동조합원 170여 명이 회사 정상화와 노동자의 생존권 보장을 요구하며 1979년 8월 9일 마포 신민당 당사로 들어가 농성을 시작했다.

농성 장소가 야당 당사였기에 언론과 여론의 관심이 고조되었고, 당시 야당 대표인 김영삼 총재가 YH 여공들의 농성을 지지하는 성명을 발표하면서 이 사건은 초유의 정치적인 이슈가 되었다.

사태의 심각성을 인식한 나는 곧바로 휴가 중이었던 구자춘 내무부장관에게 상황을 보고하였다. 구자춘 장관도 급히 휴가에서 복귀하였다.

서울시 경찰국 소속 경찰 병력이 마포 신민당 당사 주변을 철통같이 에워싸고 있는 상황에서 YH 여공들의 농성이 이어졌다. 여공들은 반정부 구호를 외치며 경찰이 강제 진압을 시도하면 건물에서 투신하겠다며 격렬하게 저항했다.

상황이 급박하게 돌아가는 가운데 광화문 치안본부 별관(구 경기도청. 지금은 허물고 녹지대가 되었다)에서 긴급회의가 열렸다. 경찰 쪽에서는 손달용 치안본부장과 내가 참석하고 청와대에서는 고건 정무수석 그리고 중앙정보부 인사도 자리를 함께 했다.

경찰의 입장에서는 강제진압을 하면 불상사가 날 수 있다는 점을 분명히 밝혔다. 대체로 그 자리에 있었던 모든 사람은 동의하는 분위기였으나 중앙정보부(지금의 국정원)만이 강제진압을 강요했다. 정보부 본부의 김정섭 차장보에게서는 나한테 자꾸만 전화가 왔다. 고건 총리의 중앙일보 "남기고 싶은 이야기"에도 나오지만 우리는 무리한 진압을 막으려고 얼마나 애썼는지 모른다. 고건 수석이 김계원 비서실장을 통하여 김재규 부장에게도 건의했으나 막무가내였다.

강제진압을 할 경우 여공들의 투신 등 인명피해가 예상되었고, 그럴 경우 정부는 엄청난 부담을 안아야 하는 상황이었다. 그러한 점을 몰랐을 리 없는 중앙정보부가 강제진압을 주장하는 것을 이해할 수가 없었다. 중앙정보부 측의 강제진압 요구가 계속 이어졌지만 내가 아는 한 경찰은 강제진압 결정을 내리지 않았다. 하지만 결국 강제진압이 이뤄졌다. 추측건대 중앙정보부 쪽에서 공식라인을 무시하고 서울시경에 직접 지시를 내린 것이 아닌가 한다. 당시 치안 책임자였던 손달용 본부장의 양해가 있었는지는 잘 모르겠다.

농성 나흘째인 8월 11일 새벽 2시, 이순구 서울시경찰국장(지금의 서울경찰청장)의 지휘로 병력 1천여 명이 신민당사에 진입 YH 여공들에 대한 강제진압이 실시되었다. 우려했던 대로 그 과정에서 여공 중 한 명인 김경숙 양이 사망하는 사태가 벌어지고 말았다. 옥상에서 투신하여 병원으로 옮겼으나 사망에 이르고 만 것이었다.

경찰의 강제진압을 비난하는 여론이 불길처럼 번져나갔다. 김영삼 총재를 비롯하여 야당의 비난 성명과 강도 높은 발언이 이어졌다. 정국은 파국을 향해 달려가고 있었다.

사태가 점점 심각해지는 가운데 서울 모처에서 대책회의가 열렸다. 내무부장관이 주재하고 중앙정보부와 경찰이 함께 하는 자리였다. 그날의 회의에서는 사건의 정치적인 여파를 줄이기 위한 다양한 대안이 협의되었다.

회의를 마친 후 구자춘 내무부장관이 집무실로 나를 불렀다.

YH 여공 김경숙 양의 사망을 신민당 측의 '부작위에 의한 살인'으로 결론이 나도록 법리를 만들고 그 내용을 여당 유정회 모임에서 브리핑을 하라는 것이었다.

유정회는 유신정우회의 약칭으로서 통일주체국민회의에서 선출된 것이지만 일종의 공화당의 비례대표 국회의원으로, 말하자면 박정희 정권의 정치적 전위조직이라 할 수 있는 의원 모임이다. 같은 여당이지만 공화당과는 독립된 별도의 조직을 운영했다.

나는 그 명령을 받아들일 수 없었다. 김경숙 양의 사망원인은 분명 경찰의 무리한 진압에 있었다. 나 역시 경찰에 몸을 담고 있지만 책임을 피하기 위해 편법을 쓸 수는 없는 일이었다. 법리적으로도 야당에게 '부작위에 의한 살인' 혐의를 적용하는 것은 말도 안 되는 것이다. 내가 법리적인 이유를 들어 난색을 표하자 장관은 화를 내며 소리를 질렀다. 명령에 따르라는 것이다.

철저한 상명하복의 조직에서 최고 직속상관의 명령을 거부한다는 것은 있을 수 없는 일이다. 하지만 그 명령만은 받아들일 수 없었다. 나도 항의의 표시로 서류를 탁자에 내려놓으며 차라리 옷을 벗겠다고 맞섰다. 나도 비장한 결심을 한 것이다.

구 장관도 당시의 경직된 정치 환경에서 나온 말이지 정말 그렇게 하려는 것은 아니었을 것으로 믿고 싶다. 결국 브리핑은 성사되지 않았다.

지금 생각해도 나는 그때 올바른 판단을 했다고 생각한다. 이러한 나의 공직 자세가 결국 50년 가까운 공직생활을 아무 탈 없이 보낼 수 있게 해준 것이 아닌가 생각한다.

YH 사건 이후 정치권은 극심한 대립으로 빠져들었고 결국 박정희 공화당정권은 야당 총재인 김영삼 씨를 국회의원에서 제명하는 무리수를 두었다.

김영삼 총재에 대한 제명 사태는 그의 정치적 고향인 부산과 마산 지역에서 엄청난 저항을 불러왔고 부마사태로 발전하게 된다. 정부는 위수령을 선포하고 군대를 파견하여 부마사태를 진압하게 되는데 그것은 결국 중앙정보부장 김재규에 의한 10.26 박정희 대통령 시해 사건을 초래하게 된다.

결국 유신시대의 종말이 되었던 10.26 사건은 YH 사건의 첫 단추를 잘못 채움으로서 초래된 결과였다.

긴박했던 당시를 돌이켜 생각해볼수록 여전히 풀리지 않는 의문이 한 가지 있다. 박정희 대통령을 살해한 중앙정보부장 김재규는 왜 YH 사건의 강경진압을 그렇게 집요하게 요구했던가?

장기간 좁은 민주당사에서 여공들이 농성함으로써 민주당도 여공도 서로 지쳐 다른 해결의 길이 열릴 수 있었을 터인데 왜 그리 조급하게 무리수를 써야만 했을까? 그만큼 정권 내부가 소통 불능의 경직상태였는지 혹은 김재규의 딴 꿍꿍이가 있었는지 모르겠다. 지금에 와서 확인할 수는 없는 일이지만 장기집권에 의한 권력투쟁과 경직된 지도력 때문이 아니었을까 생각한다.

■ 대통령 시해 사건

1979년 10월 부마사태가 일어나고, 김재규 부장도 사태 파악을 위해 현장에 내려갔다. 부마사태는 심각한 상황으로 발전했다.

학생들의 데모 시위에 일반 시민들이 가담하기 시작하였으니 예사로운 일이 아니다. YH 사건으로 인해 김영삼 총재의 정치적 근거지인 마산지역에서 반정부 감정이 극에 달했다. 삼엄한 경비망을 뚫고 시위대는 게릴라식으로 경찰과 충돌, 경찰차량 6대가 전소되고 12대가 파손되었으며 21개 파출소가 파손 또는 방화되었다. 정국은 급속히 경직되어 갔다.

10월 26일은 충남 삽교천 제방준공식이 있던 날이다. 박 대통령이 행사를 마치고 청와대로 돌아왔다.

어수선한 정국에 지친 대통령을 위로하기 위해 궁정동 안가에서 술자리가 마련됐다. 사건을 주도한 김재규가 마련한 자리였다. 김계원 비서실장, 차지철 경호실장만이 동석했다.

이날 정승화 육군 참모총장은 옆방에서 따로 술을 마시고 있었는데 김재규의 초청이었다. 김재규는 대통령과 술자리를 하다가 정승화 육군 참모총장 자리에도 왔다 갔다 하면서 술을 마셨다. 이런 이유로 정승화 육참총장은 나중에 전두환 보안사령관에 의해 연행돼 조사를 받게 되는 처지에 몰리게 된다.

이날 대통령 경호실장 차지철(車智澈)은 부마사태에 관한 강경진압을 주장하였으며, 중앙정보부장 김재규는 상대적으로 온건한 입장을 취한 것으로 알려지고 있다.

차지철과 김재규의 권력 암투 속에서 결국 김재규에 의한 박정희 대통령 시해 사건이란 엄청난 역사적 사건으로 이어지고 만다. 너무나 비극적인 유신의 종말이다. 여러 가지 그날의 나타난 상황으로 보아 김재규의 계획된 일인 것으로 생각된다.

나도 비상 소집되어 치안본부 별관에서 밤을 새웠는데 한밤중에 대통령 유고를 발표하던 당시 김성진 문공부 장관의 비통한 모습이 지금도 눈에 선하다.

강압정치로 어느 정도 산업화를 이룬 사회에서 일어날 수 있는 민주화로 가는 과정의 어쩔 수 없는 분출이었는지도 모른다.

그러나 나는 우리나라와 같은 후진국에서 빠른 경제성장을 이루기 위해서는 이러한 개발독재는 부득이한 것이었으며 공과는 분명 있지만 그럼에도 불구하고 박정희 대통령의 치적은 평가되어야 한다고 생각한다.

■ 12.12와 5.18

12.12 사건은 1979년 12월 12일, 전두환 장군과 노태우 장군 등을 중심으로 한 신군부 세력이 계엄사령관인 정승화 육군참모총장, 정병주 특전사령부 사령관, 장태완 수도경비사령부 사령관 등을 체포한 사건이다.

10.26 사건 이후 전두환 보안사령관은 합동수사본부장을 맡아 10.26 사건을 수사했다. 하지만 10.26 사건 당시 정승화 육군참모총장이 바로 옆방 현장에 있었고 범인인 중앙정보부장 김재규와 평소 친분이 두터웠기 때문에 정승화가 박정희 대통령 시해사건과 관련이 있을지도 모른다는 의혹이 있었다.

신군부 세력은 이러한 점에서 정승화 총장을 일단은 수사해야 한다는 입장이었다. 그러나 당시 계엄사령관이었던 정승화 총장을 조사하기는 쉬운 일이 아니다. 그래서 일으킨 것이 12.12 사건이다. 일종의 군 세력 간의 파워게임이다. 당시 긴박하던 상황을 우리 경찰 무전에서도 감지할 수 있었다.

적과 아군이 구별되지 않는 상황에서 혼란은 최고조에 이르렀다. 12.12 당시 경찰본부에는 몇 분 단위로 완전히 상반된 지령이 내려왔다. 차량번호 0000은 반란의 수괴 차량이니 보이는 즉시 사살하라는 지령이 내려오는가 하면, 몇 분 후 바로 반란세력은 상대방이며 차량번호 0000을 적극 보호하라는 지령이 하달되기도 하였다.

군은 물론 경찰도 도무지 갈피를 잡을 수 없는 혼란의 밤이었다. 그러나 12.12 사건으로 전두환 장군 등 신군부가 권력의 핵심으로 부상했다. 권력이 신속하게 이동되는 것을 당시 나도 감지할 수 있었다.

한편 박정희 유신체제에서 억눌려 있었던 김영삼, 김대중 등도 1980년 '서울의 봄'을 외치며 정치적으로 영향력을 넓히려 빨리 움직이기 시작했다.

최규하 총리가 대통령 권한대행이고 여당인 공화당의 김종필(JP)은 당 총재가 되었으나 종전과 같은 통일주체국민회의에 의한 대통령 선출은 전혀 할 생각을 안 했다. 그만큼 당시의 사회 분위기는 민주화에의 열망이 강했다고 봐야 할 것이고 JP는 JP대로 신군부가 자기를 지지할 것이라 생각했을지도 모른다.

그러나 신군부는 김영삼, 김대중, 김종필 등의 일체의 정치 활동을 금지시키고, 그들을 체포 연금했다. 정국은 졸지에 얼어붙고 모처럼 유신독재에서의 해방을 기대하던 정치권과 국민들에겐 커다란 충격이 아닐 수 없었다.

이 분통은 광주에서부터 터지기 시작했다. 처음 학생들의 소요로 시작되었으나 시민이 합세하고 위기를 느낀 군부는 그 진압과정에서 다소의 무리가 과해지니 사태는 수습하기 어려운 지경에까지 가고 만다.

시민군이 무기고를 탈환하고 계엄군이 발포로 맞서니 사상자가 부지기수로 발생하고 광주지역은 무법천지가 되어 급격한 혼란에 빠져들었다. 손달용 본부장도 어떻게 할 바를 모른다. 당시 나는 제3부장으로서 경찰을 지휘하는 입장에 있지는 않았지만 이미 경찰의 통제 범위를 벗어난 상태였다. 내 기억으로는 당시 안병화 전남경찰국장이 행방불명 돼 연락이 안 될 정도로 전남지역의 경찰 기능은 정지된 상태였다.

광주사태는 국가적으로 매우 불행한 사태였으며 그것은 아직도 치유되지 않은 민족의 큰 상처이다.

　한 열흘쯤 계속된 이 무정부 상태를 당시 신군부가 다소 무자비하게 진압함으로써 일단 혼란은 수습됐으나 그것이 전두환 정권의 원죄가 되어버렸다.

　광주사태는 평가가 다소 엇갈리나 분명한 것은 그동안 억눌렸던 민주화에의 폭발이며, 민족의 비극임에는 틀림없다.

4. 치안총수에 오르다

경찰 재직 시 나는 승승장구했다. 운이 좋았다고 할까, 움직이면 영전이었다. 치안감까지 순조롭게 달려온 나는 그 후 서울시경국장을 거쳐 치안총감인 치안본부장으로 승진하는 데도 별 어려움이 없었다.

당시 전두환 핵심에서는 12.12 후 바로 내가 서울시경국장을 맡아 사회 혼란을 수습해주기를 권했다. 그러나 나는 그럴

치안본부장 시절

수 없었다. 그때 내가 나이는 젊었으나 경찰 선배는 오직 한 분, 염보현(서울시장 역임) 당시 1부장뿐이었다. 염보현 선배까지 제치고 먼저 시경국장을 맡을 이유가 없었다. 나는 아직 나이도 어리고 갈 길이 먼데 그런 순리가 아닌 길을 택할 필요가 없었다. 결국 염보현 선배가 먼저 시경국장을 맡고 얼마 후 내가 시경국장을 맡게 되었다.

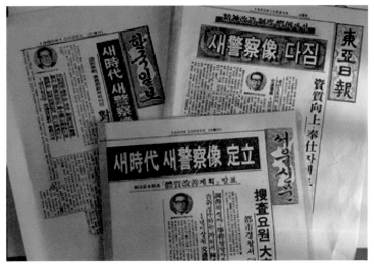

치안본부장 시절 언론 기사

그 후 염보현 치안본부장의 뒤를 이어 1980년 9월 경찰의 수장인 치안본부장(지금의 경찰청장)에 임명되었다. 그때가 경찰 생활을 시작한 지 19년, 불과 43세의 나이였다. 아무리 출발을 간부로 시작했다 하더라도 지금으로서는 생각할 수 없는 고속 승진이었다.

생각해보면 모든 것이 잘 맞아떨어졌다. 다소 정치적인 고려가 작용할 수도 있는 경찰 총수 자리를 앞둔 시점에는 나와 동향이고 그 전부터 나를 아껴주던 전두환 대통령이 있었다. 당시 전두환 실권자가 경찰에 믿는 사람이 없다고 생각하면 국가의 중요한 권력기관의 하나인 경찰 총수 자리에 군 출신이 안 오리라는 보장도 없던 게 아닌가! 치안 총수 자리를 외부에 빼앗기지도 않고 내부적으로도 순서를 지키면서 무리 없는 처세로 경찰 내부 분위기도 매우 좋았던 것으로 기억한다.

당시는 전두환 대통령이 취임하여 강력한 개혁을 선도하던 시기였다. 정권이 바뀌면 늘 그러하듯이 부처마다 내부 물갈이도 적지 않았다. 부정부패를 일소하고 정치적으로도 새로운 분위기를 만들어가야 하던 때였으므로 경찰의 수장인 나도 "새 시대 새 경찰"이란 슬로건 아래 활기 있게 하면서도 큰 내부 물갈이 없이 화합을 깨지 않도록 민주적으로 추진해 나갔다.

■ 통금해제를 단행하다

경찰총수인 치안본부장으로 재임한 1980년 9월부터 1982년

1월까지 약 1년 5개월 동안 나름 경찰의 쇄신과 체질 개선을 위해 많은 노력을 하였다.

턱도 없이 모자라 늘 민폐의 근원이 됐던 수사비 현실화도 어느 정도 달성했다. 또 1980년 5월에 있었던 광주사태의 여파가 남아있던 때여서 무엇보다도 민심을 안정시키고 국내외적으로 좀 평온하고 자유스러운 분위기로 가는 일이 중요했다.

청와대와 정치권에서도 마땅한 대안을 찾기 위해 많은 의견을 모았는데 그 과정에서 논의된 것이 통행금지의 해제이다.

지금의 젊은이들은 통금(야간통행금지)이라는 용어조차 낯설게 들릴 정도이지만 당시에는 밤 0시부터 새벽 4시까지 우리나

▲ 1952년 1월 5일에서 6일로 넘어가는 0시부터 전국 통금이 해제되었다. ⓒ 중앙일보

1982년 1월 5일 야간 통행금지 해제

라 전역이 통행금지가 되고 있었다. 요즘으로서는 상상도 못할 일이지만 이것을 해제하는데도 찬반이 팽팽하게 대립되었다. 통금은 1945년 해방과 함께 진주한 맥아더사령부에 의해 같은 해 9월부터 시행되어 오던 것으로 해제 시까지 36년 동안 시행되어 온 제도로서 갑작스런 해제는 사회적인 혼란의 우려가 있었다.

통금해제를 찬성하는 쪽에서는 국민들의 자유를 보장하고 신장하기 위해 필요한 조치라고 주장하였지만 반대쪽에서는 치안에 구멍이 날 수 있으며 야간에 절도, 강도 등 강력범죄가 들끓게 될 우려가 있다며 시기 상조론을 펼쳤다. 또한 야간을 틈탄 북한의 간첩침투와 활동을 용이하게 할 우려도 있었다.

통금해제로 인해 우려되는 문제는 모두 경찰이 책임을 져야 하는 경찰의 몫이다. 통금해제를 결정하는 과정에서 당시 전두환 대통령은 나를 불러 문제가 없겠는지를 물었다.

전두환 회고록 2권 102페이지에 보면 "유흥수 치안본부장은 즉각 시행에 들어가도 문제가 발생하지 않을 만큼 실무적으로 대비책을 강구해 놓았다고 보고했다."라고 적혀 있다. 갑작스런 국민의 해방감으로 인해 치안수요가 증가할 것은 필지의 사실이며 치안 유지가 우려되기는 하지만 그렇다고 언제까지 국민들의 자유를 제한할 수는 없다는 입장을 확실히 했다.

후진적 요소를 탈피하고 민주국가로서의 보통 모습을 갖추는 일이다. 통금해제로 인한 부작용은 경찰이 책임지고 해결하겠다는 점도 밝혔다.

드디어 1982년 1월 5일을 기해 통금해제가 실시되었다. 통금해제는 국민들의 생활을 획기적으로 바꾼 일대 사건이었다. 외국인 관광객이 늘어나고 심야극장이 성황을 이루는 등 야간 시간을 이용한 여가활동도 봇물 터지듯 증가했다.
　미리 철저한 대비를 한 덕분인지 당초 우려했던 정도만큼 문제는 발생하지 않았다.

나는 지금도 경찰과 관련 있는 이 국가적 대사가 내가 경찰을 떠나는 마지막 날 선물처럼 남기고 떠난 것을 참 감사하게 생각한다. 그날 나는 충남도지사로 발령이 났기 때문이다. 그러나 그 준비는 모두 내 재임 중에 했기 때문에 대통령께서 내가 경찰을 떠나는 날에 통금해제조치를 맞추어주시는 그런 배려까지 하셨는지는 잘 모르겠지만 정말 감사하고 기뻤다.

■ 산업화의 밑거름을 다진 경찰의 역할
　내가 경찰에 재직한 기간은 1963년 1월부터 1982년 1월까지의 꼭 19년 동안이다.

그 시기는 박정희 대통령의 영도하에 경제건설을 위해 총 매진할 때이다. 나 자신은 물론 대한민국 사회에도 엄청난 변화와 발전을 가져다준 중요한 시기였다.

경찰에 입문하던 1963년 당시만 해도 국민소득 60불 내외로서 국민의 생활이 척박한 후진국이었는데 오늘날 우리는 상상도 못했던 선진국의 문턱에 당당히 서있다.

한국은 강력한 리더십으로 산업화를 통해 세계적으로도 유례없는 초고속 경제성장을 이루었다는 점은 그 누구도 부인할 수 없을 것이다.

물론 유신독재라는 부정적 측면도 없진 않다.

또한 그러한 시기의 경찰이기 때문에 경찰도 여러 가지 공과를 따질 수는 있겠지만 그러나 경찰도 경제건설의 대전제가 될 사회치안 유지를 위해 나름대로 기여했다고 생각한다. 사회가 안정되지 않으면 경제건설도 쉽지 않기 때문이다.

같은 시기의 다른 나라와 비교한다면 한국 사회는 매우 안정적이었다. 1960~70년대 한국과 비슷한 수준이었던 필리핀 등 동남아의 경우 당시는 물론 현재까지 각종 범죄와 사회 혼란이 끊이지 않는 것과 비교하면, 당시 한국사회의 치안이 매우 안정적이었다는 것은 부인할 수 없다.

보통은 잊어버리고 눈에 띄지도 않는 일이지만 우리나라의 산업화와 경제 발전을 이루는 과정에 경찰이 보이지 않는 작은 밑거름이 되었다고 말하고 싶다. 그리고 나 또한 그 시기에 경찰에 몸담아 나름대로 국가발전에 작은 기여는 했다고 자부하고 싶다.

경찰의 공과가 객관적으로 평가되고 경찰조직의 구성원 모두가 자부심을 가지고 국가와 국민에 봉사할 수 있는 그런 경찰, 그런 사회 분위기가 이루어지기를 기대해 본다.

■ 화이부동의 자세로

공자는 논어에서 '군자는 화이부동(和而不同)하고 소인은 동이불화(同而不和)한다.'라고 했다. 화합하고 어울리되 같진 않다는 뜻의 화이부동은 내가 경찰조직에 몸담았던 동안 가슴에 새기고 실천하려 노력했던 원칙이었다.

당시만 해도 경찰조직은 아직 일제의 잔재가 많이 남아 있어 국민들로부터 크게 신뢰를 받지는 못하던 시절이었다. 게다가 젊은 나이에 간부로 있다 보니 나보다 나이 많은 부하가 대부분이다. 더구나 당시로는 고시 출신이 많지 않고 또 내 학벌이 주는 선입견 등으로 부하직원들이나 동료로부터 나에게 거리감을 가질 수도 있는 상황이었다.

이것을 어떻게 극복할 것이냐가 제일 큰 급선무였다. 직원들

그리고 동료들과도 화합을 이루기 위해 스스로를 내려놓는 자세를 원칙으로 삼았다. 회식자리에서도 먼저 싱거운 농담을 건네거나 격의 없이 술잔을 부딪쳐 가며 늘 편안하게 어울리며 화합을 위해 노력하였다. 그러나 경찰의 나쁜 폐습은 단호히 배척하겠다는 의지와 원칙은 흔들림 없이 지켰다.

이것이 바로 경찰에서 실천한 나의 화이부동의 자세이다. 화합은 하되 원칙은 반드시 지킨다는 자세를 가졌던 것이다. 부끄럽게도 당시 경찰은 부정한 청탁과 비리 문제가 심심치 않게 터져 국민들의 원성을 사던 때였다. 나는 그러한 문제만큼은

진수식에 참석한 전두환 대통령(오른쪽이 필자)

철저히 선을 그었다. 일선 경찰관들이 박봉과 과도한 업무에 시달리고 있다는 사실을 모르는 것은 아니었지만 그렇다고 지위 고하를 막론하고 공직자가 비리에 연루되는 것은 용납할 수 없는 일이었기 때문이다.

돌이켜 보건데, 수습총경을 시작으로 경찰총수인 치안총감으로 경찰생활을 마칠 때까지 초고속으로 그리고 단 한 번도 말썽 없이 공직을 수행할 수 있었던 것은 초지일관 실천했던 화이부동의 원칙 덕분이었을 것이다.

이 원칙은 나의 공직생활뿐만 아니라 내 일생 동안 내내 계속된 하나의 생활철학이었다.

5. 생각나는 몇 가지 일화들

다음은 경찰에 재직하던 중 생각나는 몇 가지 이야기들을 생각나는 대로 옮겨 본다.

■ 박 장군 예편감이군!

1981년 6월 전두환 대통령은 동남아 순방을 앞두고 안보관계 기관장을 청와대 만찬에 초청한 일이 있었다. 부재중에 나라 잘 지키라는 당부의 뜻을 담은 것이다.

나도 치안본부장으로서 참석했다.

술이 한잔 들어가고 분위기가 좋을 무렵 골프 이야기가 나왔다. 느닷없이 대통령은 수도경비 사령관이었던 박세직 장군에게 물었다.

"박 장군, 골프 잘 치지. 핸디가 얼마냐?"

박 장군은 골프 잘 치기로 소문이 나 있었다.

"예, 싱글입니다."

"아, 그래. 그럼 예편감이군!"

그때는 모두 농담으로 여기고 폭소가 터졌지만 대통령은 나름대로 계산하고 있었던 모양이다.

실제로 외유에서 돌아오자 예편시켰다. 박세직 장군은 육사12기로 잘 나가고 있을 때이다. 또한 그때 신군부가 집권한 이후 군의 득세가 심해서 말이 많았을 때인데 대통령이 본보기로 박 장군을 희생시킨 것이다. 본보기도 아주 거물급을 선택함으로써 일시에 모든 것을 잠재운 것이다. 그 후 그렇게 날뛰던 군세가 꽥 소리 없이 조용해졌다. 그 후 물론 박세직 장군은 총무처 장관으로 기용했고 다시 체육부 장관, 올림픽위원장을 맡으며 잘 나갔다. 이런 데서도 전 대통령의 지도력을 읽을 수 있다.

■ 이완구 총리, 경찰 총경 승진 첫 보직 홍성서장

1981년 이완구 총경을 홍성서장으로 발령 내면서 내가 본인에게 이런 말을 했다. "시골로 간다고 서운하게 생각할지 모르지만 고향에서 서장 잘하면 앞으로 장래 많은 도움이 될 거요." 이 총경의 고향이 홍성이었다. 결국 그대로 되었다.

고향에서 국회의원, 충남도지사를 했고 그것을 발판으로 총리까지 했다. 경찰 출신으로는 유일한 총리다.

이 총리는 나의 막냇동생인 외수와는 양정고등학교 동창으로 그가 경제기획원에서 경찰로 전직해 올 때(1978년)도 나와 상의했고 도와도 주었다.

그는 매우 의지와 집념이 강한 사람이다.

■ 안응모 과장 사표 받으라

김치열 장관 때의 일이다. 여름 가뭄이 심해 한발 지역 시찰에 나선다고 경찰 헬기를 이용했다. 근데 엄청난 사고가 생겼다. 헬기는 2대였는데 장관을 수행하던 비서실장이 타고 가던 헬기가 추락하여 실장이 순직하는 큰 사고가 난 것이다.

그때 나는 치안본부 1부장이고 그 산하에 장비과가 있었는데 그 밑에 항공계와 장비계가 있었다. 당시 장비과장은 안응모(후에 내무장관 역임) 씨였다. 그는 당장 직위 해제되고 장비불량의 책임을 지고 안 과장의 사표를 받으라는 장관의 호령이 떨어졌다. 그때 김치열 장관은 실세로서 하늘의 새도 떨어뜨린다는 정도의 세도가였다. 나는 한 일주일 가만히 그냥 있었다. 그랬더니 장관이 왜 사표처리 안 하느냐고 독촉이 왔다.

나는 장관에게 직접 보고했다. "장관님, 안 과장은 과장으로 부임한 지가 두 달도 안 되는데 안 과장의 사표 수리는 내부에서 좀 가혹하다고 생각할 것입니다. 책임 문제로 사표를 받으려면 전임과장을 받아야 공정하다고 봅니다."라고 소신대로 말씀드렸다. 전임과장 유재덕 씨는 인사과장으로 영전되었는데 장관이 아끼는 사람이다. 김치열 장관은 깐깐한 분이지만 합리적인 분이다. 장관은 아무 말이 없었다. 나는 슬그머니 나와 버려 이 문제는 이렇게 넘어가버렸다. 그 후에도 안응모 과장은 아슬아슬한 고비가 몇 번 있었지만 관운이 좋아 치안본부장도 하고 내무부 장관까지 역임했다.

■ 청와대 부속실장을 통한 직보 라인

전 대통령은 특별히 급한 경우나 혹은 직보할 사항이 생기면 하라고 박이준 청와대 부속실장을 소개하고 대통령과의 직보 라인을 허락해 주었다.

정권 초기의 어려움이 많은 때라 여론 추이, 정책 건의 등을 가끔 올리기도 했다.

경찰 문제로는 딱 한 번 활용했다.

이해구 치안감(후에 국회의원, 내무장관)을 4부장으로 임명할 때다. 4부장은 정보 수사 등을 총괄하는 매우 중요한 자리인데 당시 서정화 장관은 박배근(후에 인천시장)을 앉히고 싶어 했다.

박배근은 4부장 산하의 정보과장으로 있다가 치안감으로 승진하였는데 장관은 바로 4부장을 시키자는 것이다. 나는 먼저 승진한 이해구 치안감이 중앙경찰학교 교장으로 있으니 그를 4부장으로 데려오고 박배근 승진자를 그 자리에 보내는 것이 순리라고 말했다. 그러나 장관은 듣지 않았다. 내 추측이지만 이해구와 나는 같은 고시 출신으로 나이도 같고 사실 친구 같은 사이였으니 그렇게 되면 장관이 겉돌아 갈가 걱정을 한 것이 아닌가 생각된다. 나 또한 박 치안감과는 나이 차이가 너무 많아 좀 불편스럽게 느끼고 있었다.

치안본부의 요직 자리를 본부장이 마음대로 임명 못한다면 말이 아니다 싶어 할 수 없이 박이준 라인을 활용했다. 대통령은 내 편을 들어 주셨다. 대통령의 결심을 얻으러 간 장관은 돌아와서 대통령이 이해구를 4부장으로 하라고 하셨다 하면서 퉁명스럽게 내뱉던 장관에겐 참 미안했지만 그러나 그것이 순리고 지금도 그것은 내가 잘했다고 생각한다.

■ 수사비 현실화

본부장일 때 전두환 대통령에게 경찰 예산 상황을 보고할 기회가 있었는데 그때 수사비 현실화를 건의했다.

사실 경찰의 수사비가 너무 부족하여 그것이 민폐의 근원이 되고 있었다. 이런 내용들을 사실대로 보고를 드렸더니 바로 그 자리에서 민정당 권정달 사무총장에게 전화를 하시면서 경찰 수시비 현실화되도록 예산을 증액시켜주라고 말씀해 주셨다.

그로 인해서 경찰 수사비 현실화가 시작되었다. 물론 그것은 첫걸음에 불과하고 아직 멀었었지만 그것이 하나의 효시가 되어 단계적으로 현실화하여 가는 계기가 되었다고 생각한다.

전 대통령께서는 자기 백시 전기환 씨가 과거에 경찰을 했었기 때문에 비교적 경찰에 대해서는 호의적이고 이해가 빨랐다.

■ 쥐 공(公)에게 빼앗긴 야식

서울시 경찰국장을 할 때다. 5공 초기로서 사회 분위기가 아직 좀 어수선했다. 학생들의 데모도 끝이지 않았다. 집에 가서 발 뻗고 잘 시간이 거의 없었고 하루도 긴장을 풀어 본 일이 없다. 더구나 당시엔 전 대통령의 야간 순시가 잦았다. 그래서 매일이다시피 국장실 옆에 마련된 작은 사무실에서 잤다. 갈아입을 옷도 가져오고 야식도 갖다 놓는다.

그런데 늘 아침에 일어나면 어제 준비해 두었던 야식에 누군가가 손댄 흔적이 났다. 처음엔 같이 밤을 새우는 비서실 직원이 혹시 그랬나 하고 넘어갔다. 그런데 어느 날 밤엔 다리 발가락이 간질간질하고 이상해서 잠을 깨어보니 쥐새끼 몇 마리가 설치고 있는 게 아닌가. 깜짝 놀랐다. 그동안의 야식도 그놈들이 다 해치웠던 것이다. 당시 시경은 북창동의 낡은 건물이었다. 우리는 이렇게 하면서 이 나라의 치안을 이어왔다.

경찰이라는 직종은 그렇게 외국 나들이와는 관계가 많은 곳이 아닌데 나는 사주팔자에 外자 하고 인연이 많은지 경찰에 있을 때도 외국을 많이 간 편이다.

치안국 외사과에 있을 때 일본을 시찰한 것을 시작으로 영국 경찰대학을 가게 되어 1년 가까운 연수를 마치고 나서는 거의 유럽 전역을 여행했다. 그 후 인터폴 벨지움 회의에도 최석원 수사과장을 수행했다. 인터폴에서는 음란물의 불법 국제유통 문제를 열띠게 다루었는데 그 회의를 마치고 그 도시 뒷골목 에로 클럽에 갔더니 그 회의에 참석했던 각국 대표들을 그 자리에서 많이 만나 서로 멋쩍게 웃던 기억이 난다.

치안국 보안과장 때는 인도네시아 자갈타에서 개최된 유엔 마약세미나에도 3주간이나 다녀왔다. 치안본부 3부장 시절에는 하와이, 호주, 필리핀 등을 순방한 기억이 지금도 새롭다. 특히 필리핀에서는 나중에 대통령이 된 피델 라모스 경찰 사령관의 융성한 환대도 받았다.

치안본부장일 때는 남미 순방을 했다.
사실 치안 책임자는 그렇게 쉽게 외국에 나갈 수 있는 것은 아니다. 그런데 마침 남미 칠레에서 경찰사령관인 멘도사 장군이 나를 공식 초청했다. 별 특별한 일도 없었던 것 같은데 왜 초청했는지 잘 생각이 나지 않지만 아마 군사통치국이라는 이미지를 완화하기 위해 이런 초청외교를 많이 하고 있었던 것 같다. 나도 남미는 처음이기 때문에 가고 싶었다.

눈치를 보면서 대통령의 허락을 받아 칠레를 공식 방문하고 페루와 브라질도 방문했다. 당시 군부 독재자로 악명 높던 피노쳇트 대통령도 예방하고 칠레 대십자 훈장도 받았다.

칠레 피노쳇트 대통령

이렇게 사주팔자가 그래서인지 정계에 들어와서도 대부분 외무위원회에서 활동을 하게 되었고 결국은 막판에 주일대사까지 하게 된 것을 보면 운명이라는 것이 있는 것 같기도 하다.

3장

종합행정을 배운
도지사 시절

충남도지사로 재직한 기간은 1982년 1월부터 1984년 3월까지이니 2년 2개월의 그리 긴 기간은 아니다.

하지만 충남지사로 재직하던 시절은 충청남도라는 한 지역을 책임 맡아 행정을 종합적으로 펼쳐보았다는 점에서 매우 보람 있고 자랑스러웠다.

경찰은 일을 만드는 자리는 아니지만 도지사는 예산과 계획으로 일을 만들어가는 자리다.

1. 대한민국의 중심

1982년 1월 5일자로 충청남도 도지사 발령을 받았다. 마음 속으론 출생지인 경남 쪽을 바라긴 했지만 종전부터 치안총수를 마치고 흔히 가던 자리였기에 별 서운한 마음은 없었다.

그러나 평소 전혀 연고가 없는 곳이다. 일도 새로운 것이고 지역도 낯선 곳이다. 다소 긴장되었다. 긴장되기는 나쁜 아니라 충남도 공무원들도 마찬가지였던 것 같다. 치안본부장 출신 도지사가 온다는 말에 긴장됐는지 모른다.

달라지는 것이 많았다. 도청 가까이에 관사도 있고 그렇다 보니 출근 시간도 바쁘지 않게 되었다. 퇴근 후에는 별반 보고 건이 많지 않다. 전국을 상대로 정신없이 돌아가던 경찰 때와는 너무도 딴판이다. 퇴근 후에도 경비전화가 울릴까 초조하던 그런 것은 별로 없었다. 공무원이 이래도 되나 하는 생각이 들 정도였다. 처음엔 버릇이 되어 일찍 출근했다. 별생각 없이 습관적으로 했는데 그렇게 하니 밑의 직원들이 줄줄이 일찍 출근해야 하는 상황이리라는 것을 나중에 알고 일부러 시간에 맞춰 출근하기도 했다.

공무원들의 권위의식이 꽤 있어 보여 속으로 좀 놀랐다. 일반적으로 생각하면 경찰이 계급사회이고 하니 그런 경직성이 더 많으리라 생각되지만 나는 오히려 지방행정 쪽이 더한 것 같았다. 도지사나 군수의 접견실이 지사나 군수 자리는 뚝 떨어져 따로 잡아 아주 권위적이다. 우선 지사실의 권위적인 자리 배치부터 뜯어고치고 시장, 군수실도 이에 따르도록 했다. 좌석에 주단을 깐다든가 하는 것도 못하게 했다.

대통령 순시 시 지역유지와의 오찬 때에도 유지들의 발언도 사전에 제한하고 있었는데 그것도 못하도록 했다.

지위에 맞는 권위는 있어야 하지만 권위의식을 가지는 것은 안 된다는 것이 평소 나의 신념이다.

지금은 많이 달라졌지만 그때만 해도 관존민비사상의 잔재가 아직 남아 있었다. 특히 충청도는 양반과 충절의 고장이라 조심스러웠다. 거기다 나이도 아직 젊은 40대이다.

한번은 예산으로 초도순시를 갔을 때다. 군수실에 지역유지들이 다 나와 있었는데 거기서 친구 아버지를 만난 일도 있었다. 인사를 나누는데 "나 국진이 애비요." 하지 않는가. 고교 동창인 서울대병원의 유명한 외과의사 최국진 박사의 아버지였던 것이다. 그분 역시 의사로서 그 지역의 큰 유지이셨다.

이러하니 매사가 조심스러웠다.

또 나는 도지사 부임과 동시에 우선 경찰 출신이라는 선입견을 없애고 긴장감을 풀어주기 위해 의도적으로 직원들과 자연스럽게 어울리는 자리를 자주 가졌다. 그리고 업무에 있어서도 일방적인 명령보다는 각자의 자율성을 존중하고 합리적인 의견에 대해서는 적극 수용하였다. 말하자면 이번에도 화이부동의 리더십을 실천했던 것이다. 처음엔 다소 경직되어 있던 직원들도 얼마 지나지 않아 도지사인 나와 자연스럽게 소통할 수 있는 사이가 되었다.

나는 도정구호를 '활기찬 새 충남'으로 정하고, 도정방침으로 ▲적극적 봉사행정의 구현 ▲지역개발의 기반조성 ▲총화질서 사회의 건설을 내세웠다.

충청남도는 대한민국의 중심이다. 실제가 그렇다. 사람의 인체로 비교해보면 재미있다. 서울을 머리로 하고 왼쪽 부분이 영남이요 오른쪽이 호남으로 보면 충청도는 제일 중요한 중심에 해당한다. 충남의 忠자는 中心이라는 뜻이니 충남을 우리나라의 중심으로 가꾸어 나가자고 충남인의 자존심을 북돋아 주었다.

재임 중에 이룩한 생각나는 몇 가지만 기록으로 남길까 한다.

2. 충남발전의 물꼬를 트다

지금은 서해안 지역이 중국과의 교류 등으로 많은 개발이 이루어져 있지만 당시만 해도 충남은 대전 등 대도시를 제외하고는 오래된 농촌지역이 대부분이었다.

■ 도로 포장률 전국 1위 실현

처음 도지사로 부임하여 업무보고를 받아보니 충청남도는 전국의 아홉 개의 도 중에서 인프라 환경이 가장 열악한 수준이었다. 당시 도로 포장률만 보더라도 전국 평균인 39.9%에 훨씬 못 미쳐 전국 최하위 수준인 실정이었다.

그래서 우선 추진했던 것이 좁은 비포장도로를 넓히고 현대화하는 일이었다. 교통 인프라를 갖추어야 민간기업의 유치나 물류의 활발한 이동이 가능하고 지역의 발전도 이룰 수 있기 때문이다.

문제는 역시 예산이었다. 사회간접자본을 확충하기 위해서는 중앙정부로부터 예산을 따와야 했다.

당시 전두환 대통령께서는 평소 현장 확인주의 지도력을 많이 발휘하셨는데 지리적으로도 가까운 점도 있었지만 여하튼 충남을 자주 방문하셨다.

아마 거의 한 달 간격으로 오신 것 같기도 하다. 너무 자주 오시니까 유흥수를 아껴서 그런 것 아니냐 하는 식으로 말이 나기도 했다. 나하고는 동향이고 대통령 되기 전부터 아는 사이라는 것이 소문이 나 있었기 때문이다. 아무튼 그런 말들은 내가 일하는 데는 나쁘지 않았다. 그런 기회에 충남 실정을 자주 보고 드릴 수 있었고 중앙부처와의 업무지원도 좀 수월했다. 또 도로예산을 쥐고 있던 당시 건설부장관이었던 김종호 장관의 도움도 컸다. 김 장관은 내가 국방대학원 재학 시 부원장으로서 개인적으로 아주 가까웠다. 군대에서는 스캇치 김으로 통할만큼 술도 강하고 활달하고 화끈한 사람이었다. 영호남 출장길에는 늘 대전에서 나하고 한잔하고 갈 정도였다.

그러한 노력 덕분에 나의 재임기간 동안 충남의 도로 포장률이 전국 최하위에서 1위로 급상승하는 성과를 거두었다.

그중에서 생각나는 것을 꼽는다면 보령시에서 대천해수욕장을 잇는 대해로 건설을 들 수 있다. 당시 지역주민들의 숙원사업이었던 대해로 건설로 교통편의는 물론 지역의 상권이 활성화 되는 효과를 얻을 수 있었다.

대해로 확장공사 기념비

■ 기공식 후 변경시킨 공주대교 4차선 확장

또 하나 기억나는 일로 공주대교 확장공사를 들 수 있겠다. 공주대교는 공주시의 강 남북을 연결하는 다리로 이 또한 공주 시민들의 숙원사업이었다. 당초 주어진 예산 때문에 왕복 2차선으로 설계가 잡혀있었는데 향후 교통량 증가를 고려할 때 왕복 4차선으로 확장하는 것이 절대 필요하다고 판단했다.

이를 위해 건설부장관을 비롯하여 국회의원 등 영향력을 가진 인사들이 올 때마다 4차선 교량의 필요성을 역설하였다. 하지만 이미 잡혀있던 계획을 수정하는 것은 많은 예산이 수반되는 일로 쉽지 않았다.

많은 애를 썼지만, 결국 공주대교 확장공사는 원안대로 2차선으로 결정되어 기공식을 갖게 되었다. 기공식 자리에는 주무부인 김종호 건설부 장관과 공주 출신인 정석모 의원 그리고 공사를 맡았던 현대건설의 이명박 사장(후에 대통령 역임)도 참석하였다.

그날 저녁 대전 시내에 조촐한 주연상을 마련했다. 정석모 의원이나 김종호 장관이나 모두 개인적으로는 나와 매우 가까운 친분을 맺고 있는 두주불사의 주량을 가진 분들이라 그때 유행하던 폭탄주가 여러 번 돌고 분위기는 화기애애했다.

술잔이 몇 순배 돌고 분위기가 무르익었다고 생각할 즈음에 나는 한마디 말을 꺼냈다.

"장관님, 충남을 대표하는 공주대교가 고작 2차선이라는 게 말이 됩니까?"

공주대교는 국도이기 때문에 순수 국비로 건설한다. 나는 김 장관의 호쾌한 성격을 알기 때문에 술을 빙자해서 밑져 봤자 본전이라는 생각으로 한번 던져 본 것이다. 그러자 이 지역 출신인 정석모 의원도 기다렸다는 듯이 거들었다.

"거물 장관이 이래서야 됩니까? 거물은 거물답게 해야지요."

나는 내친김에 한 마디 더했다.

"충청남도는 국토의 중심이라는 뜻의 충(忠)자가 들어간 고장입니다. 국토의 정중앙인 충남도의 대표적인 다리를 놓는데,

기왕에 할 거면 4차선으로 해야 정부의 체면도 서고 김종호라는 이름도 영원히 남는 것 아닙니까!"

내 말을 듣고 있던 김종호 장관은 호탕하게 웃으며

"그래요, 그럼 그렇게 합시다!!"

그 자리에서 4차선으로 하자고 결정을 내렸다. 술자리에서의 일이라 과연 그렇게 될까 걱정을 했는데 그대로 되었다. 기공식까지 마친 상태인데 즉석에서 계획이 수정된 것이다.

지금 같으면 생각할 수도 없는 일이지만 이런 에피소드가 있었다는 것을 남기려고 여기 적었다.

3. 독립기념관 유치

충남지사 재임 시 가장 보람된 일은 천안에 독립기념관을 유치한 것이다.

해방된 지 40년이 다 되도록 대한민국을 상징하는 독립기념관이 없었다는 것은 국가적으로 부끄러운 일이었다. 그런데 1982년 일본의 역사교과서 왜곡이 계기가 되어 국민적인 참여로 독립기념관 건립이 추진되었다.

독립기념관의 위치를 어디로 할 것인가를 두고 많은 의견이 오갔는데 3.1운동 당시 아우내장터 만세운동이 있었던 충남 천안이 독립운동의 상징지로 가장 적합하다고 생각했다.

다른 지역에서도 독립기념관을 유치하기 위한 물밑 경쟁이 치열했다. 그중에서도 특히 경기도가 열심이었다. 나는 여러 전문가들의 의견을 모아 지금의 흑성산 기슭이 제일 적합하다고 결론을 내고 중앙의 관심 끌기에 전력했다. 그때 주무부인 문화공보부 장관인 이진희 장관에게 설명도 했다. 결국 전두환 대통령이 헬기로 현지로 내려와서 내가 흑성산 산정에서 설명을 드렸다. 충청도는 한반도의 중심이며 충절의 고장이며 3.1운동의 상징성을 강조한 결과 지금의 이 위치에 독립기념관이 건립될 수 있었던 것이다.

독립기념관의 첫 삽을 뜬 것은 충남지사에서 청와대 정무2수
석으로 자리를 옮긴 1984년 광복절이었다. 그날 나도 이미 도
지사 자리는 떠났지만 독립기념관을 이 자리에 유치한 사람으
로서 기공식에 초대되었는데 참으로 감개가 무량했다.

오랜 세월이 지났지만 지금도 중요한 행사 때나 학생들의 민
족의식 고취를 위해 많은 사람들이 천안 독립기념관을 찾는 모
습을 볼 때마다 뿌듯한 자부심을 느끼곤 한다.

↑ 흑성산에서 전두환 대통령께 설명 중   독립기념관 기공식(맨 오른쪽이 필자)↓

상복절·독립기념관 기공

4. 구마모토현과의 자매결연

   또 다른 의미를 두고 추진했던 사업 중에 충청남도와 일본
구마모토현(熊本)이 자매결연을 맺어 문화교류를 활성화한 것
을 들 수 있다.

충청남도 구마모토현과 자매결연 기사

구마모토현은 일본 규슈 지방에 있는 현으로 옛날 백제의 영향을 많이 받았다고 보는 현이다. 구마모토는 한문으로 熊本이라고 쓴다. 백제의 옛 수도가 곰나루 즉 熊津이다. 뭔가 유래가 있는 것 같다. 또 일본말로 백제를 "구다라"라고 읽는데 이것은 백제의 옛 도읍터인 구두레(지금도 이 지명이 부여에 있다)에서 유래된 것이 아닌가 싶다. 그만큼 구마모토와 충청도가 관련이 깊다는 것이다.

1983년 내가 자매결연 협정조인을 위해 구마모토를 방문했고 이듬해 호소가와(細川) 지사가 대전을 방문했다. 호소가와 지사는 나중에 일본 총리까지 되었다.

이 자매결연은 한국과 일본 간의 도(道) 수준의 자매결연으로는 최초이다. 지금은 서로 공무원을 교환 근무시키는 정도로 발전되어 있다.

내가 주일대사가 되어 구마모토현을 방문한 일이 있었는데 그때 현 우라시마(蒲島郁夫) 지사 이하 전 직원이 도열하여 환대를 해주어 너무 감격했던 일이 지금도 기억에 생생하다.

5. 프로야구 역사적인 첫 시구

　1980년도는 여러 가지로 정치 및 사회 상황이 혼란했던 만큼 정부에서는 민심의 안정을 위한 많은 노력과 시책이 강구되었다. 프로씨름이나 프로야구의 창설도 그중 하나라 할 수 있다. 국민의 관심을 정치 이외의 곳으로 돌리게 하자는 것이다.

　1982년 3월 첫 개막한 프로야구는 오늘날 국민들의 사랑을 받는 대표적인 스포츠로 성장하였다. 그런데 이 프로야구가 창설된 이후 첫 시구자가 내가 되는 영광을 가진 것이다.

프로야구가 창설된 이후 첫 시구

114

프로야구가 생기고 첫 시합이 OB베어스와 MBC청룡 팀의 시합이었다. 이 개막 경기가 OB가 대전에 연고를 두었기 때문에 대전공설운동장에서 개최하게 되었다. 그래서 그때 도지사를 하고 있던 내가 첫 시구를 하게 된 것이다. 그때 명투수 박철순 선수와 박용곤 구단주가 옆에 서 있었다.

그 후로는 김영삼 대통령을 비롯해 많은 대통령께서 시구를 하셨다.

또한 그해 대전에서 소년체전이 개최되었고 이런 것을 계기로 침체해 있던 충남체육을 활성화시키기 위해 체육 성금도 꽤 만들어서 남겨놓은 것으로 기억된다.

그 후 나는 청와대 정무2수석비서관으로 옮겨 국회로 진출하게 되었지만 도지사로서의 2년 남짓 짧은 기간에 보람된 일을 많이 남겼다고 자부한다.

그러나 그때 아직 나이도 어려 경륜이 미숙한 데서 오는 시행착오도 많았으리라 생각하지만 그 당시의 예하 공직자들과 충남도민의 사랑 속에서 잘 마칠 수 있었음을 늘 감사하고 있다.

충남도지사 시절에 이 지역에서 같이 기관장을 했던 사람들끼리 솔밭회(서울 한밭회의 준말)라 하여 35년이 지난 지금까지 친목 모임도 계속하고 있다. 심대평 당시 대전시장, 장정열 육군교육사령관, 최인기 당시 부지사, 이범경 KBS지국장, 박일흠 지검장, 이병후 법원장, 함택삼 경찰국장, 장호경, 김종명 보안대장, 박규열 건설청장 등, 이제 모두 90을 바라보는 노인들이지만 한때 충남에서 기염을 토하던 사람들이다.

6. 청와대 수석비서관으로

1984년 3월, 2년 2개월의 지사생활을 끝내고 대통령 정무 제2수석비서관으로 발령을 받았다. 안응모 씨가 충남지사로 오고 나와 맞바꾼 것이다.

나는 그동안 민정당의 권익현 대표와 꾸준히 그다음 해에 있을 12대 국회 출마가 얘기되고 있었기 때문에 그 전초적인 인사라는 것을 짐작하고 있었다.
청와대에 들어와서 출마 준비를 하라는 것이다. 항간에서는 아무도 그런 눈치를 채지 못했다.

청와대 강경식 비서실장 주관
수석비서관 회의

4장

정치인의 길

나는 4선의 국회의원과 말년에 일본대사까지 역임했지만 정치적으로 크게 스포트라이트를 받은 정치인은 아니다. 정당에서도 당 대표나 원내대표와 같은 언론의 주목을 받는 직책을 맡지도 않았다. 하지만 나는 정치인으로 살아온 삶에 대해 조금도 후회하지 않는다.

그때나 지금이나 정치인이라 하면 좋은 평가를 받지 못하지만 나는 당당하게 살아왔다고 생각한다. 그것은 내가 스스로 택한 길이기도 하지만 또 정치인이 지켜야 할 철저한 윤리의식을 지키며 어떠한 유혹에도 흔들림 없이 정도를 걸어왔다고 자부하기 때문이다.

정치에 처음 입문한 12대 국회부터 16대 국회의원을 끝으로 스스로 불출마를 선언할 때까지 정권이 다섯 번 바뀌었다. 전두환 대통령 당시 여당의원으로 국회에 진출하여 김대중, 노무현 정권에서는 야당의원으로 정치를 하였다.

대통령이 바뀔 때마다 많은 동료의원들이 이런 저런 문제로 낙마하거나 입방아에 오르고 심한 경우 법정에 서야 했지만 나는 단 한 번도 그런 일이 없었다. 당명이 바뀌어 당의 이름은 달라졌지만 한 번도 당적을 옮긴 일도 없다.

욕심을 버리고 내 분수대로 정도를 걸었기 때문이다.

나도 정치에 발을 들여놓을 때는 나름대로 야망도 있었고 꿈도 컸다. 그러나 정치라는 현실에 부닥쳐보니 젊은 시절 낭만적으로 생각하던 그런 것이 아니라는 것을 점점 깨닫게 된 것이다.

권모와 술수에도 능해야 하고 거짓을 진실처럼 태연히 말할 수 있는 후안과 배짱이 있어야 한다. 일정한 위치에 올라가면 머리의 싸움이라기보다 체력의 싸움이다. 체력도 감당하기 어렵고 집념도 약하다. 결국 내가 내 분수를 알았다는 것이다.

그래서 나는 보통의 정치인이다. 여기 쓰는 이야기도 보통정치인의 보통 이야기다. 다만 있는 그대로 − 부끄러운 이야기도 모두 고백하여 남기려 한다.

1. 자네, 국회에 가서 나 좀 도와주게

■ 나의 정치적 고향, 부산 남·해운대구

청와대에서 정무2수석비서관으로 근무하던 1984년 5월 9일 아버님께서 돌아가셨다. 장례를 치르고 고향인 합천 선산에 모신 후 사무실로 복귀했을 때 전두환 대통령은 아버님을 보낸 아들의 마음을 위로한 후 잠시 자리에 앉으라고 하더니 "자네 다음은 국회에 가서 나 좀 도와주지."라고 하시는 것이었다. 다음 해에 있을 총선에서 국회로 진출하라는 이야기다.

사실 이것은 예상하고 있었고 언제쯤 대통령의 말씀이 있나 기다리던 중이었다. 내년 총선 출마는 당의 권익현 대표와는 이미 상의하고 있던 내용이었고 청와대로 자리를 옮긴 것도 그 때문이다. 아마도 당에서 나의 총선 출마와 관련된 내용을 대통령께 건의했을 것이다. 대통령께서는 나에게 부산에서 출마하면 어떠냐며 구체적으로 지역구 얘기까지 하였다.
나와 당이 의논하고 있었던 곳은 출생지인 합천이었기에 순간 약간 당황했다. 대통령은 상세히 부산의 몇 군데 지역구까지 제시해주었다. 대통령의 뜻에 따르겠다고 하고 물러났다.
사실 합천은 조상들이 오래 살아온 고향이긴 하지만 나는 출생만 했지 전혀 다른 연고가 없다. 반면 오히려 부산에선 소학교와 중학교를 나오고 두 번이나 근무도 했다. 합천보다 부산이 훨씬 연고가 많은데 왜 합천을 생각했을까. 뭘 몰라도 한참 몰랐던 것이다.

나는 심사숙고 끝에 부산에서도 토착성이 약한 새롭게 개발되어가는 남구, 해운대구를 택했다. 그 당시 선거구 명칭으로서는 부산 제5지구당이다. 당시는 중선거구로서 2명을 뽑을 때였다.

지금도 나는 당에서는 합천으로 추천했을 것으로 생각하는데 왜 부산으로 권유하셨는지 지금은 짐작되지만 그땐 몰랐다. 그렇지만 나로서는 그것이 얼마나 잘된 일인지 나중에 가서야 알게 되었다.

여러 면에서 부산 지역구를 택한 것이 나에겐 훨씬 좋았던 것이다. 농촌지역이 선거하기가 쉽다고 생각했는데 실은 그렇지 않았다. 초선 당선은 농촌지역이 쉬울 수 있어도 대부분 재선 정도로 정치생명이 끝나기가 쉽다. 그 덕분에 부산에서 한 번 낙선하긴 했지만 4선을 할 수 있었고, 이 지역은 나의 정치적 기반이 되어 제2의 고향이나 진배없게 되었다.

■ 술로 시작한 첫인사

대통령의 뜻을 받아 본격적으로 12대 총선을 준비하기로 하고 지역구인 민정당 부산 제5지구당(남구·해운대구) 위원장으로 출발을 했다. 1984년 10월이다. 지역에 내려가 보니 예상과는 달리 지역구 당원들의 사기가 떨어져 있었다. 사정을 알아 보니 학자 출신이었던 전임 위원장이 건강문제로 지역구 관리를 적극적으로 하지 못한 것이 원인이었다.

나는 총선에서 승리하기 위해서는 무엇보다도 당원들의 사기를 높이는 것이 첫 번째 과제라고 생각하고 당원들과의 상견례를 겸해 저녁식사 자리를 마련하였다.

내색은 하지 않았지만 나도 정치판엔 처음 발을 들어놓는 자리였기 때문에 나름대로 긴장되었다. 나의 이력을 미리 접했던 당원들도 다소 경직된 분위기였다. 그도 그럴 것이 경찰 총수 출신에 도지사와 청와대 수석비서관을 거친 사람이라고 하니 매우 권위적일 것이라는 선입견을 갖고 있지 않았나 생각된다.

그러나 나는 당원들과의 첫 만남에서 그러한 선입견을 한 번에 날려버렸다. 거기에는 남들에 비해 비교적 센 편이었던 술 실력(?)이 한몫했다. 자리를 돌며 당원들 한 사람 한 사람에게 일일이 술을 따라주면서 파이팅을 강조했다.

그 당시 당의 동 책임자를 지도장이라 했는데 내 지역구는

48개의 동이 있는데 그때 48명의 지도장 전원이 모였다. 48명을 다 1대1로 술을 주고받다가는 견딜 수 없을 것 같아 당시 유행하던 이순신코냑이라 하여 소주와 인삼드링크를 칵테일 한 것을 맥주 잔에 가득 채워 내가 우선 한 잔 다 마시면서 "이 첫 잔은 모두 여러분에게 인사차 내가 한 잔씩 드리니 이 잔을 거절하는 사람은 내가 여기 위원장으로 온 것을 싫어하는 것으로 간주하겠다."하고 시작했다.

내가 일일이 직접 좌석을 돌면서 권하니 안 마실 수가 없다. 큰 맥주잔에 입을 떼지 않고 한숨에 마시게 하고 한 바퀴 돌고 나니 반쯤이 나가 떨어졌다. 나머지 사람하고 주고받는 것은 자신 있었다. 분위기는 물어 익어 "새로 온 위원장 괜찮네!" "사람 좋다" "술 쎈데!" 등 별별 소리가 여기저기에서 나기 시작하며 처음에 경직되어 있던 분위기는 눈 녹듯이 사라지고 마치 십년지기라도 된 듯이 부둥켜안고 건배를 외치는 등 격의 없는 자리가 되었다.

일단 성공적인 안착이었다.

물론 술 때문만은 아니었을 것이다. 권위적일 것 같았던 위원장이 마치 편안한 친구처럼 마음을 열자 당원들도 솔직하게 속마음을 털어놓을 수 있었던 것이다. 그날 이후 지구당에 활기가 돌기 시작했고 당원들과 나는 다가오는 총선에서도 좋은 결과를 낼 수 있다는 자신감을 가지게 되었다.

말하자면 나의 인생 모토인 화이부동(和而不同)의 원칙이 정치 초년생으로서 무리 없이 지역에 안착하는 데 도움이 된 것이다.

2. 치열했던 12대 총선

■ 상대는 야당 거물 정치인

본격적인 선거전이 시작되었다. 1984년 10월경 지구당위원장으로 내려와 다음 해 1985년 2월 12일 선거까지 4, 5개월을 정신없이 끌려다녔다.

지역을 익히고 동네 유력자와 인사를 나누면서 지구당 간부들이 시키는 대로 이끄는 대로 따랐다. 이후에도 선거를 많이 치렀지만 이때처럼 힘든 선거운동은 없었다. 게다가 나의 뜻대로 하는 선거운동이 아니었다. 나는 처음이고 그들은 오랜 정당의 베테랑들이니까 그들이 하자는 대로 따르는 것이 맞다고 생각했다.

비교적 이런 일에 적성이 있다고 생각한 나였지만 실제 현장에 부딪혀보니 아주 달랐다. 매일 저녁 사람들을 만나 밥 먹고 술을 마시며 정신없이 지역을 누비다 보니 체중이 8kg이나 빠졌다.

적극적으로 지역을 누빈 덕분에 당원들과 선거를 도와주는 운동원들의 사기는 하늘을 찔렀다. 하지만 상대는 만만치 않았다. 당시 재야인사였던 김영삼, 김대중 씨가 손잡고 신민당(신한민주당)을 창당하면서 전국적으로 야당의 돌풍이 불고 있었다.

게다가 내가 경쟁해야 하는 야당 후보는 거물급 중진이었다. 김영삼, 김대중 씨 다음으로 야권의 대표로 꼽히는 거물급 정치인인 이기택 씨와 당시 3선 현역의원인 김승목 씨도 있었다. 중선거구제였던 당시에는 한 선거구에서 두 명의 국회의원을 뽑던 때였지만 상대가 이렇게 거물들인 만큼 마음 놓을 수 없는 상황이었다. 당원들은 어렵다고 자꾸 겁을 주었다.

당시만 해도 선거유세에서 합동 대중연설이 큰 비중을 차지했다. 후보로 나선 이들이 공개된 한 장소에서 차례로 올라와 대중연설을 하면, 지지자들이 세를 결집해 지지를 보내는 형식이었다.

쟁쟁한 베테랑 정치인들을 상대해야 하는 나로서는 가장 걱정인 것이 대중연설이었다. 나는 대중연설을 해본 경험이 없었기 때문이다. 고심 끝에 방을 하나 얻어 혼자 대중연설 연습을 하기도 했다. 어렵사리 이기택 후보의 연설문을 입수해 면밀히 검토해 보고 들어보면서 '이 정도면 나도 할 수 있겠다.' 하는 생각이 들어 다소 자신감을 얻기도 했다.

선거유세 현장

그러나 갈수록 야당의 바람은 거세졌다. 선거전이 거세지면서 온갖 루머가 난무했다. 여당 후보에게 공격의 화살이 쏟아지는 것은 어느 정도 각오를 하고 있었지만 있지도 않은 터무니없는 헛소문이 마치 사실인 것처럼 부풀려져 돌아다니니 너무 황당했다.

이런 것이 바로 선거전이구나라는 실감이 들었다. 정작 고통스러운 사람은 내가 아니라 아내였다. 악성루머는 나뿐만 아니라 아내에게까지 향했다. 한번은 집으로 난데없는 전화가 걸려오더니 아내에게 "왜 밥을 사겠다고 사람들을 모이게 해놓고 돈도 안 내고 도망가 버렸냐?" 하며 욕을 하기도 했다.

상대 후보 측에서 내 아내가 밥을 사니 모이라고 헛소문을 내어 함정을 판 것이었다. 그때 선거만 해도 밥도 사고 관광도 보내고 했다. 요새 생각하면 타락선거다.

행정 관료로 살아왔던 나와 아내는 상상도 할 수 없는 일들이 버젓이 일어나고 있었지만 선거란 으레 이런 것인가 하고 고달픈 심신을 끌려다닐 수밖에 없었다.

너무 순진해서 처음엔 숙맥이라는 놀림을 받기도 했지만 아내는 훗날 지역에서 그 진심 때문에 나보다 더 인기가 많다는 평을 들을 정도가 되었다. 내가 정치인으로 순탄하게 소임을 수행할 수 있었던 데는 아내의 말 없는 내조가 매우 컸다. 그

점을 지금도 고맙게 생각하고 있다.

치열한 우여곡절을 겪는 가운데 선거일이 되었고 삼사 일 전까지 어렵다고 했지만 개표를 하니 당선은 되었다. 이기택 후보가 일등 당선이고 나는 32.51% 득표로 2등 당선이었다. 현역의원이었던 김승목 의원이 낙선했다.

유권자는 한 명은 여당 후보를, 한 명은 야당 후보를 선택한 것이다. 그 센 야당의 바람 속에서 그 정도의 득표로 당선한 것만도 나름 선전이었다.

■ 선거운동 – 부끄러운 이야기

부끄러운 이야기지만 가장 괴로운 것은 당시의 선거가 돈과 물품이 오가는 타락선거였다는 사실이다.

한마디로 말해서 '먹자선거' '선물선거' '돈 선거'였다.

선거를 치르기 전까지는 정말 선거라는 것이 이런 것인 줄 전혀 상상도 하지 못했다. 돈이 이렇게 많이 들어가리라고는 꿈에도 몰랐고 또 그렇게 많은 돈이 어떻게 조달되었는지도 사실 몰랐다.

공무원을 퇴직하고 일시금으로 받은 퇴직금을 포함하여 내가 가졌던 것이라고는 얼마 되지 않았다. 그러나 내가 쓴 돈은 그것의 10배도 넘었다 한다. 사실 돈 관리도 모두 당직자 등 남이 했기 때문에 나로서는 자세한 사항을 지금도 확실히 모른다 해도 과언이 아니다. 그때는 선거자금에 관한 법도 없고 해서 엄격하지가 않아 중앙당에서도 많이 내려왔고 후원금도 꽤나 들어왔던 것 같다.

물론 당시 선거는 여야를 막론하고 모든 후보가 공공연히 돈 선거를 치르던 상황이었다. 특히 여당의 경우 돈이 돌지 않으면 조직이 움직이지 않는다. 당원에게 활동비를 주는 것은 기본이고 또 여러 가지 선물, 모임 장소에 술, 밥, 관광차에 음식 등 돈 안 들어가는 곳이 없다. 선거를 마치고 나니 코카콜라 값으로 몇 천 만 원의 외상이 있었던 것을 지금도 기억한다. 나 역시 정치판에 발을 딛고 보니 평소의 소신만 고집할 수는 없어 당직자가 시키는 대로 따를 수밖에 없었다. 그렇지 않으면 떨어진다고 하니 어쩔 수가 없었다.

그때의 기억은 두고두고 내 양심의 가책이었다. 특히 선거 막판에는 돈 봉투까지 돌렸다. 1만 원 권 2만 개 정도였던 것 같다. 투표 전날쯤이면 돈이 돌려질 만한 동내는 밤 12시가 되도록 불을 밝혀 놓고 기다리고 있다. 그렇게 기다리는데 기대가 어긋나면 그 표는 다 딴 데로 가버린다는 것이다.

훗날 4선 국회의원을 지낸 후 불출마를 선언하고 정계를 은퇴하면서 돈 선거를 치렀던 사실을 나는 사실대로 언론을 통해 고백한 바 있다. 이미 20여 년 전의 지난 일이었지만 양심을 그대로 묻을 수는 없었다.

사실 정치인으로서 돈 봉투를 돌리고 선물공세를 펼치며 선거를 치렀던 당시의 일들을 공개적인 인터뷰를 자청하여 밝히는 일은 쉬운 일이 아니었다. 어느 동료의원은 왜 그런 인터뷰를 했느냐고 나무라는 사람도 있었다. 왜 우리들의 감추어진 치부를 드러내느냐 하는 것이겠지.

하지만 정치판에 뿌리 깊게 자리 잡은 악습을 개선하고 깨끗한 선거 문화를 만들어가기 위해서는 누군가의 진솔한 '양심선언'이 필요하다고 생각했기에 나선 것이었다. 지금도 당시의 인터뷰는 잘한 선택이었다고 여기고 있다. 만일 나의 부끄러운 일을 숨기고 살아왔다면 늘 마음에 가책이 남아있는 채 스스로에게 당당하지 못했을 것이다

또 이런 타락신거는 일정부문 유권자에게도 책임이 있다. 나중에 언급하겠지만 나는 다음 선거에서 돈을 안 썼더니 낙선하고 말았다.

정치에 입문하면서부터 정치에 큰 실망을 안고 시작한 셈이

다. 내가 이상으로 생각하던 정치와 현실은 너무 달랐다. 그 후 정치생활을 하면서 이 실망감은 더해 갔다.

■ 첫 대정부 질의 – 언제나 소신 발언

국회의원으로 활동하는 동안 본회의에서 여러 차례 대정부질문과 국회연설을 하였지만 언제나 소신 발언을 했다고 생각한다. 그중에서도 가장 기억에 남는 것은 역시 초선의원으로 당선된 후 첫 연설이 아닐 수 없다.

나는 대정부질의를 통해 당시 거의 언급을 금기시하다시피 되어 있던 과외금지에 대한 융통성 있는 해법에 대해 언급하였다. 과외금지에 대한 새로운 해법을 요구한 것은 나름 작심을 한 발언이었다.

1985년 당선 첫 정기국회 때이다. 기록을

1985년 11월 13일 중앙일보 1면

보니 10월 19일의 국회본회의에서 "5년 전 망국병이던 과외수업을 전면 금지했던 상황은 충분히 이해할 수 있으나 대학생의 학비조달의 주 수단이던 가정교사마저 없어짐으로써 가난한 학생들의 자립의지가 꺾이고 위협받게 되었다."면서 과외금지 조치를 부분적으로 해제할 의향이 없느냐고 질의한 것이다.

과외금지 조치는 1980년 7월 30일 국가보위비상대책위원회에서 발표한 7.30 교육개혁조치의 핵심적 사항으로, 재학생의 과외교습 및 입시목적의 재학생 학원 수강을 금지하는 내용이었다. 당시의 시대 분위기는 이런 조치에 대해 어느 누구도 이의를 제기할 수 없는 상황이었다. 그때나 지금이나 교육문제는 큰 사회적 난제다. 정부차원에서 불법적인 사회병폐를 해소하고자 개혁을 단행하였는데, 이에 누가 이의를 제기할 수 있겠는가?

그러나 과외금지 조치는 고액 사교육을 근절하고 공교육을 정상화하는데 긍정적인 역할을 하였지만 시간이 지나면서 암암리에 불법적인 과외가 성행하는 등 부작용이 발생하였다. 게다가 경제적으로 어려운 환경에서 학업을 이어가야 하는 대학생들이 가정교사로 일하면서 학비를 벌 수 있는 기회마저 잃게 되는 문제도 있었다.

나는 국무총리를 상대로 최소한 대학생들의 가정 방문 과외
만큼은 허용할 것을 강력히 요구하였다. 그러한 발언의 배경에
는 나 개인의 경험도 영향을 미쳤다. 나 역시 대학시절 가정교

사를 하면서 스스로
학비를 벌어가며 학
업을 이어갔던 경험
이 있었기에 대학생
들의 어려움을 알고
있었다. 당시 나의
첫 대정부 연설은 대
학생들 사이에서 많
은 호응을 얻기도 했
고, 언론에서 크게
다뤄 과외금지에 대
한 새로운 해법을 모
색하는 계기가 되기
도 했다.

그 후의 대정부 질
의에 있어서도 나는
비교적 국회의원은
독립된 헌법기관이라

국민일보 '96. 3. 15

는 인식하에 소신 발언을 많이 했다. 그것은 가끔은 당론에 배치되기도 했지만 내 나름대로는 항상 국익 우선이라는 생각을 했다.

■ 난데없는 교통부 차관

의정 활동을 시작하면서 나는 KBS 심야토론의 여당 논객으로 활동하는 등 초선의원으로서는 꽤 활발한 활동을 했다.

그러던 중 전혀 뜻밖에 교통부 차관 발령을 받았다. 1986년 1월이다. 의원 겸직 차관이다. 사전에 타진을 받지도 못했지만 물론 예상하지도 않았다. 사실 그때는 좀 서운했다. 차관급은 여러 자리를 이미 거쳤고 또 현직 국회의원인데 장관이면 겸직이 많았지만 차관 겸직은 그렇게 많은 것도 아니었다.

세간에서도 내가 장관으로는 자주 거론되고 있었기 때문에 약간 의외의 인사라는 반응도 있었다. 당시의 노신영 총리가 유흥수라고 또 다른 사람이 있는 줄 알았다고 내게 말 할 정도였다.

나중에 들으니 대통령께서는 행정부에 그런 자리라도 하나 걸치고 있으면 지역구 활동에 도움이 될까 하고 나름대로는 배려해서 한 것이라는 이야기였다. 배려는 한 것인데 예전부터 아는 사이니까 내가 아직 어린 것으로 보신 것이다. 사실 나는 아직 그때 40대였으니 그렇게 생각할 수도 있었겠다.

그런데 사실 그때 나이가 차관에 맞는 것이었는지 우리 서울 법대 동기들이 차관이 8명이나 되었다. 차관회의에 가면 동창회 하는 기분이었다. 김두희 법무차관, 강용식 문공차관, 임인택 상공부 차관, 이병기 농수산부차관 등.

그러나 빨리 면하고 싶어 1년을 하고 당의 총재 비서실장으로 자리를 옮겼다. 그때는 대통령이 당의 총재를 겸하고 있어 대통령 비서실장이 있고 또 총재 비서실장이 따로 있었다. 매주 월요일이면 청와대 대통령이 주재하는 수석비서관회의에 참석하고 가끔 총재에게 직보가 가능한 자리였다.

경찰要職 두루거친 12代 民正議員

柳興洙 교통부차관

1986. 1. 9 매일경제

국회의원으로서는 차관보다는 하기가 편하고 체면도 서는 자리다.

교통부 차관으로 재임했던 기간은 그리 길지 않았지만 나름 서울 및 수도권이 국제적인 도시로 발전하는데 기여한 기간이었다.

교통부 차관으로 있을 때 교통부 예산으로 지역구 사업을 좀 했다. 해운대 역사를 새로 개축하고 황령산에 청소년 수련원도 신축했다.

3. 격랑의 1987년

1987년은 대한민국 정치의 큰 격동기였다. 전 대통령이 단임으로 끝내고 노태우로 넘어가는 기간이며 민주화의 바람이 거세게 불기 시작한 시기이다.

정국의 혼란이 예상되는 그런 해인 1월 나는 교통부 차관에서 당의 총재비서실장으로 자리를 옮겼다.

연초에 행해지는 모든 부처와 지방의 업무보고에 수행하고 그리고 매주 월요일 대통령 주재의 청와대 수석회의에도 참석했다.

그땐 정말 바빴다. 지역구인 부산을 하루에 몇 번 왔다 갔다 한 날도 있었다. 나를 실세로 생각했는지 모모한 사람들의 면담 요청도 많았고 각부 장관, 당 대표 등과의 오찬, 만찬도 많았다.

대통령을 지근거리에서 보좌할 수 있게 된 것은 그만큼 내 역할이 중요해진 것이다. 그 격랑의 민심을 사실대로 가감 없이 보고하여 대통령이 올바른 판단을 할 수 있도록 직언을 서슴지 말아야 할 중차대한 임무가 주어진 것이다. 나는 꼭 그렇게 하리라 마음속으로 굳게 다짐했고 또 비교적 대통령과는 무슨 이야기든지 할 수 있었기 때문에 그렇게 했다.

■ 전두환의 단임 정신과 후계자

이승만, 박정희의 장기집권의 폐단을 보고 온 전 대통령은 단임만 실천으로 옮겨도 한국 정치의 큰 진전을 이루는 것으로 생각하고 취임 초부터 이를 큰 공약으로 내세우고 또 실천했다.

대통령직도 최선을 다하는 모습을 주변에서 느낄 수 있었다. 내가 대통령 될 것이 됐나 하며 스스로를 낮추며 열심히 했다. 포용력이 있고 통 큰 지도력을 가지고 있었다. 인간미가 있고 성실한 분이다.

경제에 관한 한 당신이 대통령이야 하고 당시의 김재익 경제수석에게 전적으로 맡겼다는 이야기는 유명한 이야기다. 귀에 못이 박히도록 물가 안정을 강조했던 것은 당시의 공무원들은 다 기억한다. 공무원의 월급도 그때부터 통장으로 지급하기 시작했다. 집권 과정의 광주사태 등으로 옳은 평가를 못 받고 있지만 우리 경제의 최고 시기였다는 것은 아무도 부인하지 못할 것이다.

그리고 후계자 문제에 있어서는 주변에서 거의 노태우로 알려져 있었다. 그것을 공식화한 것은 1987년 6월 1일이다. 그날 저녁 청와대 경내의 상춘재에서 몇 사람의 민정당 고위간부를 초청하여 만찬을 하는 자리였다.

내 기억으로는 그 만찬 자리엔 노태우 당시 당대표는 물론 권익현, 이한동, 이종찬, 이춘구 그리고 장세동 안기부장 등이 있었던 것으로 기억한다. 나는 총재 비서실장으로서 참석하였다. 비공식적인 자리였지만 여기서 전 대통령은 노태우를 후계자로 한다고 정식 선언했다.

내 메모에 기록된 내용을 그대로 여기 옮겨본다. 전 대통령이 직접 설명하기 시작했다.

▶ 오늘 이 자리는 중대한 의미가 있다. 대통령 후계자를 결정하는 우리나라 민주주의 발전을 위한 이정표가 될 엄숙한 순간이다.

▶ 이 상춘재는 원래 있던 양식 건물을 헐고 한식으로 세운 것인데 오늘 이 모임을 이 장소로 선택한 것은 우리나라 전통에 맞는 우리식 민주주의를 하자는 뜻이 담겨 있다.

▶ 민주국가에서 지도자를 선출하는 방식이 여러 가지 있지 않나.

미국식, 일본 방식 등… 우리는 우리 사정에 맞는 방식으로 가
야 한다.

▶ 우리의 특수 안보상황, 정치상황을 종합적으로 감안하여, 국
정의 최고 책임자로서, 또 민주정의당을 창당한 총재로서 후임
대통령에 대한 의사를 밝히고자 한다.

▶ 지금은 6년 전 사심을 버리고 국가위기에 구국의 일념으로 출발
하여 정치에서는 1인의 장기집권을 지양하여 이 땅에 민주주의를
정착시키려 노력해 왔고 오늘 또한 그 진일보가 이루어지는 순
간이다.

▶ 자유당, 공화당은 집권자와 함께 사라졌지만 우리는 계속 집
권해야 하고 6월 10일의 전당대회에서 대통령 후보를 선출함으
로써 집권2기를 전개해야 한다.

이렇게 긴 설명을 한 뒤 전두환 대통령은 대통령의 요건으로
서 국민의 광범위한 지지, 군부의 신뢰와 존경, 결단력, 용기,
건강 등을 고려해 그동안 심사숙고해 왔는데 개혁의 선봉에 섰
던 동지인 노태우 대표를 추천한다고 선언했다.

분위기는 엄숙했으나 모두는 이미 예상했던 일이니까 박수를 친 것 같다. 노태우는 눈물을 글썽이며 감격했다. -역사 앞에 두려움을 느낍니다. 몸 둘 바를 모르겠습니다. 여러분 잘 지도해 주십시오. - 대략 이런 요지의 말을 한 것 같다. 그 모습이 지금도 눈에 선하다.

그리고 그달 10일 민정당 전당대회에서 정식으로 대통령 후보자로 선출되었다. 그러나 힐튼 호텔에서의 축하연은 데모 등으로 산만하게 끝났다.

노태우 후보와 관련해서 전 대통령과 있었던 한 얘기를 소개할까 한다.

후계자 문제가 인구에 회자되고 있을 무렵 나는 대통령에게 항간의 이야기를 보고했다. 그것은 노태우를 믿을 수 있느냐 하는 것들이다. 그랬더니 대통령은 "자네는 나만큼 노태우를 몰라. 그는 내가 후임 자리를 다 물려준 사람이야. 경호실 차장보(次長補)도 그렇고 사단장도, 보안사령관도 다 내가 물려주었다. 내만큼 노태우를 잘 아는 사람은 없다. 괜찮아. 너희들이 잘 도와줘." 하시는 것이었다. 그만큼 노태우에 대한 신임이 두터웠던 것을 알 수 있었다.

■ 빗나간 4.13 호헌 조치

앞에서도 말한 바와 같이 1987년은 대한민국 정치의 격동기
였다. 1월 14일 서울대생 박종철 군 고문치사 사건으로 촉발된
학생들의 시위가 3월 새 학기가 시작되면서 격렬해졌다.

또한 정치권에서는 내각책임제 등 개헌 논의가 시끄럽던 차에
4월 13일에는 전두환 대통령이 현행 헌법대로 차기 대통령을 선
출하고 평화적으로 정권을 이양한다는 호헌조치를 발표했다.

덕유산 당 연수 때 노태우 당 대표와 환담

말하자면 지금 방식 그대로 통일주체국민회의 대의원들에 의한 간접선거로 대통령을 선출하겠다는 것이다.

발표하기 전날인 12일 일요일인데도 불구하고 저녁 8시 반에 청와대에 당 간부들이 긴급 소집되었다. 전 대통령이 직접 내일 발표할 호헌 조치에 대한 배경 설명과 앞으로의 당부를 지시했다.

대통령 임기도 10개월밖에 남지 않았고 서울 올림픽도 1년 앞으로 다가왔기 때문에 이런 비생산적인 정치권의 개헌논의로 시종하다간 국론 분열만 생기고 안보 등 심각한 문제가 생기겠다고 생각하여 호헌 조치를 한다는 것이다. 이 책임은 타협에 응하지 않고 투쟁 일변도로만 나가고 있는 야당에게 전적으로 있다는 것이다.

그러나 4.13 특별담화가 발표되자 정치권과 재야 시민단체들은 "영구집권 음모"라고 더 시끄러워졌고 그러자 5월에 접어들면서 박종철 군 고문치사 사건의 은폐 조작으로 민심에 큰 자극을 주고 대통령직선제를 요구하는 시위가 전국으로 확산되었다.

5월 24일 광주에 집결한 5,000명의 학생과 시민은 최루탄에도 흩어지지 않았다. 대통령직선제를 쟁점으로 정국이 한 치 앞을 내다볼 수 없는 상황에서 설상가상으로 6월 9일 연세대생 이한열 군이 최루탄에 맞아 사망하는 사태가 벌어졌다. 급기야 일반시민들까지 시위에 합류하는 사태가 벌어진 것이다.

이런 어수선한 정국 상황 속에서 6월 10일 민정당 전당대회에서 노태우가 대통령 후보로 선출되었으나 축제가 아니었다. 학생들이 명동 성당을 점거 농성하고 김영삼은 자택보호라는 미명하에 연금되다시피 됐다. 그날 저녁 힐튼 호텔에서의 축하연은 산만하게 하는 둥 마는 둥이었다.

당시의 내 수첩에도 민심이 좋지 않다. 시민 반응이 옛날과 다르다 등의 기록이 많이 보인다.

내가 전두환 대통령이나 노태우 대표에게 시국 수습 문제에 대해 기탄없는 대화를 나눈 기록들이 내 수첩에도 많이 있다.

5월 11일(월) 수석회의를 마치고 대통령과 독대하여 작금의 상황이 심각하다고 보고하고 야당과의 타협 가능한 방안을 검토해야 한다고 건의했다는 기록도 있다.

■6.29 선언의 결단

연초부터 시끄러웠던 정국은 4.13 호헌 조치로 더욱 격화되고 연이어 박종철, 이한열 사건으로 걷잡을 수 없는 상황에 이르렀다. 경찰의 무리한 시위진압이 연일 비판의 도마 위에 올랐다.

그러나 이것은 이미 경찰의 시위진압 차원을 넘어선 정치적 격랑으로 치닫고 있었다. 당시 군의 동원 여부가 잠시 거론되는 듯했으나 되지 아니한 것이 얼마나 잘된 일인지 모른다.

6월 15일 오후 3시부터 5시 반까지 청와대 영빈관에서 국가안전보장회의가 긴급하게 소집되었다.

대통령은 작금의 상황은 올림픽을 방해하려는 불순 세력의 책동이고 임기가 다 되어가니 총공세를 취하는 것이라고 언성을 높였지만 대통령의 언행에는 좀 당황하는 빛이 보였다.

나는 13일에 노태우 대표에게, 16일에는 대통령에게 독대하여 현 상황의 심각성을 보고하고 정확한 인식이 필요하며 이대로는 절대 안 되겠다는 것을 비장한 결심으로 진언했다. 그러나 야당과의 여러 가지 정치 협상이 시도되었으나 모두 여의치 못했다.

당시의 사태를 바라보면서 1979년 YH 사건이 떠올랐다. 당시에도 경찰의 과잉진압에 의해 김경숙 양이 사망하는 사건이 생겼고 그것이 결국 유신정권의 종말을 맞는 것이 되고 말았다.

YH 김경숙 양 사망 사건이 유신 종말의 시발점이 되었던 것처럼 자칫하면 1987년의 박종철, 이한열 군 사망 사건 역시 5공화국 종말의 시발점이 될 수 있는 상황이었다.

1979년 YH 사건 당시에 나는 치안본부 3부장으로 사건의 책임을 야당에 돌리라는 내무부 장관의 명령을 거부한 바 있다.

아무리 직속상관의 명령이라도, 정당하지 않은 명령에는 소신을 밝힐 수 있어야 한다. 물론 당시 나의 소신이 불행한 결과를 막아내는 데는 역부족이었다. 하지만 누군가는 나서야 했다.

지금 나는 총재비서실장으로서 책임 있는 한 사람이다. 내가 할 수 있는 일은 다 해야겠다고 마음으로 다짐했다.

작금의 사태를 극복하기 위해서 내가 할 수 있는 것은 진심을 정확히 파악하고 그대로 전달하여 그릇된 판단을 하지 않도록 하는 일이 무엇보다 중요하고 또 그렇게 했다. 최고위층의 특별한 결단이 필요하다고 생각해서 몇몇 관계자들이 모여 의논하여 건의하기도 했다.

그중에서도 기억나는 것은 인사동의 어느 한식집 모임이다. 최병열, 김용갑, 현홍주, 김학준 그리고 나 - 이렇게 모여 이 난국을 풀기 위해서는 결국 대통령 직선제의 수용밖에 없다는 데 결론을 낸 일이다.

그래서 모두 각자가 자기의 라인을 통해 전 대통령과 노태우 후보에게 보고하기로 했다. 특히 김용갑 민정수석이 전 대통령에게, 최병열 의원이 노태우 후보에게 건의하는 역할이 맡겨진 것으로 기억된다.

나도 6월 16일 오전 9시 15분부터 30분 동안 대통령과 독대하면서 작금의 상황과 수습방안 등을 논의한 기록이 내 수첩에 남아 있다.

6월 22일(월)에 노태우 대표가 청와대를 방문하고 24일엔 김영삼 총재가 청와대를 예방하여 대통령과 김영삼 회동이 열렸다. 그러나 별 성과는 없었다.

당에서도 중앙집행위원회의(통칭 중집회의), 의원 총회 등에서 난상토론도 벌어지곤 했다. 대체로 모두 이대로는 안 된다는 결론이었다.

그것이 결과적으로 6.29 선언으로 이어진 것이다.

6월 29일 아침 9시 민정당 당사에서 '국민 대화합과 위대한 국가로의 전진을 위한 특별선언'으로 이름 붙여진 이 역사적 선언은 노태우 대표에 의해 발표되었다.

노 대표의 건의를 전적으로 수용한다는 7월 1일 대통령 특별 담화도 있었다. 노태우 후보를 띄우기 위해 사전에 전 대통령과 충분히 논의된 것이다.

그 주요 내용은 1. 대통령 직선제 개헌을 통한 1988년 2월 평화적 정권 이양, 2. 대통령 선거법 개정을 통한 공정한 경쟁력 보장, 3. 김대중의 사면 복권과 시국관련 사범들의 석방, 4. 인간 존엄성 존중 및 기본인권 신장, 5. 자유언론의 창달 등이다.

이 선언은 시민항쟁 세력과 당시의 지배층 간의 양자의 타협의 산물이라는 점에서 뜻이 깊다고 할 것이다.

국민들이 얼마나 기뻤으면 어느 찻집에서 "오늘같이 기쁜 날 찻값은 공짜입니다." 하고 써 붙인 신문기사를 읽은 기억이 난다.

7월 10일 전두환은 총재직 사퇴를 발표하고 노태우가 총재가 된다. 14일의 당직 개편에서 노 총재는 같이 있자고 나의 사의를 만류했으나 나는 기어코 고사하고 총재 비서실장직 사임을 고집했다. 후임이 선정되지 않은 채 내 사표만 수리됐다. 나는 군자는 불사이군이라는 그런 의식이 좀 있었다.

이렇게 하여 그해 1987년 12월 16일 실시된 국민의 직접선거에서 노태우 후보는 대통령에 당선되었다.

민주화의 바람이 서세고 군사정권의 연장처럼 비치는 이번 대통령 선거는 참으로 어려운 선거였으나 김영삼, 김대중 등 야권의 분열, 6.29의 극적 효과 그리고 선거 막판에 일어난 북한에 의한 KAL기 폭파사건 등이 승인의 중요 요인이었다.

당도 있는 힘을 다했지만 선거가 끝나고 난 뒤의 평가는 당은 전혀 보이지 않고 박철언이가 이끈 월계수회 등 사조직이 공은 다 차지했다.

1972년 10월 유신 이후 최초로 이뤄진 국민들의 직접선거에 의한 대통령 선거였다. 하지만 선거 이후에도 노태우 정권은 군사정권의 연장처럼 비쳐 정부와 정치권에 대한 비판은 날이 갈수록 거세졌다.

4. 민정당 사무차장과 13대 공천

나는 총재 비서실장 자리에서 잠시 물러나 있다가 이듬해 1월 23일자로 다시 당 사무차장으로 가게 됐다. 채문식 의원이 당대표이고 심명보 의원이 사무총장이었다.

심명보 총장은 언론인 출신으로 별반 실무형이 아니기 때문에 모든 당의 일처리가 나한테 집중되어 정말 눈코 뜰 틈도 없이 보냈다. 밤을 새우기가 예사고 기자는 집으로 쳐들어오고 선거법 협상이다, 13대 공천 작업이다 하여 그렇게 바삐 지난 날도 없었을 것이다.

■ 선거법 협상 – 선거구제 변경
사무차장으로 가자마자 국회의원 선거법 협상이 나를 기다리고 있었다.

대선이 있던 다음 해인 1988년 4월에는 곧바로 13대 총선이 이어졌는데 직선제에 의해서 당당히 대통령에는 당선되었으나 물꼬가 터진 민주화에의 물결은 국회의원 선거법도 개정해야 한다는 식으로 흘러가기 시작했다.

한편 이 선거에서 여당인 민정당이 과반 이상의 의석을 확보해야만 노태우 정부의 국정운영이 안정적으로 이뤄질 수 있다는 것도 염두에 두어야 한다.

야당에서는 선거법 개정을 통해 선거구제 개편을 요구했다. 그때는 한 선거구에서 2명을 선출하는 중선거구제였는데 이를 소선거구제로 바꾸자는 요구였다. 이를 위해서는 선거구를 더 작게 만들어 선거구당 1명의 국회의원을 선출하게 된다.

중선거구제도 엄연한 선거제도의 하나인데 이것도 마치 소선거구로 해야 민주화되는 것처럼 인식되어 선거구제도의 변경 요구가 강했다.

내가 감지하기엔 오히려 우리 당의 신 수뇌부에서도 소선거구로 해야 한다는 인식이 있었고 그렇게 해도 절대 선거에 지지 않는다는 오만함이 좀 있은 게 아닌가 싶다.

국민 직선에 의한 선거에서 대통령에 당선된 노태우의 핵심 세력은 그 기세를 몰아 국회의원 선거제도도 소선거구제를 받아들이는 자만에 빠진 것이다.

우리 당의 협상대표였던 나, 이대순 의원(후에 체신부장관), 고건 의원(후에 국무총리) 등 실무적인 차원에서는 신중론을 펴면서 아직 선거구제는 그냥 지키고 싶었는데 그 어려운 대선을 이기고 난 여권 신 실세들이 5공과 차별화하기 위해선 소선거구로 해야 한다고 생각하는 것 같았다.

우리의 야당 협상 상대는 황낙주 의원, 박일 의원, 김현규 의원 등이었다.

한번은 이런 일도 있었다.

노 대통령의 당선자 시절인 88년 1월 중순 어느 날 선거법 문제로 노 당선자가 회의를 주재했는데 그때 선거법 관계를 같이 논의하던 모 의원이 느닷없이 소선거구제를 발의한 것이다.

그 의원은 여기서 이름을 밝히지는 않지만 그 전에 우리끼리 논의할 때는 중선거구제를 주장하기로 합의해 놓고 있던 처지인데 우리 하고는 아무 상의도 없이 그렇게 갑자기 돌변하는 것을 보고 깜짝 놀랐던 기억이 지금도 생생하다. 아마도 당선자 쪽에서 입김이 작용한 것 같았다.

그 의원은 후일 다른 정부에서도 요직을 맡는 것을 보고 정치는 저렇게 해야 하는 건가 하고 씁쓸했다.

결국 12대 국회의원의 임기를 1년 단축하면서까지 소선거구제에 합의하고 만다. 소급법으로 현직의원의 임기를 단축하는 것이 위헌이 아닌지 지금도 의문이다.

그리하여 13대 국회의원 총선거가 그해 4월로 바로 이어진다. 당에서는 또 공천 작업을 해야 하고 이 모든 실무적인 일이 사무차장인 내게 주어져 정신없이 바빠지기 시작했다.

나중에 또 말하겠지만 13대 총선의 결과는 여소야대를 초래하고 훗날 3당 합당이라는 그 누구도 예상하지 못했던 정치상황을 가져오게 했다. 그것이 한국의 정치역사에 긍정적인 기여를 했는지 아니면 부정적인 결과를 초래했는지는 아직 평가하기 이르다.

하지만 13대 총선에 임하는 그 당시 정부, 여당의 자세는 너무 안이하고 오만했다는 것은 부정할 수 없다.

■13대 공천 작업

앞서 언급한 바와 같이 선거법 협상 결과 기존의 12대 국회의원의 임기가 1년 단축됨으로 인해 13대 총선을 바로 이어 4월에 실시하게 되었다.

개정 선거법이 통과된 것이 1988년 3월 7일이고 13대 총선은 4월 26일에 실시되었다.

나는 사무차장이었음으로 공천 작업과 총선 전략 등 모든 것을 실무적으로 다 준비해야 하는 막중하고 바쁜 자리에 있었다. 그중에서도 갑자기 소선거구제가 되면서 늘어난 선거구에 맞게 후보자를 충원해야 하니 여간 어려운 일이 아니었다.

인물의 선정, 영입, 탈락자 무마 등 얼마나 예민하고 골치 아픈 일인가.

3월 10일부터 바로 강남의 어느 안기부의 안가(안전가옥)에서 공천 작업에 들어갔다.

외부와 차단하기 위해 일반전화도 없다. 그때의 공천심사위원은 다음과 같다. 심명보, 남재희, 이대순, 이춘구, 이한동, 정순덕, 김중권, 고건 그리고 내가 간사이다. 말하자면 실무 총책이다.

선거구가 소선거구로 바뀌어 사람이 많이 필요하게 되는데 새로 영입하는 이들과의 자유교신도 마음대로 되지 않아 참 불편스러웠다. 당이 전면에 나서야 모양이 좋은데 안기부가 개입하는 모양은 안 좋다.

청와대는 최병열 정무수석이 통로다. 그러나 막후엔 박철언 등 실세 그룹이 배후에 있는 분위기였다.

내가 추천한 사람으로서 기억에 남는 사람은 당시 부산고검장을 하던 박희태 씨였다. 그를 남해로 영입했다.

처음 본인은 사양했으나 나와 심명보 총장이 끈덕지게 요청해서 겨우 끌어내었다. 아마 안기부 쪽에서도 손을 쓰고 있었던 것 같기도 했다. 후에 그는 국회의장까지 했다.

부산지역도 많은 사람이 필요하게 되어 인물난으로 애를 먹었다. 부산지역 공천은 거의 내게 일임되었다. 나는 부산과 연고가 있는 경찰 선배인 최두열 씨, 정상천 씨 등을 모셔왔다. 최두열 씨는 노동청장을 했기 때문에 공단이 있는 사상지역으로, 정상천 씨는 중구를 희망했지만 거기엔 지역 인물을 앉히고 그는 널리 알려진 전국적 인물이라 해운대구로 영입했다.

또 친구인 곽정출의 경우에 대해서도 한마디 남겨야겠다.
곽 의원은 그 술버릇도 유명했지만 새로 당선된 노태우 대통령하고는 좋지 않았다. 도저히 구제할 수 없는 공천 불가 명단 1순위였다.

나하고는 친구지간인데 낙천되면 원망이 대단할 것이다. 나는 최병열 정무수석과 의논했다. "알다시피 곽정출, 우리 다 친구 아니냐, 공천 탈락되면 자네하고 나 계속 못살게 씹고 다닐 텐데 서구라도 공천주는 것이 어떠냐. 어차피 거긴 안 될 곳이라 생각해서 아무도 갈려는 사람도 없지 않느냐."고 우겨 본인이 신청한 사하구는 안 되고 서구에 어렵게 공천을 했다.

서구는 김영삼과 붙게 되어 당선이 힘든 곳이다. 낙선이 뻔히 보이지만 이것이 아주 낙천시키는 것보다 곽 의원의 체면을 살려주는 것이라고 생각해 어렵게 그렇게라도 했던 것이다.

그런 사정도 모르고 발표가 되자 얼마나 그 친구는 투덜댔는지 모르겠다. 그러나 결국 나중에 그 덕으로 3당 합당 후 그 지역에서 다시 국회의원으로 선출될 수 있었다. 김영삼 씨가 대통령 후보로 배수진을 치기 위해 3당 합당 후 의원직을 사임함으로써 거기에 곽정출이가 기득권이 있어 공천을 줄 수 있었던 것이다.

부산지역은 이렇게 어렵게 전원 공천의 구색을 잘 맞추었지만 거센 Y.S. 바람으로 김진재 의원 한 사람 남기고 전원 낙선하는 참패를 겪고 만다.

또 하나 잊을 수 없는 것은 거물들의 공천 탈락이다. 하루는 공천 기간 중 심명보 총장이 청와대를 다녀오더니 충격적인 보따리를 풀었다. 5공 실세 거물급들의 공천 탈락 명단이다. 많은 중진들이 낙천되었지만 그중에도 권익현, 권정달, 김상구 등 거의 민정당 창당의 주역들이 포함된 것이다. 심사위원 모두 아무 말이 없었다. 전두환 대통령과 노태우 대통령은 일란성 쌍둥이나 같다고 믿고 있던 나는 심 총장이 들고 온 탈락자 명단을 보고 어안이 벙벙했다.

새로 탄생하는 6공화국이 튼튼하게 다져지려면 이런 어쩔 수 없는 희생이 따르는 것이 정치인가 보다 하고 씁쓸했다.

후에 권익현 씨에게 들은 이야기인데 자기는 공천 안 될 것이라 생각하고 아예 지역구도 안 내려가고 있었는데 하루는 청와대에서 연락이 와서 들어갔단다. 노 대통령이 왜 선거구에 가서 선거운동 안 하고 서울에 있느냐 하기에 앗! 공천을 주는 모양이다 하고 바로 고향 선거구로 내려갔더니 바로 다음 날 공천 탈락 통보를 받았다고 했다.

설마 노 대통령이 쇼를 했다고는 생각지 않고 아마 당시 실세라 불리던 보이지 않는 사람들의 진언으로 낙천시킨 게 아닌가 생각했으나 진실은 나도 모른다.

그 외 개인적으로 도와주지 못한 몇몇 분들은 참으로 미안했다. 그러나 정석모 의원의 경우는 전국구 약속이라도 받아서 다행이었다. 이해구 씨의 경우는 공천은 줄 수 없는 사정이었지만 무소속으로 입후보시켜 내용적으로는 공천자보다 이해구를 당으로서는 지원하도록 했다. 물론 당선 후 그는 우리 당으로 입당했다.

발표가 나자 당이 출렁이었으나 워낙 중량급 탈락자가 많아 곧 잠잠해졌다. 탈락자에게 전화를 걸면서 불평과 욕을 듣는 일도 내가 맡은 마지막 일이었다.

5. 13대 국회의원 선거

■ 거센 야당 바람

앞에서 밝힌 대로 13대 총선은 역대 총선 중 가장 치열한 선거라고 해도 과언이 아니었다.

1987년 대선에서 패배한 김영삼, 김대중 양 김씨는 다음 대선에서 유리한 고지를 선점하기 위해 그 이듬해 치러지는 13대 국회의원 선거에 총력을 기울였다. 게다가 소선거구 제도로 바뀌면서 사상 유례없이 치열한 선거가 예상되는 상황이었다.

나는 여당 사무차장으로 야당과의 협상과 공천심사에 몰두하느라 정작 나의 지역구(부산 남구 갑)에는 신경을 쓸 여력이 없었다.

그러나 평소 지역구 관리는 잘해둔 편으로 그 당시로는 부산에서 여당 후보 중 당선 가능성 있는 사람 1, 2등에 들곤 했다. 아무리 야당 바람이 불더라도 유흥수, 김진재, 허삼수 - 이 세 사람은 될 것으로 보는 것이 부산 분위기였다. 그래서 내 지역구는 상대 당에서 희망하는 사람이 없어 등록 마감일을 하루 남기고 허재홍이라는 무명의 후보를 경험 삼아 나가보라고 내보냈다는 말이 돌 정도였다.

선거운동, 수산시장

그러나 선거전에 들어가면서 분위기는 바뀌기 시작한다. 나는 여당 현직 국회의원이고 중앙 당직자였지만 여당 의원으로서의 프리미엄은 고사하고 부산의 강력한 김영삼 돌풍으로 고전을 면치 못하고 있었다. 나뿐만 아니라 부산의 전 지역이 그러했다.

부산을 기반으로 한 김영삼 씨는 부산 지역의 유세에 총력을 다했다.

선거전이 중반을 넘어가면서 김영삼 열풍은 더욱 거세게 불기 시작했다. 한 마디로 'YS바람'으로 불린 이 거센 바람은 선거운동 기간 내내 끝이지 않았다. 직전 대통령 선거에서 2위로 고배를 마신 김영삼 총재는 다음 대선에서 반드시 대통령이 되겠다는 의지를 보였고, 김영삼 총재의 정치적 고향인 부산은 김영삼 열풍의 핵심지역이었다.

김영삼만 다녀가면 그 지역구는 뒤집어지는 것이다. 제일 난공불락이라고 보았던 내 지역을 김영삼은 3번이나 와서 지원연설을 했다. 유세장에 와서 '이 지역만 여당 떨어지면, 부산은 다 떨어질 것'이라고 호언장담했다. 결국 이 말은 맞았다. 부산이 한 군데만 빼고 전패했으니.

선거 막바지가 되어 이상 징후를 감지한 지구당 간부들이 예의 또 그 돈 봉투 작전을 꺼내왔다. 이번에는 나는 강력히 일언지하에 거부했다. "이번엔 떨어지는 한이 있더라도 돈 봉투는 돌리지 않겠다."고 단호하게 선언한 것이다.

12대 선거를 내가 얼마나 부끄럽게 생각하고 있었는데….

■ 악성루머
선거전이 중반으로 접어들면서 나에 대한 악성 루머까지 돌

기 시작했다. 내가 12대 국회의원이었던 시절 교통부차관을 겸
직하면서 부산 황령산에 청소년수련원을 유치한 적이 있었다.
황령산은 부산에서도 개발이 되지 않아 발전이 더딘 곳이었다.

그랬더니 황령산에 청소년수련원을 유치한 것은 엉뚱하게도
내가 황령산 주변에 많은 땅을 가지고 있기 때문에 내 땅값을
올리기 위해 유치했다는 헛소문이 돌기 시작했다. 말할 것도
없이 야당의 비열한 공작선거의 일환이다.

지구당 단합대회에서 당원들과 함께

너무도 터무니없는 소리이기 때문에 신경도 별로 쓰지 않았다. 그러나 루머가 사실이 아니라고 아무리 진실을 말해도 사람들은 믿지 않았다. 이미 김영삼 열풍으로 인한 야당 바람이 거세게 불고 있다 보니 사람들은 사실을 확인하려는 생각조차 하지 않았다. 오히려 야당 바람을 타고 더 거세졌다.

이런 악성 루머가 얼마나 전파력이 있는지를 보여주는 웃지 못한 에피소드가 있다. 한 번은 선거운동으로 쌓인 피로를 풀기 위해 내 선거구가 아닌 옆 동네의 사우나를 찾은 적이 있었다. 세신사(때밀이)에게 몸을 맡기고 누웠는데 우연히 선거에 대한 이야기가 나왔다. 세신사는 내가 누구인지 모르고 후보들에 대해 이런저런 이야기를 하였다. 내가 짐짓 모른 체하고 물었다.

"이번에 남구에 나온 유흥수인가, 그 사람은 어떤가요?"

그러자 세신사는 볼멘소리로 답했다.

"그 사람 황령산에 땅이 많다카데요."

나는 머리가 아찔했다. 악성루머의 폐해가 얼마나 무서운지를 절감하는 순간이었다.

이런 일도 기억난다. 하루는 음식점을 찾아 늦은 저녁을 먹는데, 나를 알아본 음식점 여주인이 생글생글 웃으며 농반진반으로 하는 말은 더 기가 막혔다.

"의원님, 나는 앞으로 늙으면 양로원이나 하나 하는 게 소원이에요. 의원님 해운대 쪽에 땅이 많다던데, 저 쪼금만 안 주시겠어요?"

참으로 기가 막힌 노릇이었다. 황령산은 남구에 있는데 이제 해운대 쪽에 땅이 많은 것으로 더 부풀려졌다.

이렇게 선거전에서 악성 루머에 휘말리면 해명이고 할 것도 없이 순식간에 한없이 퍼지고 만다. 해명할 수도 없고 수습할 수도 없다. 그저 당할 뿐이다. 정말 이런 선거 풍토는 개탄을 넘어 한심할 뿐이다. 정치에 정이 뚝뚝 떨어지는 순간들이다.

나는 그때나 지금이나 내 이름이나 가족의 이름이나 부산에 땅 한 평도 가진 적이 없다.

또 하루는 남해 박희태 후보의 지구당 개편대회에 중앙 당직자로서 참석하고 돌아오니 자기 선거는 자신 있다고 운동 안하고 남의 선거 운동하러 돌아다닌다 하는 식의 말도 만들어내었다.

그때가 선거운동 기간이었음으로 지리적으로 제일 가까운데 있는 내가 중앙당의 간부로서 첫출발하는 지구당 개편대회에 참석하지 않을 수 없는 것이었다.

그때 내 패인을 분석해 보면 여러 가지 불리한 요소가 종합되어 있었다. YS바람과 악성 루머 그리고 내 지역은 당선될 것이라는 생각에서 당원들이 안이했고 거기다 여당 운동원에겐 필수적인 돈을 쓰지 않고 하니 낙선하고 만 것이다.

학교동창, 종친회 등 사조직도 총동원되는 것이 선거다. 중·고등학교 동창인 친구 이명(李明)이가 주축이 된 사조직도 열심히 했다. 후원회장을 맡았던 김성문 회장도 잊을 수 없는 고마운 분이다.

■ 결국 여소야대 정국으로

1988년 4월 26일 치러진 13대 총선에서 부산은 완패했다. 겨우 김진재 의원 한 명만 당선하고 14개 선거구 모두가 김영삼 씨가 이끌었던 통일민주당의 승리로 끝났다.

사실 나는 솔직히 개표하는 순간까지 내가 낙선하리라는 생각을 하지 못했다. 상대 후보도 자기가 당선하리라는 생각을 안 한 것이다. 개표장에 개표 상황을 지켜보려 나는 당당히 들어가 있었고 상대인 허재홍 후보는 개표현장에 처음에는 오지 않았다. 첫 투표함이 개봉되어 나오는데 나는 머리가 쭈뼛하는 전율을 느꼈다. 깜짝 놀란 것이다. 다음 함도 그 다음 함도 내가 지는 것으로 나오자 나는 개표장을 뛰쳐나가버렸다. 곧 이어 상대후보가 나타났다는 이야기를 나중에 들었다.

결국 전국적으로도 우리 당은 과반수 의석 확보에 실패하였다. 우리 민주정의당이 125석(지역구 87, 전국구 38)을 차지해 간신히 제1당은 되었으나, 과반수 의석 확보에는 실패하였다.

그밖에 김대중 씨의 평화민주당이 70석(지역구 54, 전국구 16), 김영삼 씨의 통일민주당이 59석(지역구 46, 전국구 13), 김종필 씨의 신민주공화당이 35석(지역구 27, 전국구 8)으로 그 뒤를 이었고, 무소속이 9석, 한겨레민주당이 1석을 차지하였다.

한마디로 여당에서 과반수에 미치지 못하는 선거 결과를 냄으로써 여소야대의 정치 환경이 벌어진 것이다. 우리나라의 큰 폐단인 지역주의 정치가 너무 선명해진 것이다. 이러한 상황으로는 새로 출범한 노태우 대통령의 6공화국의 정국 운영은 불투명할 수밖에 없었다.

선거구제를 이야기할 때부터 여러 번 말했지만 청와대 등 신수뇌부에서는 이번 총선을 너무 안이하게 생각한 것 같다.

노태우 대통령이 격려차 부산에 왔을 때도 실탄지원은 하나도 없었다. 오렌지 쥬스 한 잔 받아놓고 대통령 내외와 후보들 부부동반으로 각자 사진 한 장씩 찍어 준 것이 전부다. 여태까지는 이렇지 않았다.

그냥 가는 대통령을 향해 모 후보가 "각하, 실탄이 떨어졌습니다."고 하니 못마땅한 표정으로 뒤를 돌아보더니 "너 부랄 팔아서 해!" 하던 노 대통령의 모습이 지금도 잊혀지지 않는다.

■ 정치권 지각변동 – 3당 합당

노태우 대통령과 당에서는 여소야대 상황을 받아들이기가 힘들었다. 정부에 대한 지지율도 지지부진했기에 정부 여당 입장에선 이만저만 불안한 게 아니었다.

이런 위기 상황을 바꿀만한 해결책을 연구하기 시작하는데, 그것이 바로 합당을 통한 정계 대개편이었다. 4당 체제에 만족하는 정치인이 아무도 없었기 때문이다. 나머지 야 3당도 그리 상황이 좋은 건 아니었다.

우선 김대중 씨의 평화민주당은 13대 총선에서 선전하며 제1야당으로 정국의 주도권을 쥐고 있었지만, 호남권에 지지층이 고립되어 오로지 대통령만이 꿈인 김대중 씨로서는 차기 대선에서 승리할 수 없다는 한계점을 명확히 깨닫고 있었다.

김영삼 씨의 통일민주당은 제2 야당의 한계를 뼈저리게 느끼고 있었다. 부산지역을 거의 휩쓸다시피 석권했지만, 경북 경남에서는 민정당에, 호남과 수도권에서는 평민당에, 충청권에서는 신공화당에 밀려 군소 정당 이미지밖에 주지 못하고 있었다.

평생을 권력의 핵심부에서 보내온 김종필 씨와 신민주공화당은 야당 생활이 달갑지가 않았다. 내각제를 외치고 있었지만, 확고부동한 대통령 직선제 지지 여론을 넘을 수가 없었다.

총선이 여소야대로 끝나고 난 뒤 정권 핵심부에서 나온 첫 번째 방안은 민주정의당(129석)과 신민주공화당(35석)의 합당이었다. 이러면 164석으로 국회 과반수를 훨씬 뛰어넘는 숫자이며, TK와 충청권을 중심으로 보수층을 확실하게 끌어모을 수 있다는 장점이 있었다.

하지만 이럴 경우 김대중과 김영삼이 다시 손을 잡아 거대 단일 야당을 만들 위험성이 있었다. 그래서 노태우 대통령은 김대중 씨가 이끌던 평화민주당과의 합당을 구상하고 있다는 항설이 돌고 있었다.

이 합당이 성공하면 무엇보다도 망국적인 지역감정을 해소하는 국민 대통합이란 명분을 내걸 수 있고, 의석수도 199석으로

단독 개헌선인 200석에 단 1석 모자라는 초거대 여당을 만들
수 있다. 그럴듯한 구상이다.

때마침 평민당도 노태우 씨의 대통령 선거 공약인 중간평가
를 실시할 경우 정국이 혼란 속에 빠질 것이라는 주장을 하며
오히려 중간평가를 하면 안 된다는 논리를 펴 노태우 정권과의
합당이라는 물밑흐름에 호의적인 맞장구를 치는 듯이 보였다.

이런 항간의 흐름을 천부적인 정치 감각으로 읽어낸 김영삼
씨는 합당이라는 승부수를 먼저 던졌다. 결국 원래부터 민정당
과 비슷한 정치 성향이었던 김종필 씨 역시 합류하여 1990년 1
월 기자회견을 통해 3당 합당을 공식적으로 발표했다.

당 총재는 노태우 대통령이 맡았고, 대통령을 대신하여 당 운
영을 책임지는 대표최고위원은 김영삼 씨가 맡았다. 그리고 김
종필 씨와 민정당의 대표였던 박태준 씨는 최고위원을 맡았다.
이로써 노태우 정부는 일단 표면적으로는 절대다수의 의석을
확보한 강력한 여당을 기반으로 안정적 국정운영을 할 수 있게
됐고, 김대중의 평화민주당만이 유일한 야당으로 남게 된다.

3당 합당이 우리나라와 정치에 어떤 영향을 끼쳤나 하는 역

사적 평가는 아직 이르지만, 만약 그때 김대중 당과 합당이 이루어졌더라면 어떻게 되었을까 하는 가정을 해본다면 지역감정 해소 등 긍정적인 요소가 많지 않았을까 하는 생각이 든다.

■ 3당 합당으로 지역구 날아가다

1990년 1월 22일, 경천동지(驚天動地)할 소식이 날아들었다. 민주정의당과 통일민주당, 신민주공화당의 3당 합당이 전격적으로 발표된 것이다.

그때 나는 일본 큐수지방을 여행하고 있었다. 정석모 의원, 김종호 의원 그리고 13대에 진출하지 못한 권익현 의원과 나. 그리고 대전의 이병익 회장, 박병헌 전 재일 민단장, 교포 기업인인 박종 회장 등이 같이했다.

우리는 구순회라는 모임을 만들어 자주 어울리던 처지였다. 지금은 모두 고인이 되고 나만 남았다. 발표가 나자마자 두 현역의원은 바로 귀국하고 우리도 더 여행을 계속할 기분이 아니어서 곧 귀국했다.

그때부터 나의 정치적 낭인생활이 시작되었다. 지역구가 없어져버렸기 때문이다. 그리고 1990년 2월 15일 전체의석 2/3를 넘어서는 거대 여당 민주자유당이 정식 출범했다.

유일한 야당으로 남게 된 평화민주당은 물론 3당 합당의 당사자인 여당 의원들에게도 이는 큰 사건일 수밖에 없었다. 3당 합당이 되면서 구 민정당 인사들과 새로이 합류한 민주계, 공화계 인사들이 한 조직 안으로 뭉치게 된 것이다. 당연히 지구당별로 일대 대변화가 일어날 수밖에 없었다.

13대 총선에서 낙마한 대다수의 부산, 충청 지역의 민정계 인사들은 졸지에 지구당 위원장직을 잃어버렸다. 현역의원이 지구당 위원장을 맡게 되었기 때문이다.

3당 합당으로 당은 합쳐졌지만, 당원 간의 화학적 결합은 사실상 불가능했다. 그도 그럴 것이 과거에 여권과 야권으로 나뉘어 한 선거구에서 선거를 통해 싸운 사람들이 어찌 아무 일 없었다는 듯이 합쳐질 수가 있겠는가.

정치인의 운명은 역시 선거로 결정된다. 다음 총선을 목표로 하면서 지지기반을 다지는 길밖에 없다.

YS바람으로 선거에서 패배하고 지구당위원장 자리도 잃어버렸지만, 여전히 지역의 민심이 나를 떠난 것으로는 느껴지지 않았다. 지구당 내에서 필승동지회(승지회)라는 이름으로 내 조직을 이끌고 당원 동지들과의 유대관계를 유지하면서 다음 총선을 기약했다.

6. 인생 재충전

■ 내 인생의 첫 장기 휴가

정치인에게 '낙선'이라는 단어는 가장 떠올리기 싫은 말일 것이다. 오죽하면 일본정가에서도 '원숭이는 나무에서 떨어져도 원숭이지만 국회의원은 선거에 떨어지면 사람이 아니다.'라는 말이 있었을까.

앞에서도 보아온 바와 같이 나는 13대 선거에 낙선하고 말았다. 그러나 당시 노태우 대통령은 나를 배려해서 어떻게든 무슨 자리를 주고 싶어 했던 것으로 보였다. 하루는 청와대 최병열 정무수석이 차나 한잔하자 하면서 만나자는 연락을 해 왔다.

그는 국회 사무총장 자리를 제안했다. 국회 사무총장은 장관급인 고위직이다. 주로 전직 국회의원들이 많이 가는 자리였다. 하지만, 나는 당시 조금 쉬고 싶다는 생각이 강했다. 쉼 없이 달려온 30년의 공직생활을 좀 정리하고 가고 싶기도 했다.

그 후 박준병 사무총장도 소일할 만한 비슷한 제의를 해 왔다. 모두들 나를 배려해주고 있다 하는 점에 참 고마움을 느꼈으나 정말로 좀 쉬고 싶어서 모두 사양했다.

나에게 국회의원 선거에서 낙선하고 야인으로 지냈던 시기는 내 삶을 되돌아보게 한 성찰의 시간이었으며 새로운 미래를 위한 토대를 마련하게 해준 재충전의 시간이었다. 최종 낙선이 결정된 순간 퍽 당황하고 난감했으나 뭔가 내 인생에 플러스되는 방향으로 선용하자고 마음먹었다.

약관의 나이에 공직에 몸담았던 이후 지천명이 되도록 단 한 순간도 쉼 없이 달려온 인생이었다. 공직자로서 정치인으로서 나름 최선을 다해 살아오는 동안 아쉬움이 있다면 나 자신을 되돌아보고 성찰하는 시간을 충분히 가져보지 못한 것이랄까. 그러한 의미에서 낙선은 불행이 아니라 축복일 수 있겠다고 생각했다.

우선 4년이라는 시간이 생겼다.

4년 내내 다음 선거에 매달리기엔 너무 길다. 그래서 전반부 2년은 재충전을 위해서 외국 연수를 생각했다.

■ 일본 연수를 떠나다 - 일본일기

미국과 일본을 염두에 두었는데, 한국학에 정통한 스칼라피노 교수가 있는 미국 버클리대학과 교토대학 양쪽에서 초청이 왔다. 통상 많은 정치인들은 스칼라피노 교수가 있는 버클리대학을 선호했는데, 나는 언어나 문화면에서 익숙한 일본으로 가기로 결정했다.

일본 중에서도 내가 어릴 때에 자란 도쿄(京都)에 가고 싶어 도쿄대학을 지원했다. 다행히 가츠다(勝田吉太郎) 교수의 연구생으로 등록이 되었다. 가츠다 선생은 러시아 정치사를 전공한 일본의 유명한 우익 교수이다.

그 당시의 일기가 있어 여기 몇 토막 소개한다. 일본 생활의 면모를 볼 수 있기 때문이다.

· 1988년 10월 6일(목요일) ·

12시 KAL편으로 오사카(大阪) 향발. 도쿄대학 법학부 연수원으로 입학하기 위해서다.

일본을 선택한 이유를 이렇게 적고 있다. 1. 지리적으로 가까워서 월 1회 귀국하여 지역구 관리가 가능하다. 2. 일본어를 수준급으로 향상시키고, 3. 조용히 책이나 좀 보자는 것이다.

국내에 있으면 골프도 하고 친구들과 어울려 술도 마시고 하면 세월은 잘 가겠지만 아무래도 허송세월할 것 같아서 이 좋은 기회를 뭔가 선용해야겠다는 생각에서 고생을 각오하고 선택한 것이다.

그러나 막상 비행기를 타고 갈 때는 서글프고 또 낙선하여 떠난다고 생각하니 눈시울이 뜨거워졌다.

대판 공항에는 사촌 행문(滓玟) 형이 마중 나와 있었다. 마침 오늘이 조부님 제사라 해서 큰형인 행지(滓芝) 형님 댁으로 가서 몇 십 년만에 조부님 제사를 모셨다. 큰형수는 일본 분인데 옛날식으로 상다리가 부러질 정도로 음식이 잔뜩 올라 있었다. 우리 사촌들은 모두 일본에서 태어나고 일본에서 살고 있다.

다음날 도쿄의 이대찬 교육원장의 안내로 도쿄대학 입학 수속을 하기로 했다.

· 10월 12일(수) ·

시내 중심지에 맨션아파트를 월세로 구하고 rent한 가구가 들어왔다.

세상은 편리하게 되어 있다. 일체의 살림살이를 다 빌릴 수 있다. 냉장고, 옷장, TV, 응접세트, 책상, 이불, 찬장, 전기밥솥까지. 생각보다 살림이 커졌다. 우리나라도 이런 rent가 있는지 잘 모르겠다.

애들이 모두 진학할 나이 또래라 아내는 같이 오지 못하고 내가 이제 혼자 자취생활을 하는 것이다. '내가 이 나이에' 하는 따분한 생각도 들었지만 이것을 극복해야 한다고 결심했다. 첫 날은 대판에 사는 사촌 행문 형 내외가 와서 다 도와주었다.

내 거주 주소는 다음과 같다.

京都市 下京區 五條通 柳馬場 東入 溫寵町 384. 루네 河原町 702호. 맨션아파트

바로 옆에 24시간 하는 Lawson이라는 편의점이 있어 편리하다. 라면이나 김밥 등을 간단히 사 먹을 수 있다.

· 10월 15일(토) ·

오늘부터 도쿄에서 일본 전국 체육대회가 개최된다.

그런데 천황이 와병 중이라 그런지 그렇게 요란스럽지 않다. 길거리에 선수복 차림의 젊은이들이 눈에 띌 뿐이다.

천황(소화천황)의 병세에 대하여 매시간 TV에 보도하고 있다. 그리고 사회가 자숙하는 분위기가 역력하다. 쾌유를 비는 행렬이 줄을 잇는다. 참으로 기이한 민족이다, 일본은 점점 우경화 되어 가서 예전처럼 군국주의화 되는 것이 아닌가 하는 걱정도 생겼다. 경제 대국뿐만 아니라 군사대국까지 되는 것이 아닌가 걱정이다.

일본은 어떻든 주목할 나라이다.

· 10월 16일(일) ·

대판에서 행문 형님과 그 친구들과 골프를 하고 저녁 늦게 전차를 타고 도쿄 숙소로 돌아왔다.

전차 속에서 일본사람을 바라보면 참 재미있다. 못 생기고 촌스럽다. 그러나 이런 사람들이 생활에 빈틈이 없고 큰소리치는 일이 없고 남에게 폐끼치는 행동이 일체 없다. 일본에서 시장이나 어디서나 큰소리로 시끄럽게 싸우는 것을 본 일이 없다. 모두 친절하다. 길이라도 물으면 이쪽이 미안할 정도로 친절하게 자세히 가르쳐준다.

친절하고 청결하고 검소하고 나라에 잘 복종하고 협력하는 국민성 – 이런 것들이 선진국으로 가는 길이다. 우리는 너무 급하고 여유가 없다. 거칠고 남을 아랑곳하지 않는다. 이런 것들을 고쳐나가야 한다. 의식의 개혁이다.

작은 것이 큰 것을 만든다는 것은 일본을 두고 하는 말인 것 같다.

그리고 일본은 나라가 부자이지 개인은 절대 부자가 아니다. 검소하고 집도 작다. 서울에서와 같은 대저택을 본 일이 없다. 그 대신 대중교통, 공원, 도로망 등 대중이 함께 이용하는 것들은 아주 잘 되어 있다. 많은 일본 국민이 비슷한 생활을 하는 것 같다.

일본에 좀 있다가 우리나라에 오면 우리 사회가 왜 그렇게 거칠게 느껴지는지 모르겠다. 선진화는 경제성장만 해서 안 된다. 의식의 선진화가 이루어져야 진정한 선진사회이다.

· **10월 25일(화)** ·

부산으로 귀국하여 당정협의 부산 기관장 회식 등 당무를 보고 상경하다.

서울로 상경하여 대만 방문.

· **11월 16일(수)** ·

지난 11일에 귀국했다가 오늘 다시 일본에 돌아왔다.

오전 10시에 서울 집을 나서서 오후 3시에 일본 도쿄 숙소에 왔으니 5시간 만이다. 참으로 희한하고 좋은 세상이다.

모처럼 서울에 갔더니 시끄럽기 짝이 없다. 5공 비리 문제이다. 일해재단의 국회 청문회 이후 민심은 급격히 악화되고 있다. 더구나 전(全)씨 일가의 비리라 하여 그 형, 동생, 처남까지

구속되는 사태에 이르니 민심은 극악이다. 정치권은 여야를 막론하고 수습은커녕 기름을 붓듯이 선동하고 있다. 너무 수습하기 어려운 단계까지 온 것이 아닌가 걱정이다.

이런 상황을 보면서 많은 것을 생각게 한다. 당쟁이 심했던 우리의 역사, 정권의 정당성과 도덕성, 우정과 신의와 권력들, 공인으로서의 처세, 공사의 엄격한 구별, 그동안 우리 사회의 권위주의 등등 여러 가지를 다시 한 번 곱씹어 보게 된다.

모두 내가 아는 사람들이 잡혀가고 가까웠던 주변에서 일이 터지니 우울하다. 이 태풍 속에 잘못 이름이 거명되면 어느 바람에 날아갈지 모른다. 나는 크게 권력의 주변에서 행세하는 입장도 성격도 아니었지만 그래도 다행이다.

내 딴엔 나름대로 합리적이고 올바르게 공인생활을 하려고 노력하여 때때로 그들의 부당한 청탁을 모른 체 하기도 하고, 꾀가 많고 약아서 소신 있는 충성을 안 한다는 섭섭한 소리를 듣긴 했지만 결국 내가 취해 온 것이 옳지 않았던가.
자만하기보다 다행스러웠다고 생각한다. 일이 틀어지려면 아무것도 아닌 일에 이름이 거명되기도 할 터인데….
털려고 들면 누구나 치부는 갖고 있는 것이 아닌가.

· 11월 20일(월) ·

요사이 일본 정계도 리크루트 문제와 소비세 등 세제개혁 문제로 시끄럽다.

리크루트문제라는 것은 리크루트 코스모스 주식회사의 미공개 주식을 정.관.재계 유력자에게 뿌려 상장 후 막대한 양도차액을 챙겼다는 일본의 전대미문의 스캔달이다. 나까소네(中曾根) 전 총리, 다케시타(竹下) 총리, 미야자와(宮澤) 재무상 등의 이름이 나온 대형 의혹사건이다.

오늘은 한다 안 한다 하고 여야 간에 논쟁이 심했던 증인 신문을 드디어 하기로 했다. 여당이 여론에 밀린 것이다.

그런데 놀란 것은 이 엄청난 사건의 증인심문을 하면서 이 광경을 TV에는 중계하지 않고 있는 것이다. 리크루트문제 특별위원회까지 설치하면서 이 심문광경을 국민에게는 알리지 않는 것이다. 우리의 청문회와 같은 것인데 민주주의의 첨단국이라는 일본에서 국민의 알 권리를 무시하고 중계를 안 하는 것이다. 아직 확실하지 않은 상황으로 국민을 불필요하게 자극하지 않기 위한 배려인 것이다. 얼마 전의 우리의 일해재단 청문회가 생각났다. 확실한 진상이 국민에게 전달되는 것이 아니라 정치적 선전장이 되어 옳지 않은 선입견만 갖게 하는 결과 때문이다.

이렇게 정.관.재계가 총 망라된 대형 의혹 사건을 풀어가는 일본의 정치, 그것을 조용히 지켜보는 일본 국민, 그래도 불평 한마디 없는 언론 – 이런 자세가 현명한 것은 분명하나 그렇다고 이것이 선진국 민주의식인지는 나도 잘 모르겠다.

그러나 이렇게 조용히 하면서도 결과에서는 다 이루어졌다. 이 사건으로 결국 일본은 정계 개편이 되고 관련자도 처벌되고 의원직을 사퇴하는 사람도 생겨났다.

필요 이상으로 국가와 국민이 상처받지 않고 수습된 것이다.

· **12월 6일(목)** ·

며칠 계속 가츠다 선생 연구실에 가다.

한국 문제에 대한 토론도 있어 서투른 일본말로 한국 정치 상황을 설명해주다.

요사이 얼마나 자유가 있는지 모르겠다. 혼자 밥해 먹고 책 보고 외출하고 싶으면 하고…. TV도 많이 보면서 일본어 듣기에 열심이다.

바람과 구름을 벗 삼아 발길 가는 대로 살고 있다.

강원도 백담사에 은둔한 전 대통령 내외분의 모습이 가끔

TV에 비치고 있다. 만감이 교차한다.

좀 더 지적 고민을 하자. 사색하고 공부하고 책 읽고… 철저하게 자유 속에서 고독을 음미하자. 씹어 보자. 뭔가 마음에서 움이 돋을 때까지 이런 생활을 계속해 보자.

며칠 전에는 부산에서 여봉회라는 이름의 가깝게 지나는 동생처럼 지내는 친구들 내외가 와서 동경 쪽으로 나들이 나가 아내와 함께 잘 보내고 왔다.

어떻게 보면 요즘이 내 인생의 황금기다. 자유롭고 여유를 느끼며 여행도 하고, 공부를 하면서 지낸다.

여기 도쿄의 일우에서 많이 생각한다.

· 12월 15일(목) ·

오전에 도쿄대학 연구실에 갔다가 오후에 귀국했다.

연말을 맞아서 지역구 등에서 행사도 많고 연말연시를 한국에서 보내기 위해서다.

88년을 한번 결산해 본다. 평화적 정권교체가 이루어졌고 88올림픽의 성공적 개최로 대한민국이 세계에 한 단계 올라섰다. 경제면에서도 최고의 호황을 이루었다.

그러나 정치적으로는 오히려 후퇴한 기분이다. 평화적 정권교체의 의의도 살리지 못하고 전직 대통령이 백담사에 유배되고 많은 전 정권 인사들이 감옥에 가는 정치 보복의 징후가 보였기 때문이다.

4당 체제의 새로운 정국운영도 모두 민주개혁이란 공동목표를 가지고 현명하게 여론을 이끌면서 해나가야 할 것인데 정반대로 갔다.

40년 동안의 정치적 적폐의 청산이 모두 5공에 집중되어 공과를 가리지 못하고 온 나라가 마녀사냥 식으로 난리다.

정치 지도자들이 슬기롭게 여론을 이끌지 못하고 민주주의에 대한 역사가 일천하여 국민이나 언론이나 모두 성숙하지 못한 민주의식 때문이다.

망국적인 이조의 당파싸움과 무엇이 다른가!

경도 광륭사에 가서 일본의 국보 1호인 목조 반가사유상을 보고 쓴 즉흥시를 여기 소개한다. 우리나라의 국보 83호인 반가상과 너무 닮아 우리나라 삼국시대에 전해진 것이라는 설이 대세를 이루고 있는 걸작품이다.

광륭사(廣隆寺)

천년의 숨결이
발끝에 머문다.

반도 조상의 슬기가
여기
광륭사에도,

영원의 미소 미륵상,
백제의 웃음

바다를 이은(연)
먼 고대의 순간에
내가 섰다.

· 1989년 1월 18일(수) ·

한 달이 넘어서야 도쿄의 숙소에 돌아왔다. 지난달 15일에 설도 쇨 겸 귀국해서 오늘 돌아온 것이다.

나의 단칸 아파트엔 아무런 변화가 없었다. 또 혼자서의 생활이 시작되는 것이다. 짐을 풀고 옷을 갈아입고 청소부터 시작했다. 한 달이나 비웠으니 먼지가 많이 앉았을 것이다. 걸레를 빨아 6조 다다미방에 걸레질을 했다.

부엌과 마루도 말끔히 닦았다. 땀이 나고 무릎이 아팠다. 그러나 기분은 좋았다. 방을 청소하는 것이 마치 나의 마음을 청소하는 기분이 든다.

술에 찌든 몸, 오염된 정신상태… 이 모든 것이 흐르는 땀과 함께 씻어져 내려 흐르는 느낌이었다.

모든 것을 다 남에게 의존하고 살던 생활에서 모든 것을 스스로 하는 - 밥도 짓고 청소도 하고 빨래를 하는 이런 생활이 이상하게 신선한 즐거움을 주고 있다. 또 혼자 생각하고 책 읽는 것이 그렇게 즐겁다.

혼자 있는 시간 - 그것은 사색하는 시간이기 때문에 인간은 끊임없이 생각하고 사색하기 위하여 이렇게 가끔 혼자 있어야 한다. 자기의 내면과 마주하는 시간이다.

자기를 찾는 느낌, 자신에게로 돌아온 느낌이 들어 전율 같은 희열을 느낀다.

■ 일본유학에서 얻은 소중한 자산

일본으로 갈 때의 목적은 두 가지였다.

첫째는 어느 정도는 하는 일본어를 고급 수준으로 향상시켜보겠다는 것이었고, 둘째는 우리와 비슷한 일본이 어떻게 하여 선진국이 되었는가를 연구하기 위해 일본 사회와 일본 국민을 배우고 또 밖에서 우리나라를 객관적으로 관찰해보자는 것이었다.

그래서 유학 중에는 학구적인 연구보다는 일본사람과 자주 만나고 어울리는 것을 제일로 삼았다.

저녁엔 기온(경도의 유명한 술집 골목. 환락가)의 뒷골목도 많이 다니고 사람도 많이 사귀었다. 인간의 일이란 알 수 없는 것 – 이러한 기초가 말년에 일본대사로서 일하는 데 큰 도움을 줄 줄이야.

그때 내 나이 50대 초반이다. 살아온 반평생을 돌아보는 좋은 기간이다. 책도 많이 보고 혼자 사색도 많이 하면서 인생 후반부를 준비하는 값진 자양분이 됐다고 생각한다.

야마모토(山本吉龍) 같은 좋은 동생, 마스다(益田) 같은 친구들은 잊을 수가 없다. 그들은 나이가 나보다 훨씬 어린데 너무 일찍 세상을 떴다. 지금 생각해도 참으로 좋았던 기억이 많이 남아 있다. 오사카(大板)에 사는 4촌 형인 유행문의 도움도 컸다.

우선 일본사람들은 공사가 분명했다.

개인용무로 직장전화를 절대 사용하지 않는다고 한다. 그때는 핸드폰도 없던 때인데 개인 일로 전화할 일이 있을 때는 사무실 밖에 나와서 공중전화를 이용했다.

또 한 번은 도쿄의 유명한 관광지에 가서 기념사진을 찍으려고 거기 일하는 사람에게 샤타를 좀 눌러달라고 부탁하니 "미안합니다. 지금 근무 중이라서 죄송합니다." 하고 정중하게 거절당한 일이 있었다. 그때 우리나라는 아직 이 정도로 공사 구별이 엄격하진 않았다.

또 사람을 믿는 신용사회이다.

서울에서 친구들이 와서 택시를 시간제로 빌려 관광을 다녔는데 차가 들어가지 못하는 어느 지역에 와서 거기까지의 택시비를 지불하려고 하니 그냥 갔다 오라는 것이다. 그래서 우리가 가서 택시비도 안 내고 딴 길로 가버리면 어떻게 하느냐 우리를 믿을 수 있느냐고 하니 웃으며 사람이 서로 사람을 안 믿으면 어떻게 하느냐고 웃지 않는가. 우리가 머쓱해졌다.

또 일본에서는 옛것을 잘 보존하면서 독특한 자기들 문화를 만들고 있다.

건축물의 기공식 또는 준공식 광경을 보고 참 놀란 일이 있었다. 상에 음식물을 올려놓고 하얀 옷을 입은 제주가 하얀 종이 막대기를 흔들면서 주문을 외우듯 하는 것이 아닌가. 마치 고는 거기 모인 사람들이 음복을 한다. 우리나라에서 돼지머리 얹어 놓고 지내는 고사와 똑같은 개념인데 좀 진화한 것이다.

우리나라에서는 미신이라고 타파해야 한다고 야단해 거의 없어져 가는 풍속이 여기서는 좀 깔끔한 모양으로 바뀌어 잘 보존되고 있는 것이 아닌가.

선진국 현대사회인 일본에서 이런 것이 있으리란 상상도 못했다. 고대와 현대가 잘 조화되어 독특한 자기문화로 발전시키고 있는 것이다.

이런 것을 보면서 느끼는 것이 많았다.

7. 재선을 넘어 중진으로

■ 유권자의 힘으로 얻은 14대 공천

일본 연수를 마치고 후반부 2년은 14대 총선을 위한 준비기간으로 설정했다. 그러나 이 역시 뜻대로 되지는 못했다. 뜻밖의 3당 합당으로 내 지역구는 민주당 당선자가 차지하고 당명도 민주자유당(민자당)으로 바뀌고 나는 공중에 떠버리고 말았다.

지역구가 없어지고 나의 입지는 더 힘들어졌다. 당의 공천을 받지 못하면 사실상 당선은 불가능하다. 아무리 지역에서 인기가 있다 하더라도 무소속으로 출마하기는 큰 모험이다. 공천을 받는 것이 제일 중요한데 내 지역구는 민주당 출신 현역의원이 버티고 있다.

당시 부산 남구 갑 지역구는 현역의원인 허재홍 씨가 있었고, 옛날 중선거구일 때 내 선거구이기도 했던 남구 을 지역구는 정상구 의원이 있었다. 두 사람 다 민주계 출신이었다. 현역의원이 있는 상태에서, 게다가 민주계 인사를 제치고 내가 공천을 받는다는 것은 매우 요원한 일처럼 보였다.

이렇게 어려운 상황에서 내 정치생명이 여기서 끝나는구나 하고 퍽 난감해하고 있었는데 기회는 지역구 유권자들의 지지 덕분에 다시 찾아왔다. 유권자는 결코 나를 버리지 않았다.

당시 김영삼 대표는 그해 12월에 치러질 14대 대통령 선거를 위한 사전 작업으로 14대 총선을 매우 중요하게 생각했는데, 특히 부산 지역에서는 압승을 해야 한다는 생각을 가지고 있었다. 당시의 YS는 오로지 대통령이 되어야 한다는 생각밖에 없었다.

그러기 위해서는 부산의 민정계 출신 중에 누굴 포섭해야 되느냐 하는 것을 엄밀히 조사하고 있었던 것이다. 그러니까 누가 가장 민심의 지지를 받고 있느냐 하는 것을 조사한 것이다. 여론도 수집하고 자기의 지인들을 통하여 알아보기도 하고 많은 노력을 기울이고 있었다. 그 대상에 내가 들어간 것이다.

당시 현역이던 정상구 의원을 제치고 나는 부산 남구 을에 공천을 받는 데 성공했다. 부산의 공천권을 완전 장악하고 있던 김영삼 대표가 YS계도 아닌 나에게 공천을 주었던 것은 결국 유권자의 힘이 크게 작용했다고 봐야 할 것이다.

여론 조사를 통해 당선 가능성이 가장 높은 후보를 조사해보니 나의 이름이 가장 높게 나왔다고 한다. 하여 나에게 부산 남구 을에 현역의원인 정상구 씨를 제치고 공천을 주었던 것이다.

결과는 대성공이었다. 14대 선거에서 부산 16명 중 득표율 1위(66.45%), 전국 최다 득표 3위로 당선한 것이다.

부산에선 15개 선거구에서 민자당이 모두 압승하여 야도 부산이 여도로 바뀌는 계기가 되었다.

■ YS와의 첫 대면

그래도 김영삼 총재하고는 한 번 만나는 보아야 하는데 전혀 나와 연결되는 고리가 없었다. 경남중학이라는 학맥은 있었지만 오히려 정치적인 입장에서는 그동안은 반대 되는 입장이었다.

합당 후 나와 YS와의 첫 만남을 주선해 준 사람은 박희태 의원이다. 당시 박희태 의원은 초선이었지만 잘 나가던 명 대변인으로서 김영삼 대표의 지혜로운 참모로 명성이 자자했다. 그와 나는 동창으로 가까운 친구지간이다. 13대 때는 국회 진출을 내가 권유하기도 했는데 그는 당선되고 나는 떨어진 그런 상황이었다. 그는 나와 곽정출 의원을 데리고 김영삼 당시 대표의 상도동 댁으로 갔다.

거의 저녁 9시쯤 됐는데 2층에 있던 YS는 아래층 거실로 내려와서 손수 커피를 뽑아주면서 우리를 맞이했다. 이것이 김영삼 대통령과의 첫 만남이다. 이날 특별한 이야기를 나누지는 않았지만 총선이 가까워 오고 있는 시점이라 우리가 왜 왔는지 하는 것은 물론 알고 있었을 것이다. 특히 부산의 총선 공천권은 거의 김영삼 대표가 쥐고 있는 상황이었다. 우리도 특별한 요청은 하지 않았지만 그러나 분위기상 박희태 대변인이 평소에 나에 대한 이야기를 김영삼 총재에게 많이 했구나 하는 느낌은 받을 수 있었다.

어떻든 그 후 그는 나를 14대 국회의원 선거에 공천해 주었다.

■ YS 대통령 당선

김영삼 후보가 14대 대통령으로 당선됐다. 우리 당 후보이고 내게 국회의원 공천까지 준 분이니 물론 나도 열심히 도왔다.

그는 평생의 꿈을 달성한 것이다. 그 의지력과 집념, 깡은 알아주어야 한다. 개인으로서는 엄청난 승리다.

1993년 2월 25일부터 5년간의 임기가 시작되었다.

겉으로는 3당 통합으로 전 정권을 계승한 모양새지만 사실상은 야당으로의 정권교체나 다름없었다. 그는 군사정권을 비난하던 처지에서 3당 통합으로 정권은 잡았지만 야합이라는 어떤 콤프랙스가 있었는지 어떤 면에선 순수 야당으로의 정권교체보다 더한 면이 있었다.

급기야 전두환, 노태우 전직 대통령을 모두 구속하고 사정정국은 칼바람이 불었다. Y.S.대통령이 너무 공포분위기를 조성

김영삼 대통령과 함께

하고 너무 인기를 의식했다.

1993년을 보내면서 내 수첩에 다음과 같은 글이 기록되어 있었다.

사정이다 개혁이다 하여 시끄럽고 갈등도 많은 한해였다. 엄청난 변화, 권력의 이동, 새롭게 뜨고 지는 인물들. 개인도 사회도 국가도 정말 변화의 격류 속에 보낸 한해이다.

감옥에 간 사람, 해외에서 망명 아닌 망명생활을 하는 사람, 기고만장한 신 세력 - 정치의 세계에서는 이기는 자가 정의이다.

정권을 잡은 사람들이 이번 연말의 일련의 인사를 통해서는 이제 노골적으로 자기들끼리 해먹기로 한 것 같다. 이래도 되는 것일까. 어느 시대나 그렇게 해온 것이었을까. 처음 겪어보는 정권교체이며 정치지도자들의 부침을 보면서 세상을 다시 배운다.

마음이 곱고 착한 사람들이 반드시 잘 되는 것이 아니다. 특히 정치세계에서는 그러한 것 같다. 아부하는 사람, 줄을 잘 잡는 사람. 후안무치한 사람들이 역시 잘 뻗어간다. 어떻게 보면 그것도 능력인지 모른다. 우리가 역사에서 접하는 인물들도 그런 사람이 많지 않았을까 하는 생각까지 든다.

나는 마음을 잘 가다듬고 있다. 민정당 시절에 정치에 몸을 담았고 유신시대에 경찰관리를 했던 사람으로 그 시대를 완전히 좌악시하는 분위기 속에서 아슬아슬하기도 하고 걱정스럽기도 했지만 별 구설에 오르지 않고 지나왔음을 감사할 뿐이다.
그러나 나는 정말 하늘 아래 부끄러움이 없는 정도를 걸어왔다고 자부한다.

앞으로도 좀 더 담담한 자세. 건실한 생활을 다짐하면서 1993년을 보낸다. 부산에서 서울로 가는 비행기 속에서.

그러나 그 후에 김영삼 대통령의 여러 다른 면도 보았다.
김영삼 대통령은 대통령 시절엔 자주 만나지 못했지만 은퇴 후 가끔 식사를 모신 일이 있곤 했는데 특히 그의 뛰어난 정치적인 감각에 놀라곤 했다.

언젠가는 내가 부산지구당위원장을 맡고 있을 때 퇴임한 김영삼 대통령을 식사자리에 모신 적이 있다. 그 자리에서 내가 전립선 비대증이 좀 있다고 말한 적이 있었다. 그러자 아주 친근하게 자신도 같은 질환으로 고생한 적이 있는데 완치됐다고, 일본의 의사를 소개시켜주겠노라고 말하는 것이 아닌가.

전직 대통령인데도 불구하고 자신의 병력을 공개하면서까지 아픔을 공유하려는 그의 살가운 마음 씀씀이가 나의 마음을 움직였다.

더욱 놀라운 것은 그로부터 일 년이 지난 어느 날 다시 자리를 함께 한 김영삼 대통령은 나에게 전립선은 좀 괜찮아졌냐며 안부를 묻는 것이 아닌가. 나는 우선 그의 탁월한 기억력에 놀랐고, 그 질문을 나에게 귀엣말로 넌지시 물어보는 것에 대해 그의 배려심을 느낄 수 있었다. 정치인의 건강 상황은 매우 민감한 부분이라 대중에게 공개되면 안 되는 것이기 때문이다.

김영삼 대통령은 대통령으로서의 공과는 차치하고 지도자로서는 결단력과 판단력을 갖춘 정치인으로 알려져있지만, 다른 면에서는 이런 세심한 배려를 통해 사람의 마음을 움직이는 장점도 지녔던 것이다.

■수영구로 바뀐 내 선거구

15대와 16대에서의 국회의원 총선거는 부산 수영구에서 치르게 되었다.

내가 처음 정치에 입문할 당시의 12대 선거 때는 중선거구제로서 그 당시의 남구와 해운대구에서 2명의 국회의원을 선출했다. 엄청나게 방대한 지역이다. 그것이 소선거구제로 바뀌면서 변화와 변화를 거듭한 끝에 결국 5명을 뽑는 5개의 소선거구가 생겨났다.

15대를 맞이하면서 다시 남구의 인구 팽창으로 수영구가 하나 더 늘어나게 된 것이다.

■15대 총선

새로 생긴 한 선거구에 당시 내무차관이던 김무성 차관이 출마를 결심한다. 그는 공천이 결정되기 전에 나를 만나고 싶다는 전갈이 왔다. 지금도 기억한다. 지금은 없어졌지만 롯데호텔의 윈저 바에서 만났다. 경남중학의 후배이긴 하나 그동안 정치적 길을 달리하고 있었기 때문에 그때만 해도 그리 친한 사이는 아니었다.

그는 나를 만나자 이번 15대 선거에 자기도 출마하려고 하는데 지역구 문제로 의논하고자 한다는 것이다. 남구가 분구되어 수영구가 하나 더 늘어나기로 되어 있는데 그중 한 곳을 자기

200

는 가고 싶다는 것이다. 그러면서 "형님이 먼저 가고 싶은 곳을 선택하세요."라고 하는 것이다.

김무성 차관은 당시 여권의 실세였다. 신한국당 내에서 입지도 공고했고, 김영삼 대통령의 전폭적인 신임을 얻고 있었다. 그런 그가 몸을 낮춰 선배인 나의 의사를 물어보려 찾아왔다.

나에게 먼저 선택권을 준 것이다. 형님이라 불러준 대목도 그렇고 내게 먼저 선택권을 준 점도 참 인상 깊게 남아있다. 김 의원의 인품을 높이 평가하고 좋게 보게 된 계기다.

그러나 나는 말했다. "참 고마운 말인데 나는 어디서 하든지 다 내가 선거를 치른 지역이니 나보다 처음 출마하는 당신이 더 중요하니 당신이 가고 싶은 곳을 먼저 선택하라."고 말했다. 이것은 진심이었다. 그러나 그도 완강하게 나에게 먼저 하라는 것이었다. 해보는 말이 아니라 진정성이 느껴지는 말이었다. 그래서 결국 내가 먼저 수영구를 선택했다.

수영구는 지역이 넓지도 않으면서도 구민의 교육 수준이나 생활수준이나 모든 면에서 부산 어느 지역보다 높은 곳이다. 영세민도 별로 많지 않는 서울의 강남과 비슷하다. 경제·문화적으로 부산에서도 손꼽히는 지역이었고, 나는 이 지역을 크게 발전시켜 부산의 대표지역으로 만들고 싶은 욕심도 있었다.

선거도 비교적 치르기 쉬운 곳으로 생각했으나 15대, 16대 모두 공천은 무난히 받았으나 선거운동 과정에서는 어려움도 많았다. 민주화의 상징처럼 되어있는 김영삼, 김대중으로 대통령이 이어지면서 소위 민주화라는 바람은 모든 가치의 우위에 있었다.

나는 유신시절과 5공시절부터 공직에 몸담았던 관계로 선거전에서 억울한 구설수에 올라가면서 이 바람을 온몸으로 막아내야 했다. 별다른 큰 흠결이 없었으니까 상대 후보가 나를 깎아내리기 위해서는 내가 5공출신 인사라는 점을 부각시키는 것밖에 없었을 것이다.

나는 적극적으로 대응했다. "전직 대통령을 2명이나 역사 바로 세우기 차원에서 구속한 상황에서 만약 내가 흠이 있고 문제가 있었다면 김영삼 대통령이 어떻게 나에게 공천을 주었겠느냐."며 호소도 했다.
숱한 낭설과 음해 모략에도 불구하고 나는 그것을 이겨냈다.
온갖 흑색선전 속에서도 정도를 걸으며 여기까지 온 사람이란 것을 강조했다. 국회에서, 당에서 그리고 여러분을 통해 검증을 받은 사람이 아니냐고 호소했다. 유권자들은 압도적으로 나를 지지해 주었다. 이때의 상대 후보는 민주당의 손태인과 국민회의의 최승호, 무소속의 권쌍현이다.

15대 선거에서는 나는 58.14%의 지지를 얻어 28.98%의 지지를 얻은 손태인 후보를 더블스코어로 승리했다. 부산에선 21개 선거구 모두 신한국당의 완승이었다.

나는 15대 선거를 끝으로 그만둘 생각을 하고 있었다. 그래서 1996년 3월 26일 총선이 공고되자 우리 내외는 교회에 가서 기도드리고 처음으로 선관위에 가서 직접 후보자 등록을 했다. 거짓과 모략과 음해가 난무하는 이 정치판이 너무 싫어졌다. 아내는 무서워 떨기까지 하는 상황이었다.

서울에서도 47석 가운데 신한국당이 27석을 얻어 대승했다. 전국적으로도 신한국당이 예상을 뒤엎고 지역구에서 121석, 전국구 18석을 차지해 139석에 성공했다. 과반수에 11석 모자라지만 이만하면 대성공이었다.

15대에서는 나는 당의 정책조정위원장으로서 정부 각 부처와 당의 정책을 조정하고 조율하는 역할을 맡았다. 당은 정책으로 승부한다는 신념에서 정부 관리가 간과하기 쉬운 개혁 마인드와 일선에서 체득한 민의를 정책화하는 데 많은 노력을 경주했다.

■ 16대 총선

2000년도의 16대 선거에서도 이회창 총재 하에서의 공천은 무난했으나 선거전 역시 거짓과 유언비어가 난무하는 혼탁선거였다.

부산발전의 견인차로, 부산민심의 대변자로 −
주민여러분의 격려가 힘이 되었습니다

시당위원장으로서 부산 문제를 상의하는 부산의원들. 김무성, 정의화, 권철현

우리 사회는 언제나 냄비 끓듯이 시끄럽다. 민주화 바람으로 사회가 좀 느슨해지자 여기저기서 소리가 난다. 선거철이 되니 더욱 심해진다.

박관용 청와대 비서실장과

　5공 시비에다 공천 불가자 명단이다, 낙선운동이다 하며 –
웬 시민단체는 그렇게 많은지 정말 시끄러웠다. 5공 시절을 살
아온 나였지만 다행이라 해야 하나 별반 큰 표적은 되지 않았
다. 그러나 성격이 내성적이고 정치에 전혀 취미를 못 느끼는
아내는 그만두자고 얼마나 졸랐는지 모른다.

　사실 나도 내심 정치에 대한 실망도 컸고 15대를 끝으로 정
계를 은퇴할 생각을 하고 있은 것은 사실이다. 그러나 그만둘
명분도 약했고 나로서는 이왕 정치판에 몸담은 이상은 4선까지
는 하고 싶었다.

그리고 또 1997년 15대 대통령 선거에서 패배한 설욕을 하여 정권을 재탈환해놓고 은퇴를 해야 한다는 생각이 강했다.

김대중 정권 하에서는 우리는 야당이었음으로 우리 당의 부산 선거는 그리 힘들지 않았다. 무난히 당선했다. 개표결과는 45,283표로서 60.5%를 얻어 15.3%를 얻은 차점자와는 3배도 넘었다.

4월 13일이 선거일이었는데, 15일이 아내의 환갑이라 마침 토요일이고 해서 선거 직후 바쁘긴 했으나, 서울에서 지열, 창열 두 아들들을 내려오게 하여 경주에서 만나 휴식을 겸해 생일저녁을 먹었던 기억이 새롭다. 벚꽃이 아주 만발하여 아름다웠던 기억도 잊혀지지 않는다.

■ 부산의 대표지역으로 변모한 수영구 – 제2의 고향

초선으로 당선된 12대 국회의원의 내 지역구는 부산 남구 · 해운대구이다.

그러나 13대 총선부터 소선거구제로 바뀌면서 선거구가 조정돼 부산 남구 갑, 남구 을, 해운대구로 분구됐다. 그러다가 다시 남구에서 수영구가 하나 더 늘어나면서 원래 나의 선거구였던 남구 · 해운대구는 15대에서는 남구 갑, 남구 을, 해운대구 · 기장군 갑, 해운대구 · 기장군 을, 수영구 5곳으로 분구됐다.

1개의 선거구가 5개의 소선거구로 쪼개진 것이다. 선거구가 몇 번이나 바뀌면서도 그래도 끝까지 나와 함께 한 지역은 수영구이다.

여당에서 출발하여 야당으로 변하기까지 했지만 수영구 이 지역만은 나와 시작부터 끝까지 함께 했다.

그리고 5번 출마하여 1번 낙선하고 4번 당선되는 동안 당을 한 번도 바꿔 본 일이 없다. 다만 당명이 바뀌는 바람에 당은 민정당에서 민자당, 신한국당, 한나라당으로 몇 번이나 바뀌었다. 그리고 나중에 다시 새누리당, 자유한국당으로 바뀌더니 지금은 국민의힘 당이 되어 있다. 나는 지금 아직도 이 당의 상임고문이다.

정치인으로서의 유흥수를 키워주고, 스스로 마무리까지 하게 해준 나의 지역구인 수영구에 대해서 나는 무한한 자부심과 애착을 느낀다. 도처에 내 발자취와 내 숨소리가 느껴지기 때문이다.

그동안 수영구는 몰라보게 변했다. 처음 출마했을 당시 광안리 해변은 쓸쓸하고 황량한 벌판에 불과했다. 지금은 이 일대가 천지개벽을 했다 해도 과언이 아니다.

인구 팽창에 따르는 개발이기도 하겠지만 그런 과정에 지역구 의원인 나도 힘을 보탰다. 황령산에 청소년 수련장을 짓고 해운대 역사를 한옥 식으로 신축한 일이나 남천동의 대드라보트를 쌓아 바닷물의 침수를 막은 일 등도 잊을 수 없다.

구의 발전을 가로막고 있었던 애물단지 수영비행장을 옮기고 지금은 부산의 명물이 된 광안대교를 건설하는 데 참여했으며, 벡스코, 센텀 시티가 들어오는 등 나의 손길이 닿지 않은 곳이 없다. 수영비행장 이전 문제는 김영삼 대통령 시절 비서실장이었던 박관용 의장의 도움이 컸다.

또 수영 강변 도로 확장, 통합병원 이전, 광안리 해수욕장 정비와 그 주변의 문화 공원화가 이루어져 멋진 도시로 변해 있다. 물론 이러한 것은 유재중 구청장이나 그 후의 박현욱 구청장이 함께 같이 노력해 주었기 때문에 가능한 것이었다. 그들도 나의 참모 보좌진 출신이니 결국 이 지역은 나의 발자취가 많은 곳이라 해도 과언이 아니다.

나는 떠났지만 모두 나와 함께 했던 사람들이 아직도 이 지역을 위해 일하고 있는 게 흐뭇하다.

광안대교 상량식

광안대교 개통식(가운데 필자, 오른쪽 안상영 부산시장)

유재중 전 국회의원은 대학 졸업과 동시에 나의 비서로 출발하여 시의원, 구청장을 거친 성실한 친구이며, 3선의 임기를 무사히 마치고 떠난 박현욱 전 구청장도 내가 발탁하여 키운 지구당 사무국장 출신으로 나의 오른팔이었으며 그 뒤를 이은 현재의 강성태 구청장 역시 나의 비서 출신이란 점에 나는 참으로 큰 자부심을 느낀다.

특히 강 청장은 지난번 지방선거에서 10개 구청장 중 단 2명의 우리 당 출신 당선자란 점에서 강 청장을 자랑스럽게 생각한다.

빽빽하게 가득 찬 당시 수첩의 일정을 보면 어떻게 그것을 다 소화해 냈을까 하는 생각이 든다. 국회의원이 욕도 많이 먹고 있지만 어떻든 정신없이 국회와 지역구를 오가며 국민의 불평과 불만을 발산시키는 샌드백 역할은 하고 있다고 하면 너무 자찬이 될까.

특히 내 경우는 지역구가 부산이 돼서 하루에 2번씩이나 비행기로 왔다 갔다 하는 날도 적지 않았다.

국회의원을 그만둘 시점에는 100만 마일을 비행했다고 KAL에서 100만 마일 회원증을 주었다. 여러 가지 우대 혜택이 있어 지금도 잘 활용하고 있다.

8. 국회 통일외무통상 위원장

15대 후반부 국회 통일외무통상 위원장을 맡았다. 김대중 정권 시절인 1998년 5월부터 2년간이다. 상임위원장을 여야 비율에 따라 나누어 맡는데 통외통위는 야당 몫이 되어 외통통위에 제일 오래 있었던 내가 맡게 되었다. 나는 국회의원을 역임한 15년 동안 11년을 통외통위원회에서 활동했다.

사실 나는 그동안 당에서 사무총장이나 원내 총무를 하라는 주변의 권유도 있었지만 그때마다 사양했다. 정치를 본격적으로 하려면 반드시 그런 경력은 필요하다. 그러나 나는 그때 이미 그런 정치적 야심을 내려놓고 있었고 또 그 격무를 견뎌낼 건강에도 좀 자신이 없었다. 그 직을 이겨 낼 만한 뱃심과 무신경이 내게는 없었기 때문에 도저히 감당할 자신이 없었다.

그러나 국회 상임위원장은 그렇게 큰 격무는 아니기 때문에 더구나 외통위원장은 비교적 내 적성에 맞는다고 생각해 이 상임위원장은 하고 싶었다.

통외통위는 통상 다른 상임위에 비해 그렇게 다툼이 없는 분야이다. 따라서 여야의 충돌이 적었고, 중진 이상의 점잖은 원

로의원이 많아 국회 내에서는 별칭으로 '상원'이라고 불리기도
했다.

여야의 충돌이 적다고는 해도 아주 없을 수는 없었다. 여당
의 정책에 대해 비판과 견제의 역할을 하는 것이 야당이었으므
로, 정부의 정책 추진에 대해 비판적인 시각을 유지해야 하는
것은 야당의 숙명이다.

외통위원장 시절 각 당 간사와 협의하는 장면

■ 국익 우선

그러나 나는 통외통위 위원장을 맡으면서 무조건 당리당략에 따르지만은 않았다. 통외통위의 특성상 외교나 통상 또는 통일에 관한 것이기 때문에 국익 우선을 원칙으로 하면서 초당적인 자세를 언제나 견지하고 있었다. 따라서 비록 당론은 반대라 할지라도 경우에 따라서는 내 소신에 따라 정부에 협조하기도 했다.

대표적인 사례가 동티모르 분쟁지역에 한국군을 파병하는 문제였다. 1999년 인도네시아에서 독립한 동티모르는 독립을 반대하는 무장 세력의 공격을 받았다. 약 1,400여 명의 민간인이 사망했을 만큼 큰 규모의 유혈사태가 발생하자 호주군이 주축이 된 유엔군이 결성됐다.

한국정부는 여기에 한국군이 참여하기로 결정해 국회의 비준을 요청했다. 그러나 당시 야당인 우리 한나라당은 당론으로 파병불가를 선언했다.

당시 통일외교통상위의 의석분포는 새정치국민회의 8명, 자유민주연합 4명, 한나라당 11명, 무소속 1명으로 공동여당이 모두 찬성해도 한나라당 의원 전원과 무소속의 정몽준(鄭夢準) 의원이 반대하면 가부동수가 돼 파병동의안이 부결되는 상황이었다. 가부 동수인 때는 위원장이 결정할 수 있다.

하지만 나는 당시의 여당의 박상천 원내총무에게 연락해서 여당의원을 전원 참석시키라 하고 의결해줌으로써 결국 당론에 따르지 않았다.

나는 동티모르에 대한 파병이 인류의 보편적 가치에 맞는 일이라 생각했고, 6·25전쟁 때는 우리도 UN군의 지원을 받지 않았던가! 또 우리나라의 이익에도 부합하는 것이라는 생각을 가지고 있었다.

이후 2002년 우리나라는 동티모르와 수교를 맺었다. 당시 나는 당론에 배치되는 행동을 해 당으로부터는 원성을 샀을지 모르지만, 결과적으로 잘된 결정을 내렸다고 생각하고 있다.

또 국빈 방문이 있을 때의 청와대 행사에는 꼭 참석했다. 그때 유달리 굵직한 외빈 방문이 많았다. 에리자베스 여왕, 클린턴 미국 대통령, 무바라크 이집트 대통령 등의 국빈 만찬은 물론 1999년 3월 20일(토) 일본 오부치(小淵) 총리를 위한 청와대 만찬에도 부부동반으로 참석했다.

■ 김대중의 대일외교, 대북정책

2000년 6월 13일 김대중 대통령의 역사적 방북이 있었다. 김정일이 순안비행장까지 나와 직접 영접하고 북한 주민들이 열렬히 환영하는 모습이 연일 TV에 보도되었다. 그동안 반공을 국시로 하고 철저한 반공교육을 받은 사람으로서는 받아들이기 쉽지 않았다.

심정은 복잡하나 한반도의 통일과 평화라는 먼 장래의 시각에서는 남북 정상의 만남 자체에 의미를 두어야 한다고 생각했다.

그 당시 국회 공부 모임인 한백회에서는 조찬 강연을 통해서

청와대를 예방한 클린턴 대통령과
악수를 하고 있다

남북정상회담에 대하여 이상우 교수와 연대의 문정인 교수 등을 초빙해서 토론도 했다. 한백회는 한라산에서 백두산까지라는 뜻을 담고 있는 것처럼 통일을 지향하는 큰 꿈을 가진 국회의원들의 모임이었다.

이명박 대통령도 회원이어서 그의 빌딩에서 자주 모였다. 나도 한때 이 모임의 회장을 맡기도 했다.

같은 해 8월 15일에는 남북 이산가족이 50년 만에 서울과 평양에서 상봉했다. 역사적이다. 온 겨레를 눈물바다로 만들었다. 이것만은 정말 감격적이고 역사적인 사건이다. 이것으로 김대중 대통령은 노벨 평화상을 받았다. 우리나라 최초의 노벨상이다.

지금 생각하면 김대중 대통령은 한·일관계도 진일보시켰다.

김대중 씨가 대통령이 되자 일본에서는 납치사건도 있고 해서 일본 정계가 긴장했으나 1998년 김대중- 오부치(小淵惠三) 한·일 파트너십 공동선언을 하여 한·일관계를 한 단계 끌어올렸다.

이때 우리나라 국민들은 문화개방을 얼마나 반대했던가. 우리나라가 일본에 문화예속이 된다고 그 야단을 했지만 오히려 지금 K-POP 등으로 일본이 문화 예속된 분위기 아닌가!

정치지도자는 모름지기 여론에 밀려갈 것이 아니라 옳다고 생각하면 여론을 이끌어 가는, 또 앞을 내다보는 경륜과 혜안이 있어야 한다. 이런 점에서는 나는 김대중 대통령을 평가한다.

그러나 그의 햇빛정책에 대해서는 평가를 유보한다. 그것으로 인한 대북지원이 쓰러져가던 북한정권에 감플주사 역할을 하고 또 핵개발을 도와 오늘날 우리 안보에 큰 위협이 되고 또 세계의 골칫거리가 되고 있지 않는가.

국회에서는 계속 외무위원회에 있으면서 더욱 의원외교에 치중했다.

■ 기타 의원외교

여기 잠깐 1996년도 나의 의원외교에 관한 메모를 옮겨 본다.

4월 총선이 끝나고 1996년 5월 11일 김윤환 한·일의원연맹 회장을 모시고 일본을 방문하여 하시모토 총리를 예방하고 竹下 한일연맹 회장과 만찬을 하면서 당시 독도 문제로 시끄러웠던 문제들을 논의했다.

16일 귀국하자마자 다시 정재문 의원을 단장으로 김동근 의

다케시다 전 총리와 함께

원, 박용학 대농회장 등과 함께 대만 이등휘(登輝) 총통 취임식에 축하사절로 참석하는 등 주로 의원외교 부문에서 바쁘게 보냈다.

8월 20일 김수한 의장의 호주 및 동남아 순방에도 정석모, 조순승, 김기재 의원 등과 함께 수행하여 상·하원을 방문하고 노동문제 예산문제 등 상호관심사에 대해 활발한 토론도 했다. 대학 동기인 권병현 대사가 수고를 많이 했다.

무엇보다 잊혀지지 않는 것은 Reid 상원의장의 우리를 위한 선상 오찬을 마련한 것이다. 기품 있고 곱게 나이든 호주 최초의 여성 상원의장이었는데 캔버라(Canberra)에서 시드니(sydney)까지 와서 시드니의 아름다운 항구 바다 위에 요트를 띄워 그 선상에서 와인을 곁들인 파티를 베풀어 준 것이다. 날씨도 기가 막히게 좋았다. 맑고 상쾌한 공기, 하나도 오염되지 않은 바다, 그림같이 아름다운 주변의 주택들 – 과연 세계 3대 미항이다. 거기다 정성껏 준비한 음식들 – 우리 일행은 모두 흥분하고 있었다. 한·호 간의 우정을 공고히 하는 좋은 계기가 되었다.

또 호주에 와서 참으로 느끼고 깨달은 바가 많았다.

연방정부에서는 호주의 지나친 복지예산이 호주를 망치고 있다고 예산을 삭감하고, 국제경쟁력 차원에서 근로자의 권한을 상당히 제한하는 노동법 개정도 추진하고 있다는 것이다.

양원의 질의장면을 참관했는데 이 문제에 대해서 상당히 열띤 토론이 진행되고 있었다. 우리의 경우도 참으로 참고해야 할 점이 많다고 생각했다.

그 후 싱가포르, 베트남을 거쳐 귀국했는데 하노이에서의 공식 만찬 시 전기가 3번이나 나간 것이 지금도 기억에 남아 있다. 베트남이 당시엔 그렇게 어려웠다.

해외에 나와 보면 우리나라 기업인들이 개척자이고 애국자라는 생각이 든다. 나라는 그들을 돕고 편의를 도모해 주어야한다.

9월 3일에는 APPF회의 참석차 카나다 토론토 향했다.
나까소네 의원이 의장이기 때문에 일본어가 동시통역이 돼서나는 아주 편리했고 토론에도 활발하게 참여할 수 있었다.

10월 2일 국정감사차 뉴욕으로 가서 UN 대표부를 감사하고이어 워싱턴으로 가서 미국 대사관을 감사했다. 박수길 대사가UN을 맡고 있었고 학교 선배인 이홍구 전 총리가 미국대사로있어 좀 거북했으나 유명환 공사가 모두 자연스럽고 능숙하게처리해 주었다.

주말을 이용해 개인 용무도 잘 봤다. 보스톤에 가서 딸인 가영이네 집에 잠깐 들려 딸의 출산을 도우려 와있는 아내도 만났다. 워싱턴에서는 장남 지열이와 두 여동생의 가족들을 모두불러 오랜만에 즐거운 시간도 가졌다.

9. 대통령 선거 - 이회창 후보

대통령 후보로 나와서 틀림없이 당선될 것으로 보였던 후보 중에 대통령에 되지 못한 사람이 이회창 후보다.

그것도 한 번이 아니라 두 번씩이나 낙선했으니 본인은 말할 것도 없겠지만 그를 도와 선거운동을 한 우리들의 실망과 낙담도 말이 아니었다. 특히 내 경우는 군에 있던 막내아우 유외수 대령까지 예편하여 그의 경호대장을 맡기까지 했으니 말이다.

15대와 16대 대통령 선거는 다 잡은 것을 놓친 것이다. 그것은 선거 전략의 미스도 있고 후보의 너무 이상적이고 순수한 성격적 문제도 있었다.

15대 대통령 선거에서 집권당이 역사상 최초로 후보 경선대회를 개최한 것은 특기할만하다. 참으로 민주적 발전의 한 획을 긋는 일이다. 이회창 후보를 비롯해 이한동, 최병열, 박찬종 등 7명이 입후보했다.

대통령후보 경선과정이 순탄한 것만은 아니었다. 대표직을 유지하고 있던 이회창 후보에게 공정성 시비가 거세졌고, 서청

원, 서석재 등 민주계가 중심이 된 정치발전협의회(정발협)로
인해 김심(金心) 논란도 끝이지 않았다. 이에 맞서 김윤환 중심
의 민정계가 '나라회'를 발족시키기도 했다.

　주당회의(주요당직자회의)에서 이회창 대표가 정발협이 지방
조직을 확대하는 것은 공정경선을 저해하고 당내 당의 우려가
있다고 언급하기에 이르렀다.

수필집 "내려오는 길을 올라가며" 발간

바쁜 의정활동속에서도 틈틈히 써온 글들
을 모아 "내려오는 길을 올라가며"란 수필
집을 발간한 유흥수 의원의 출판기념회에서
이회창 총재, 신상우 국회부의장, 권익현·양정규 부총재,
안상영 부산시장 등이 유의원과 함께 축하 케익을 자르고 있다.

출판기념회에 오신 이회창 총재와 함께

이회창 씨도 결국 7월 1일(1997년) 당 대표직을 경선 전에 사퇴하여 이만섭 대표서리 체재로 경선을 치르게 되었다. 다음 날 7월 2일엔 정발협도 활동을 중지하고 특정인을 지지하지 않을 것을 선언했다. 김영삼 대통령의 마음(金心)이 어디냐를 두고 시끄러웠으나 '김심은 없다'며 대통령은 중립이라고 여러 사람을 통해 전달되었다.

지방별 합동연설회 등을 하면서 약간의 잡음은 있었으나 집권당 초유의 자유 경선에서 결국 예상한 대로 이회창 씨가 압도적 지지를 받아 후보로 선출되었다.

주요당직자는 대선주자 캠프에 가담하지 않는 것을 원칙으로 해서 나는 아무 캠프에도 관여하지 않았다. 나는 개인적으로는 친구인 박찬종도 도와주지 못했다. 이로 인해서 그는 지금까지도 나한테 서운한 감을 가지고 있는 듯하다.

15대는 김대중 씨와의 싸움이었다. 버거운 상대이긴 하나 승산은 충분히 있었다. 큰 패인은 같은 당의 김영삼 대통령의 지원마저 얻지 못했다. 김영삼 대통령이 감사원장, 국무총리 등으로 발탁해서 후보까지 되었는데 그만 나중 판에 둘이 틀어지고 말았다.

YS의 오기와 이회창의 자존심이 충돌한 것이다.

대쪽 이미지는 좋았는데 정치판에선 외연을 넓히지 못했다. JP를 비롯해 필요한 사람을 붙들지 못하고 오히려 상대편에 주고 말았다. 또 정치발전협의회(정발협) 등의 당내 민주계의 분파작용도 있었다.

상대 김대중 씨는 얼씨구 좋다 하면서 지키지 못할 내각제 약속으로 DJP연합을 해 김종필 씨를 안았다. 내각제가 평생의 지론인 JP에게 명분을 준 것이다. 아마도 JP도 DJ가 약속을 지키지 않을 것이라는 것을 알고도 갔을 것이라고 나는 생각한다. 두 분 다 정치 9단의 고수들이다.

또 같은 당의 대통령 김영삼마저 토라져 이인제의 출마를 방관하여 표를 분산시켰다. 이 선거에서 국민 신당 후보로 나온 이인제는 19.2%를 받았다.

새정치국민회의의 김대중 후보는 40.3%, 이회창 후보는 38.7%를 득표했으니 만약 이인제가 출마하지 않았더라면 너끈히 당선되고도 남았을 것이고 같은 충청도 동향인 JP만 김대중 씨에게 빼앗기지 않았더라도 아무 문제가 없었을 것이다.

많은 사람이 진언했으나 요지부동이었다. 그의 순수한 마음을 모르는 것은 아니다. 구 정치인을 배격하여 구태정치를 벗고 새 정치의 모습을 보이겠다는 순수한 생각이지만 너무 순진했다. 현실정치란 그렇지 않다. 이상과 현실의 차이다. 대중 즉 유권자인 국민이란 그렇게 수준이 높고, 그렇게 이성적으로 생각하고 행동하는 집단이 아니다.

이회창 씨는 대통령이 되면 잘 할 사람이지만 되기는 힘든 사람이라는 말까지 나왔다.

은근히 YS가 DJ를 도왔다는 말까지 있었다. 그때 김대중 씨의 20억 스캔들도 있었지만 수사도 하지 못하게 하고 "김대중이도 한번 해야지." 하는 말까지 했다는 소문도 있었지만 물론 아무도 모른다. 어쩌면 양 김씨는 그렇게 서로 미워하면서도 또 미운 정이 있었는지도 모른다. 나는 15대 대선 때는 당의 국책자문위원장을 맡고 있었기 때문에 직능분야를 담당했다.

다음은 16대 대통령 선거다.

상대가 노무현 후보로서 그렇게 강한 상대라고는 아무도 생각하지 않았다. 이회창 후보도 15대선에서 여러 가지 경험도 겪었으니 2002년 16대 대통령 선거에서는 괜찮겠지 했는데 그것도 실패하고 말았다.

나는 부산 책임자로서 내 아우 외수(外洙)는 군에서 명예 예편까지 해서 후보의 경호대장으로 모두 올인했는데 노무현 후보에게 나가떨어진 것이다.

치명적인 타격은 이회창 후보가 전대미문의 사기꾼인 김대엽의 악성 병역루머에 휩싸인 것이다. 이회창 한나라당 후보의 아들이 돈을 주고 병역을 면제받았다는 이른바 '병풍(兵風)의 혹'이다. 사기 전과자인 김대엽의 허위폭로로 대쪽 이미지가 큰 강점이었던 이회창 후보는 엄청난 타격을 입었다.

더구나 병역문제란 자식을 가진 모든 국민들에게 가장 예민한 것인데 이것을 가지고 대국민 사기극을 벌린 것이다. 이것은 완전히 상대편의 허위날조 사기극이다. 이들은 선거 전략으로 국민을 상대로 엄청난 사기극을 벌려 국민을 속인 것이다.

선거가 끝난 뒤 터무니없는 허위 사술이었다고 밝혀지면 뭣하나. 버스는 다 지나가고 결과는 돌이킬 수 없는 것이 되어버렸는데…. 상대가 김대엽을 써먹은 정황은 여러 곳에서 있었다.
정치가 이런 것인가 생각하니 더욱 정남이 떨어졌다.
또 전략적인 미스도 있었다. 세종시의 행정수도 이전 문제

같은 것은 대응을 잘 못해 고향 표까지 얻어내지 못했다.

16대 대선 결과. 이회창 후보가 1144만여 표로 46.6%이고 노무현 후보 1201만 여 표로 48.9%. 겨우 2.3% 차이다. 정말 가슴이 메이고 땅을 칠 일이다.

내가 책임을 맡았던 부산에서는 이회창이 66.7% 득표하여 노무현의 고향이라고도 볼 수 있는 부산에서도 눌렀는데 (29.8%) 오히려 이 후보는 자기 고향인 충청도에서 조차 노무현에게 졌다. 앞서도 말했지만 행정수도 충청권 이전이라는 노무현의 정책을 제대로 대응하지 못했기 때문이다.

허주 김윤환을 낙천시켜 윤원중 등 그의 세력들이 등을 돌린 것도 악재였다. 월드 컵 4강 진출이라는 흥분 속에서 치솟던 정몽준의 젊은 표가 그의 사퇴로 노무현 쪽으로 빼앗긴 것도 하나의 요인이다.

선거란 꼭 최고 최선의 사람을 골라내는 제도는 아니다. 거짓말이라도 말 잘하고 공작성 흑색선전에 능한 세력이, 지역주의를 잘 활용하는 쪽이 이기는 것이다.
이것이 현실정치의 넘을 수 없는 벽이요, 여기에 민주주의의

약점이 있다. 결국 이회창 후보는 이런 벽에 부닥쳐 좌절되고
말았다.

나는 여태까지 대통령 선거에서 직능이라든가 정책이라든
가 어느 분야를 맡아 대통령 선거를 치러봤지만, 한 지역의 책
임자로서 통째로 그 지역을 책임을 맡고 해보기는 16대 대통령
선거에 나선 이회창 후보 때가 처음이었다.

나는 성격상 전면에 나서서 일을 하는 것을 그다지 좋아하지
않는다.
언젠가 이회창 총재의 최측근 참모였던 양정규 의원이 당 사
무총장을 맡아달라고 제안했을 때에도 나는 완곡하게 고사했
다. 사실 그 무렵 밖으로는 전혀 내색하지 않고 있었지만 건강
문제로 걱정을 많이 하고 있을 때다. 그래서 아내도 정치를 그
만두자고 하고 있을 때였다.

그러나 부산 지역을 맡아 달라는 것에는 거절할 명분이 없었
다. 국회의원 선수나 연령이나 부산에서는 4선의 최고참이고
이회창 후보와의 학연으로도 뭔가 역할을 하지 않을 수 없었
다. 이 선거만 마치면 당락 간에 결과에 관계없이 정계를 은퇴
한다고 아내와 약속하고 나로서는 최선을 다했다.

선거에 패하고 나니 우리 당에 폭풍이 몰아치기 시작했다. 선거엔 돈이 드는 법 – 그 조달과정에 문제가 많다고 선거자금 수사가 시작된 것이다. 현금다발을 차떼기로 날랐다 하여 차떼기 정당의 이미지를 받아가면서 많은 동료의원들이 옥고를 겪었다.

내가 맡았던 부산지역도 마찬가지다.

많은 기업인들이 검찰에 불려갔다. 그러나 나는 내 성격대로 모든 것을 엄격하게 원칙대로 처리했다. 기부금은 물론 모든 정치 자금을 깔끔하게 영수증 처리함으로써 검찰조사에서 아무 문제가 없었던 것이다.

당의 실무자가 불려가긴 했지만 나는 한 번도 수사기관의 호출을 받지 않았다. 물론 부산에서는 아무도 문제된 사람이 없었다.

결국 나는 이 선거를 마지막으로 내 선거든 남의 선거든 선거와는 인연을 끊었다. 16대 의원을 마지막으로 2004년에 정계를 은퇴했기 때문이다.

대선은 패배했지만 그때 같이 이회창 후보를 도왔던 의원끼리 친목모임을 만들었다. 양정규 의원의 선거구인 제주 함덕면의 바닷가에서 울분을 달래며 한잔하던 사람들로부터 출발하였다 하여 함덕회라 한다. 양정규를 필두로 최돈웅, 김기배, 하순봉, 김종하, 신경식, 정창화 등으로 시작하였으나 지금은 이해구, 정문화, 조진형, 윤영탁, 박원홍, 주진우 등이 추가되어 지금까지 친목을 도모하고 있다.

10. 정계은퇴 - 아름다운 마무리

16대 국회의원을 끝으로 나의 정치생활은 끝을 맺었다. 스스로 물러나는 정계 은퇴를 결정한 것이다.

후배에게 길을 터주는 의미도 있었지만, 떠나야 할 때를 아는 사람, 마무리가 깨끗한 사람으로 기억되고 싶었다.

약간의 갈등은 있었지만 나는 초심대로 강행했다. 아내는 진작부터 그만두자고 완강했고 나도 정치판엔 큰 실망을 느끼고 있었던 터이다. 나는 두 가지를 느꼈다. 정치판에선 악화가 양화를 구축한다는 그래샴의 법칙이 작용한다는 것과 둘째는 시대가 변하고 있다는 것을 감지했다. 그때 내 나이 한국 나이로 68세였다. 그 당시로서는 더 한다면 노욕으로 비칠 충분한 나이다.

2004년 1월 9일(금) 수영구 내 지구당사에서 기자회견을 하고 정계은퇴를 발표했다. 임기는 아직 5월 말까지지만 결심이 변하기 전에 얼른 발표해버렸다. 또 선거운동이 시작되기 전에 신참에게 빨리 물꼬를 터주기 위해서다. 부산에선 불출마 1호이다. 이어서 정문화 의원, 김진재 의원 등이 은퇴를 발표했다.

다음은 나의 정계 은퇴 발표문이다.

"이 시대가 요구하는 변화와 개혁 그리고 새 정치의 작은 밑거름이 되고자 17대 총선 불출마를 선언하고 정계를 은퇴합니다.

의정 활동을 포함해 40여 년의 공직생활을 큰 흠 없이 나름대로 그때그때 내 역할에 충실했습니다만, 지금 이 시대는 제가 서야 할 무대가 아니기 때문에 미련 없이 깨끗하게 정치를 마무리합니다.

이것이 제가 국회의원을 한 번 더 하는 것보다 정치발전에 도움이 될 것으로 믿으며 또한 부산의 정치변화를 촉진하여 부산 한나라당 총선승리에 작은 보탬이 되기를 바랍니다.

그동안 성원해 주신 국민 여러분과 부산 시민, 수영구민에게 머리 숙여 감사를 드립니다."

그리고 또 마지막 의정보고서를 내면서 같이 끼워 보낸 인사장도 여기 그대로 옮겨본다.

이미 보도를 통해 다 아시겠습니다만 저는 이번 16대 국회를 마지막으로 정계를 은퇴하기로 하였습니다. 미리 뵙고 상의 드리지 못해 아쉽습니다만 이 나라의 정치발전과 능력 있는 후배에게 길을 열어주기 위한 순수한 결단이었습니다.

돌이켜 보면 20년의 정치생활을 포함한 지난 40여 년의 공직생활 동안, 그 험난한 격동기를 보내면서 큰 흠 없이 나름대로 최선을 다 해 왔고, 국가와 민족을 위해 흘렸던 땀과 노력의 시간들이 그나마 큰 보람으로 남아 있습니다. 이 모든 것이 제가 즐거울 때나 힘들 때나 한결같이 성원해 주시고 격려해주셨기에 가능했던 일이었음을 새삼 깨닫고 있습니다. 정말 감사합니다.

정치를 그만두면서 그동안 베풀어 주신 후의를 다시 한번 가슴에 되새기며 언제까지나 다정한 친구로, 다정한 이웃으로, 다정한 선후배로 남아 있겠습니다.

머리 숙여 감사드리며 가정에 행복과 만복이 늘 함께 하시길 기원합니다.

2004년 2월
국회의원 유흥수 올림

나는 이렇게 나의 정치 인생을 끝맺었다.

정치인으로서 스스로 은퇴를 결심한 것에 대해 지금 이 순간까지 추호의 후회도 없다. 혹자는 나를 두고 정치적 야심이 부족한 사람이라고 비판할지도 모른다.

그러나, 나는 그저 마무리가 깨끗한 사람, 떠나야 할 때를 아는 사람으로 기억되었으면 좋겠다. 발표가 나가자 당직자들은 울기도 하고 경향 각지에서 섭섭하다고 전화가 쇄도했다. 그도 그럴 것이 누구와도 상의하지 않고 전혀 내색 없이 전격적으로 발표해버렸기 때문에 당원들도 놀랐을 것이다.

그러나 가족들은 너무 좋아했다. 우리 내외는 남들이 못 믿을 정도로 기쁘고 홀가분했다. 40여 년 동안 긴장과 쫓기는 듯한 생활에서 벗어난다고 생각하니 너무 홀가분하고 날아갈 듯했다.

부산에서 기자회견을 마치고 서울로 오니 공항에는 아내와 며느리 그리고 손주들인 재현(在炫), 이정(里貞)이가 마중 나와 있었다. 꽃다발까지 안겨준다.

그동안 오랜 공직생활 무사히 마치고 명예롭게 은퇴하는 것을 축하한다고.

감사합니다 수영구민 여러분!
여러분의 사랑을 안고 저는 물러갑니다
늘 건강하고 행복하십시오

유흥수의원, 그가 정치를 떠나겠다고 합니다.
하지만 그 '안녕'이라는 말은
단순한 헤어짐을 의미하는 것이 아닙니다.
한국정치의 희망과 수영의 미래를 약속하는 결단입니다.
조용히 그의 어깨에 손을 한번 얹어봅니다.
혹시 지나가다 그를 보시거든
꼭 한번 손을 잡아주십시오.
손을 흔드는 그의 뒷모습에 힘차게 답해 주십시오.

정계 은퇴 선언

"금배지 짐 벗으니 속이 다 후련"

파워인터뷰

한나라당 유흥수 의원

공직 20년 국회의원 20년…'아름다운 퇴장'
투명한 정치 실현 위해 후진에게 길 터줘
"돈선거 나쁜 관행 뿌리 뽑지 못해 아쉬워"

금배지 짐 벗으니 속이 다 후련-국제신문

2004년 2월 23일 월요일　　제 3764 호　　문화

클릭, 이 사람

한나라 주도권 다툼 소장 vs

"주도세력 교체" "老·壯·靑 조화를"

남경필의원

유흥수의원

최병렬대표가 전당대회를 통해 새 대표를 선출하
다고 밝힌 다음에도 한나라당엔 크고 작은 다툼이
속되고있다. 한나라당 소장파의 리더격인 남경필
원과 중진모임을 이끌고 있는 유흥수의원은 23일
라당의 미래 주도세력을 놓고 한바탕 설전을 벌
.

남경필의원은 한나라당의 완전한 탈바꿈을 전제로
도세력 전면 교체론'을 제기한 반면, 유흥수의원

"이들이 희생적 결단을 통해 당을 깨끗하
한다"고 말했다. 최대표와 같은 시대에 흩
공 인사들에 대해 사실상 동시퇴진을 요구
남의원은 또 "미래지향적이고 합리적인
든나는데, 이분들이 이젠 뒤로 물러나주
에 새로운 보수세력이 들어와야 한다"고
남의원은 이를 위해 "신보수운동을 시
서 "깨끗하고 합리적인 분들을 통해 새

주도세력 교체에 관한 기사

5장

세계를 누빈 의원외교

나는 국회의원 재임 중 대부분을 통일외교위원회에서 활동했기 때문에 주로 국내 문제보다도 외교문제에 관심과 역점을 두었다.

따라서 상임위원회에서 뿐만 아니라 한·일의원 연맹에서 또 아세아태평양의회포럼(APPF) 같은 분야에서 많은 활동을 했다.

외통위원회는 해외 공관에 대한 국정감사가 있기 때문에 해마다 감사차 외국에 나가게 되어 참으로 많은 나라를 다녔다. 대한항공으로부터는 100만 마일 회원이 되기도 했다.

공관에 대한 국정감사는 공관업무에 대한 점검을 통해서 주재국과의 외교활동을 촉진하는 측면이 많다. 또 그 나라에 거주하는 교민들이나 진출 기업인들과의 간담회를 통해서 애로사항 등을 청취하고 이를 정부에 반영하기도 한다.

1. 한·일의원연맹

국회에는 여러 나라와의 친선이나 업무 협력을 위해서 각종 상대국과의 협회를 많이 설치하고 있다. 대개가 친선이지만 실질적인 업무를 겸한 의회 간의 협조기관으로는 미국과의 한미협회와 일본과의 한·일의원연맹이 제일 활발하고 실질적이다.

한·일의원연맹은 한국과 일본, 양국 관계의 발전과 우호를 목적으로 양국의 현역의원들만으로 구성되어 있으며 1972년 설립되었다.

독도 문제니 교과서 문제니 어업 문제 등 한·일 간에는 그 역사적 특수성으로 인하여 공식적인 외교 라인으로 풀기 어려운 난제가 많다. 정부가 나서기 어려운 경우는 한·일의원연맹 차원에서 수습하곤 했다.

더구나 일본은 내각책임제를 시행하고 있는 나라이기 때문에 국회의원의 영향력이 매우 크다.

나는 초선부터 끝날 때까지 한·일의원연맹에 관계하고 있었다. 상임간사, 운영위원장, 간사장, 부회장까지 역임했다.

회장은 김재순 의장, 김종필 총리, 박태준 총리 등 거물급이

한일의원연맹 총회 때 연설

맡고 실질적인 일은 주로 간사장 중심으로 이루어졌다.

내가 간사장일 때 일본 측 간사장은 누까가와 후쿠시로(額賀
福志郎) 의원이었는데 그는 아직도 현역의원으로서 지금은 의
원연맹 일본 측 회장을 맡고 있다.

한 · 일의원연맹 활동과 함께 특히 내가 간사장일 때 잊지 못
할 몇 가지가 생각나서 여기 남기고자 한다.

2000년 7월 20일 16대 국회 한 · 일의원연맹 결성 총회에서
김종필 의원이 회장, 내가 간사장으로 만장일치로 선출되었다.

그해 8월 3일 인사를 겸해 JP와 함께 방일하여 모리 요시로 (森 良郎) 당시의 총리를 그의 집무실에서 만났다. 그때는 남북 정상회담이 세계의 관심을 받고 있을 무렵인데 그는 남북회담 이 진행될수록 한·미·일이 "싯카리"(단단이의 일본말) 해야 한다고 강조하던 기억이 새롭다. 한·미·일의 협력관계는 지 금도 변함없이 중요한데 한·일 양국 관계가 지금과 같은 최악 의 시점을 맞아서 느끼는 바가 새롭다.

모리 전 수상과 나는 동갑으로 그 후에도 인연을 끊지 않고 오다가 내가 대사로 갔을 때 많은 도움을 받았다. 그는 지금은 올림픽 조직위원장으로서 아베 수상의 멘토 역할을 하며 암 투 병 중임에도 열심히 하고 있다.

또 하나는 2000년 9월 20일 오전 10시 30분, 의원연맹 일본 측 이또(伊藤宗一郎. 전 중의원의장) 회장과 누까가와 간사장 일행을 안내하여 청와대 김대중 대통령을 예방했을 때의 일이 다. 김대중 대통령과 간담 내용인데 참으로 유익하고 실질적인 이야기가 많았다.

다음은 김 대통령이 언급한 내용이다.

1. 98년 한·일 파트너십 공동선언 이후 지금 한·일 관계는 밀월 기간이다. 일본 문화개방은 성공적이다.

2. 오는 9월 22일, 23일 김대중 대통령이 일본 방문 예정인데 22일의 아다미(熱海)회의는 no tie의 편한 분위기에서 회담을 성공시키고 싶다.

3. 한·일 비행기 좌석이 부족하니 좀 더 늘리자.

4. 일본과의 과거는 정치적으로는 청산되었다. 98년 공동선언 이후의 한·일 신시대를 world cup 공동개최로 꽃 피우자.

5. 남북문제에서 북한으로부터 3가지 양보를 받았다. 첫째 주한 미군 문제. 둘째 통일문제의 연합체제 문제. 셋째 국가보안법 폐지 문제의 일임 등이다.

　　김대중 대통령 시절인데 지금도 음미할 내용이고 그의 경륜을 엿볼 수 있는 대목이 아닌가 싶다.

　　특히 일본문화의 개방이다. 그때 그렇게 되면 우리가 일본의 문화노예가 된다고 얼마나 국내에서는 반대했는가. 그러나 지금 생각하면 그 후 일본에서의 우리 영화 "겨울소나타"가 대 히트 하는 등 오늘날의 K-POP 등으로 일본이 오히려 우리 문화의 노예가 된 느낌 아닌가!!

　　김대중 대통령은 한·일 관계를 한 단계 성숙시켰다.

　　일본은 처음 김대중 씨가 대통령이 됐을 때 긴장했다고 들었다. 그가 일본에서 납치되었기 때문이다. 그러나 그 후 김 대통령의 대일 자세는 역시 대인다운 면모를 보였다. 그리고 지도자는 이렇게 미래를 내다보는 경륜과 국가전략이 있어야 한다.

김대중 대통령과 나카소네

2. 아시아태평양의회포럼(APPF)

APPF는 아세아와 태평양 연안에 있는 나라들로 구성된 국회의원들끼리의 포럼이다. 영어 원문대로 표현하면 Asia Pacific Parliamentary Forum이다. 관련 국가들 간의 여러 문제를 의회차원에서 협력하고 논의하는 세계적인 기구이다.

관련국가라 하면 아세아에서는 한국, 일본, 중국은 물론 동남아 제국이 다 포함된다. 태평양 연안국으로는 미국, 캐나다와 남미 제국이 다 들어간다. 유럽 국가만 빠지는 셈이다.

이 포럼은 나카소네 야스히로(中曾根康弘) 전 일본 총리가 창설했다. 매년 1월에 나라를 바꿔가면서 개최된다. 세계 여러 곳을 돌아가면서 개최하기 때문에 많은 나라를 다니고 또 가게 되면 대개 그 나라 수장들과 면담하게 된다.

나는 이 기구의 한국 회장을 오랫동안 맡고 있었기 때문에 많은 세계 지도자들을 만날 수 있었다. 세계적인 관심사항 ― 물 문제, 환경, 인구, 빈곤, 테러 등에 대해 토의하고 정부에 건의하는 역할을 한다. 어학이 필수적이기 때문에 영어, 일어 그리고 약간의 불어까지 가능한 내가 오래 맡게 되었다.

1998년 1월 7일부터 4일간 열린 제6차 아시아태평양의회포럼은 서울에서 개최됐다. 한국 회장을 오랫동안 맡고 있었기 대표단에 참여했다. 나는 한국대표단장으로서 이 총회의 의장을 맡아 회의를 진행했다.

특히 당시의 총회는 매우 중요한 의제를 다루었다. 당시 우리나라는 IMF사태를 맞고 있었던 때라 한국을 포함한 아시아의 금융위기를 조속히 극복하기 위한 공동결의문을 채택하게 한 것은 하나의 큰 성과였다.

특히 미국이 당시 총회에 월리엄 로스 상원 재무위원장과 더

한국에서 개최된 APPF 회의 때 사회하는 모습. 왼쪽은 나카소네 전 총리

글라스 뷰라이터 하원 국제관계위 아·태소위원장 등 거물급을 대표로 파견함에 따라 우리는 이들을 상대로 미국의 금융지원과 관련한 의회청문회가 유리하게 전개되도록 로비를 펼치기도 했다.

2000년 1월 호주의 시드니에서 개최된 회의 시에는 한반도 문제와 한국 경제 상황보고와 국제적 현안에 대한 공동성명을 채택했다.

2002년 2월 7일 하와이회의에서는 개회식에 미국 Dennis Hastert 하원의장의 환영사가 있었고 John Kelly 미 아태차관보의 오찬 연설도 있었다. 그다음 날에는 민주당 원내총무 Tom Daschle의 오찬 연설도 있었다. 이들이 모두 미국 본토에서 하와이까지 온 것인데 이 회의의 중요성을 알 수 있다.

나는 "Report on The Status on Korean peninsula"에 대하여 직접 보고를 했다. 또 세계 도처에서 자행되고 있는 테러에 대한 국가 간의 협력을 촉구하는 결의안도 채택하였다.

2004년 1월 14일 북경에서 열린 12차 APPF회의에는 민주당의 이협 의원, 열린당의 김부겸 의원, 한나라당의 박원홍 의원이 함께했다. 내가 대표단장으로 정계 은퇴를 앞두고 마지막

의원외교를 한 셈이다.

한반도에 대한 평화적 통일을 지원하는 결의안을 제출하여 채택이 되었고 다음 해 Vietnam 13차 회의에는 북한을 옵서버로 참석시키자고 동의하여 많은 회원국의 동의를 받았다. 가급적이면 북한을 국제사회로 끌어내어 세계를 알게 할 필요가 있는 것이다.

그 외에도 말레시아의 수도 쿠알라룸푸르에서 개최되었던 2003년 11차 총회는 정창화 의원, 민주당의 박병윤 의원이 동행했다. 그때는 우리 일행 모두 정계 은퇴를 앞두고 있었기 때문에 사비로 부인을 동반하여 발리를 거쳐 회의에 참석했었는데 개인적으로는 잊을 수 없는 추억이다. 마하티르 수상도 만났다.

3. 내가 만난 세계 지도자들

나는 외무위원장, APPF 한국 대표, 한·일의원연맹 등에서 활동한 덕으로 세계의 많은 지도자들과 만나고 접하는 기회가 많았다.

그중에서도 몇 사람만 여기 기록하기로 한다.

■ 엘리자베스 여왕

1999년 4월 19일 영국 여왕 엘리자베스2세가 3박 4일의 일정으로 우리나라를 방문했다. 영국 왕의 방한은 1883년 영국과의 우호통상조약 이후 116년 만에 처음 있는 국가적인 큰 행사였다.

나는 당시 국회 외무위원장을 맡고 있었다.

4월 20일엔 청와대 국빈 만찬이 있었고 다음 날 마침 생일을 맞이한 여왕을 위해 나와 국회 외무위원들 중 이동원 의원(전 외무장관. 영국대사), 양성철 의원(그 후 주미대사) 등 3명이 서울 하얏트 호텔에서 여왕을 영접하고 생일을 축하하는 간단한 다과회를 가졌다.

차를 마시면서 내가 영국 브람실 경찰대학 유학 당시의 이야

영국 엘리자베스 여왕과의 환담

기를 했더니 여왕이 매우 기뻐하는 모습을 보이며 특유의 우아
함과 권위를 드러내는 톤의 말씨로 "브람실은 참 아름다운 곳
이죠."라고 말하며 매우 반가워했던 기억을 지금도 잊을 수 없
다. 여왕은 1952년 즉위한 이후 아직도 67년 동안 재위 중에
있다.

■ 일본 아키히토(明仁) 천황

아키히토 천황은 일본대사로 부임하여 신임장을 증정할 때

처음 만났다. 그때는 선 채로 잠시 대화를 했을 뿐이다.

　그 후 몇 달이 지난 후 우리 부부를 차 마시는 자리에 초청해 주었다. 천황 내외와 우리 부부 단 네 사람만의 자리다. 부드러운 카리스마가 있는 분이다. 통역이 있었지만 나는 일본말이 가능하니 그대로 일본말로 주고받았다.

　부임 후의 감상도 묻고 내가 어릴 때 일본에 살았다고 하니 그에 대해서도 묻기도 했다. 그러더니 느닷없이 그는 "私노 血니와 百濟노 血가 流레테이마수(내 몸에는 백제의 피가 흐르고 있습니다.)"라고 하면서 한국과의 인연을 느낀다고 했다.

　자신의 직계 선조인 간무(桓武)천황의 생모가 백제 무령왕의 후손이라고 밝힌 것이다.

　일본의 역사책 '續日本記'에 기록된 것으로 옛날에 천황이 한 번 이야기한 바가 있다고는 들었지만 그 당사국인 주재국 대사에게 직접 밝힌다는 것은 매우 놀라운 일이다.

　나는 깜짝 놀랐다. 한 나라를 대표하는 상징적인 의미인 왕이 다른 나라 왕족의 후손이라고 밝히는 것은, 더구나 그 당사국인 주재국 대사에게 밝힌다는 것은 매우 이례적인 일이다. 게다가 한·일관계의 특수성을 생각한다면, 이런 발언이 일본 우익들에게는 어떻게 받아들여지겠는가?

여기에서 나는 일본의 천황이 지극히 친한(親韓)적인 사람이라고 느꼈다. 그는 또 태평양전쟁을 일으킨 당사자로서 일본이 전쟁에서 피해를 끼친 필리핀, 팔라우 등 여러 지역을 다 방문했는데, 한국만 가지 못해 안타깝다는 말도 했다.

明仁천황은 사이다마(埼玉)현 히다카(日高)시에 있는 고마진쟈(高麗神社)도 방문한 바 있다. 1300년 전 일본에 온 고구려 사신 잣고(若光)를 기리는 신사다. 히다카시의 옛 명칭은 고마군(高麗郡)이다. 지금도 기차역 이름은 고마역(高麗驛)이다. 이 일대는 한반도의 귀화인이 많이 살았다고 한다.

나는 언젠가 한국에도 꼭 한번 방문해 주십사 하고 요청드렸다. 천황은 자신도 꼭 한 번 가고 싶다고 화답했다. 그러나 천황의 외국방문은 정부의 결정에 따르는 것이라 마음대로 하지 못한다는 말을 하면서 진한 아쉬움을 나타내기도 했다.

■ 중국 후진타오 주석

2004년 1월 14일 오후에 인민대회당으로 후진타오(胡錦濤) 주석을 예방하고 간단한 대화를 나누었다.

APPF총회가 북경에서 개최되어 각국의 대표단장들과 함께 예방한 자리다. 그 자리에서 나는 6자회담에 대한 중국의 적극

호금도(후진따오) 주석과 면담

적 역할에 감사하고 다가오는 회담에 대해서도 성과가 있도록
부탁했다.

후 주석은 노무현 대통령에게 안부를 전해 달라고 했다. 그
는 공산국가의 근엄한 지도자상이라기보다 민주적 풍모를 많이
풍겼다.

■ 일본 나카소네 전 총리

내가 나카소네 총리를 처음 만난 것은 총리로서 한국을 방문
하여 민정당을 방문했을 때이다. 그때 나는 당의 사무차장으로

서 그를 맞이하고 안내했다. 그 후 APPF회의 때마다 자주 만났을 뿐만 아니라 일본대사로 부임하였을 때까지도 만나 참 긴 인연을 맺어왔다.

키가 크고 외모가 준수하며 그 영향력은 일본뿐만 아니라 아시아 태평양의회포럼(APPF)을 창시한 세계적인 지도자로 자리매김하고 있다.

전두환 대통령하고는 각별한 인연이 있다. 한국을 첫 공식 방문한 일본 총리이기도 하다.

나카소네 총리를 떠올리면 가장 먼저 떠오르는 단어는 '의리'다.

전두환 대통령은 재임 시 일본에 대하여 '안보차관'이라는 기묘한 발상으로 일본으로부터 40억 불을 받아냈는데 그때의 총리가 나카소네이다. 미국을 지렛대 삼아 얻어낸 차관인데 그 과정에서 나카소네가 일본 총리가 되고, 총리가 되자마자 한국을 방문하였다. 이를 계기로 두 사람은 인연을 맺었는데 지금까지도 친분을 이어오고 있다. 전두환 대통령이 백담사에서 유배나 다름없는 생활을 할 때에도 겨울에 춥다고 따스한 머플러 등을 선물해 보내줄 정도였다.

나카소네 전 총리와 골프. 왼쪽: 김수한 회장, 오른쪽: 권익현 대표

두 분이 다 은퇴하고 자신의 88세 생일 때에는 전두환 대통령 내외를 일본으로 초청해 일주일 동안을 직접 여기저기를 안내할 정도로 의리 넘치는 분이었다.

나이가 많아 본인이 거동하기 불편할 때도 아들인 히로부미(弘文. 현 참의원. 전 외무대신)를 보내 안부를 물을 정도이다.

나카소네 총리는 1918년 생으로, 나이가 무려 100세에 이른다. 일본에서 가장 영향력 있는 원로 정치인으로 꼽히고 있다.

나카소네 총리와 함께

반기문 총장도 우리나라가 배출한 세계지도자의 반열에 올리고 싶다.

반기문 사무총장을 처음 만난 것은 내가 국회 외무위원장을 할 때였다. 그는 외무부 차관 직을 맡고 있었다. 당시 장관이 홍순영 씨였는데, 반기문 차관과는 충주고 동문이었다. 반기문 씨가 차관에 임용될 당시 내가 소속하고 있던 당시 야당 의원

반기문 유엔 사무총장과

들은 학연으로 이어진 인사라고 비판하였으나, 나는 그런 것을
문제 삼을 일은 아니라고 옹호했던 기억이 난다.

반기문 사무총장은 성정이 온화하고 일 처리가 매우 치밀한
사람이다. 한마디로 외유내강 형 인물이라 할 수 있다. 훗날 외
무부장관을 거쳐 유엔 사무총장까지 승승장구하는 그를 볼 때
마다 세계적 명사로서 한국인의 자랑이라고 늘 생각했다.

또 하나 그를 떠올리면 남다른 겸손함과 한결같은 사람이라
는 느낌이다.
내가 일본대사를 하고 있을 때 UN사무총장의 자격으로 일본
을 방문하였는데 그때 대사공관으로 오찬을 초청한 일이 있었
다. 그런데 옛날 외무차관일 때와 같이 그 태도나 모든 것이 한
결같았다. 그리 쉽지 않은 일이다. 그의 인품을 볼 수 있었다.
그와의 교우는 지금도 계속되고 있다.

■ 그 외 세계의 지도자들
그 외에도 군사독재 시절의 피노쳇트 칠레 대통령도 대통령
궁으로 예방하여 환담한 일이 있다. 1981년 치안본부장일 때
칠레를 공식 방문한 자리다.
미국 클린턴 대통령, 베트남 도모이 공산당 서기, 말레이시

아 마하티르 수상 등등 많은 세계 지도자들과도 잠깐이나마 대화를 나누곤 했다.

일본의 역대 총리들하고는 거의 대부분과 교분을 맺었다. 그 중에도 모리, 후쿠다 수상과는 지금도 가까운 관계를 이어오고 있다.

이 두 분은 대사 시절 부부가 함께 여행을 같이하기도 했다.

놀라운 것은 일본사람들이 겉으로 보기엔 참 냉정해 보이는데 안으론 참 정이 있고 의리가 있다는 것을 다시 느꼈다.

모리 전 총리와 이브끼 중의원 의장 내외분과 함께

6장

은퇴 10년 만에
다시 공직으로

일본대사를 맡아주시오

1. 최고령 주일대사

■ 청와대에서 걸려온 전화

정계를 은퇴한 후 나는 현실 정치에 대해서는 거리를 두려고 노력했다.

현역시절 쌓아온 인연으로 한·일친선협회중앙회 이사장과 몸담았던 정당의 상임고문으로 이름만 올리고 주로 건강관리와 여행 등으로 그동안 하지 못했던 취미생활을 즐기고 있었다.

전화가 걸려온 것은 2014년 7월 2일 오후 4시쯤이나. 청와대 김기춘 실장이었다. 다음 날 아침에 조찬이나 하자는 것이었다. 그 무렵 무척 골치 아픈 일도 많았고 또 바쁠 터인데 무슨 일일까 궁금증을 가지고 다음 날 약속장소인 프라자호텔 3층 일식집 '무라사키'에서 마주 앉았다. 김 실장과 나는 대학 동기로 가까운 사이다. 김 실장은 뜻밖에 일본대사 이야기를 꺼내었다. 한·일관계가 어려운 때인데 경험과 인맥을 가진 사람을 신임대사로 보내야겠는데 나 말고는 마땅한 인물이 없다는 것이었다.

그의 말에 따르면 현 상황에서 실무급 인사가 대사로 부임할

264

경우 일본 현지에서 언어소통은 물론 인맥이 없어 당면한 한·일외교문제를 풀기 어려우므로 일본 정치인 등과 자연스럽게 소통할 수 있는 인물이 필요한데 바로 내가 가장 적합한 인물이라고 하는 것이다.

놀랍기도 하고 어리벙벙했다. 이미 은퇴한 나에게 '대사'라니 – 그것도 가장 첨예한 한·일 외교를 책임지고 이끌어야 하는 '주일대사'라니.

그러나 많은 생각과 고민 끝에 결국 나는 한번 해보자고 마음먹었다. 주저하는 아내를 설득하며 정말 아무 개인적 부담 없이 한번 소신껏 마지막 국가에 봉사해보자고 결심했다.

■ 대통령의 당부

승낙을 하고 나니 절차는 일사천리로 진행되었다. 아그레망도 오래 걸리지 않았다.

이야기가 나온 지 한 달 남짓 된 2014년 8월 21일 청와대에서 박근혜 대통령으로부터 대사로서의 신임장을 받았다. 대사는 신임장을 받는 것이 임명행위다. 아내와 동행했다. 나에게 주어진 정식명칭은 '주일본국 대한민국특명전권대사'였다. 그때 내 나이 78세(만 77세)로서 역대 최고령 대사였다. 아마도 임명직으로서는 그때나 지금이나 최고령 공직자일 것이다.

수여식을 마치고 잠깐 대통령과 차를 마시며 환담하는 자리를 가졌다. 그 자리에 윤병세 외무장관, 김관진 안보실장, 김기춘 비서실장, 주철기 외교안보수석 등이 배석했다.

대통령은 나에게 "일본을 잘 아시지 않느냐?"며 운을 띄우곤 어려운 한 · 일관계를 잘 풀어달라고 당부했다. 위안부 문제는 피해자 할머니들이 살아계실 때 해결되었으면 좋겠다는 희망을 말했고 현재 정치 · 외교적으로는 한 · 일관계가 원활하지 못하지만 정치 이외의 분야에서는 교류가 활발했으면 좋겠다고 했다.

임명장을 받고 박근혜 대통령과 간담회

또한 내년 2015년은 국교 정상화 50주년이니까 새로운 한·일관계의 원년이 될 수 있도록 노력해 달라는 당부도 있었다.

나 역시 대통령께서도 일본사람을 자주 많이 만나 주었으면 좋겠다고 건의하고 일본 가서 천황과 安倍(아베) 수상에게 대통령의 이런 말씀을 안부와 겸해서 구두 메시지로 전하는 것에 대해 양해를 받았다. 박 대통령이 한·일관계 개선의 의지가 있다는 것을 일본에 알리고 싶었던 것이다.

대통령과 나는 국회 외무위원회에서 오래 같이 있었다. 국회

청와대에서 공관장 만찬 때 건배하는 대통령과 필자

본회의장에서는 박근혜 의원의 좌석이 바로 내 뒷자리였고 그 옆이 박관용 의원(후에 국회의장)이어서 자주 대화를 나누었으며 농을 주고받기까지 할 정도이기 때문에 잘 아는 사이다.

신문에서는 올드 보이의 귀환이니 하면서 꼬집기도 했으나 긍정하는 분위기도 적지 않았다.

또 하나 재미있는 것은 우연한 일이었지만 대사로 가기 바로 2년 전에 조선통신사 재현 행사가 있었다. 그때 내가 정사(正使)로 참여하여 동경 거리를 활보한 일이 있었는데 그러고 나서 2년 후에 정식으로 일본대사로 임명되었으니 우연치고는 좀 묘한 생각이 들었다.

조선통신사와 인연을 맺게 된 것은 국회의원 현역시절에 주말을 이용해서 당시 안상영 부산시장, 김상훈 부산일보 사장, 강남주 부경대 총장 등과 함께 대마도에서 개최되는 아리랑 축제를 관람하러 가면서부터다.

이 행사는 일종의 조선통신사를 맞이하는 대마도의 마츠리(축제)인데 이걸 보고 강남주 총장이 추축이 되고 안 시장과 김 사장이 지원하여 우리나라에서도 조선통신사에 대한 관심을 제

고시키는 계기가 되었다.

■ 욕먹을 각오를 다지며

나는 주일대사직을 수락하면서 내심 욕먹을 각오를 했다.

악화일로에 있던 한·일관계를 풀기 위해서는 누군가는 총대를 메야 하는데 그 역할을 내가 자임하기로 결심한 것이다.

사실 현직 정치인이나 정치적 야심을 가진 사람이 이런 역할을 선뜻 맡기란 쉬운 일이 아니다. 한·일관계는 미묘한 데가 있어서 잘못 부정적인 이미지가 박히면 정치생명을 잃을 수도 있기 때문이다. 아직도 우리나라에서는 친일파라고 매도되면 도매금으로 넘어가버리는 사회 분위기다.

하지만 나는 이미 정계은퇴를 했고 다시 무엇을 하겠다는 생각 같은 것은 추호도 없었기 때문에 혹시 일부에서 친일파라는 악의적인 비난을 한다고 하더라도 소신대로 한·일외교의 징검다리 역할을 하겠다는 것이 나의 각오였다.

한·일 문제에 대해서는 나름대로 소신을 갖고 있었다.

일본을 제치고 우리가 갈 수 없다. 지리적으로도 너무나 가깝고 경제, 안보 면에서의 협력은 필수적이다.

일본을 이기기 위해서는 과거를 넘어서서 양국관계를 발전시키는 것이 오히려 일본을 극복하는 길이라고 믿기 때문이다. 그렇게 해서 우리가 일본보다 나아질 때 그것이 바로 우리가 일본을 이기는 것이다.

근대에 우리가 일본에 당했지만 고대에는 우리가 일본보다 선진국이었다. 다시 이제부터 우리가 일본보다 나아지면 그것이 우리가 일본을 극복한 것이 된다는 것이 나의 신념이고 나의 일본관이다.

어릴 때 일본에서 소학교 5학년까지 다녔고 또 국회의원 낙선 후에 도쿄대학에서도 잠시 연수하여 언어 소통에는 별 어려움이 없을 뿐 아니라 일본인의 정서와 생활을 잘 이해하는 편이라 할 수 있다.

국회의원 시절에는 처음부터 끝날 때까지 한ㆍ일의원연맹에서 일했으며 간사장, 부회장까지 역임했다. 또 정계 은퇴 후에도 한ㆍ일친선협회 중앙회에서 부회장, 이사장으로 일본과의 인연을 이어오고 있었다. 그래서 은퇴 후에도 일본의 정계인사들과 공식 비공식적으로 끈은 이어 오고 있었던 것이다.

또 일본은 내각책임제 나라이기 때문에 이렇게 맺어온 인간적인 네트워크를 최대한 활용하여 외교 폭을 넓히고 대화의 물꼬를 트는 일에 집중하기로 마음먹었다.

2. 본격적인 외교전선에

■ 마주보고 달리는 전차

1965년 한·일국교 정상화 이후 한국과 일본의 외교관계는 어떤 의미에서는 긍정적으로 발전해온 과정이었다고 할 수 있으나 그때그때 고비도 많았다.

특히 반공이라는 공통의 이념 앞에서는 한·미·일의 협력관계는 상당 기간 잘 유지되어 왔다. 그러나 한국과 일본의 관계는 단지 국제적 역학관계로만 이해해 나가는 데는 한계가 있다. 임진왜란 등 먼 역사는 차치하더라도 근대에 와서 일제에 의한 식민지배라는 불행한 경험으로 양국 간에는 여전히 풀기 어려운 문제가 시한폭탄처럼 늘 깔려 있기 때문이다.

1990년대까지만 해도 한국과 일본은 '반공'이라는 목표를 공유하고 있었고 한·미·일 중심의 공산권 봉쇄전략이 공고했기 때문에 한·일 간의 잠복되어 있던 갈등의 요소가 표면적으로 드러나는 일은 많지 않았다.

그러나 냉전체제의 붕괴 그리고 2000년대에 접어들면서 중국의 부상으로 동북아의 국제질서는 큰 변화가 생겼고 한·일

간에도 잠재된 갈등요소들이 여과 없이 표면화되기 시작했다.

그런 중에서도 오히려 걱정했던 김대중 대통령 시절엔 "김대중-오부찌(小淵) 한·일 파트너십 공동선언"으로 양국관계는 진일보했다.

좀 더 최근의 일들을 구체적으로 살펴보자면 한·일 간의 갈등요소가 표면적으로 드러난 계기는 이명박 대통령 임기 말부터다.

2011년 12월 교토에서 열린 이명박 대통령과 노다 요시히코(野田佳彦) 총리외의 정상회담에서 위안부 문제를 놓고 격론이 벌어졌고 결국 회담은 합의에 이르지 못하고 형식적인 절차로만 끝나고 말았다.

이런 판국에 2012년 8월 이명박 대통령이 보란 듯이 독도를 방문하면서 한·일관계가 본격적으로 갈등과 대립 국면으로 접어들기 시작하였다.

이를 계기로 독도영유권 논쟁이 다시 불붙기 시작했다. 대통령의 독도 방문은 독도영유권을 국제적 분쟁으로 확대하고 싶었던 일본에게는 좋은 명분과 구실을 제공한 셈이었다. 당연히 우리의 영토인데 새삼스런 대통령의 독도 방문은 우리나라로 보더라도 별로 좋은 선택은 아니었다고 나는 생각한다.

같은 달 독도 방문에 이어 이명박 대통령이 또 일본 천황을 건드렸다.

"(천황이) 한국을 방문하고 싶다면, 독립운동을 하다 돌아가신 분들을 방문하고 진심으로 사죄하면 된다. - (天皇が)韓国を訪問したいなら、独立運動をして亡くなった方たちを訪ねて、心から謝罪すればいい"

이 발언이 일본에서는 혐한 분위기를 키우는 계기로 작용하였다. 일본에서는 아직 천황이라면 절대적이다.

특히 일본 언론들은 앞다투어 이명박 대통령의 독도 방문과 천황 관련 발언을 인용하면서 한국의 대통령이 지지율 하락을 반전시키기 위해 국내 정치용으로 반일감정을 이용하고 있다고 맹비난을 퍼부었다.

일본은 중국과 센카쿠열도를 두고 갈등을 벌이고 있었던 상황이어서 외교적으로 매우 민감한 시기였으므로 혐한 여론은 더욱 크게 확산되었다. 한국에서도 2011년 처음으로 설치된 일본대사관 앞 위안부 소녀상에 이어 제2, 제3의 소녀상을 세우자는 움직임이 거세지는 등 반일 감정이 더욱 뜨거워졌다. 즉 외교적 대립을 넘어 이제 양국 국민감정 속에서도 반일과 혐한의 움직임이 표면화되어 터져 나오게 된 것이다.

그런 와중에 2012년 대한민국의 새 대통령으로 박근혜가 당선되어 새 정권이 들어섰고 일본에서는 아베 내각이 성립되었다.

하지만 양국의 갈등은 해소되지 않았다. 많은 이들이 한국과 일본의 새 정상이 회담을 열고 그동안 전 정권에서 쌓였던 앙금을 풀어내길 원했지만 정상회담은 이루어지지 않았다.

오히려 지난 정권보다 양국 관계는 더욱 소원해지기만 했다. 아베 총리의 야스쿠니 신사 참배는 양국의 얼어붙은 외교관계를 더욱 심각한 상황으로 몰고 가는 계기가 되었다. 박근혜 대통령 역시 위안부 문제가 해결되지 않는 한 아베신조 총리와의 회담은 하지 않겠다 하면서 양국의 외교 채널은 거의 마비상태에 이르게 된다.

2014년 소녀상을 두고 갈등이 심화되면서 위안부 문제가 커다란 쟁점으로 부각되었고 급기야 2월에는 일본 내각의 관방장관인 스가 요시히데 장관이 1993년에 위안부문제에 대해 일본 정부의 책임을 인정했던 고노담화를 뒤집는 방침을 밝혔다. 이는 위안부문제에 대해 양보하지 않겠다는 일본 정부의 입장이 더욱 강화된 발언이었다. 우리 정부에서도 가만히 있을 수 없었다. 윤병세 외교부장관은 제네바에서 열린 유엔인권이사회에 이례적으로 참석하여 국제무대에서 처음으로 '일본군 위안부'라는 용어를 쓰면서 일본 측을 강하게 밀어붙였다.

이는 한국과 일본이라는 기관차가 충돌을 불사하고 마주보고 달리고 있다고 표현해도 과언이 아닌 상황이었다. 또한 너무도 많은 문제들이 널려있어 마치 지뢰밭을 걷는 심정이기도 했다.

내가 대사로 부임했을 당시의 한·일관계가 이런 상황이었다.

■첫 업무

2014년 8월 21일 신임장을 받고 22일 하루 동안 바쁘게 국내 인사 다니고 다음 날 23일(토) 아내와 함께 아시아나 편으로 하네다 공항에 도착했다.

공항엔 토요일 오후인데도 한·일 양국의 기자들이 가득했다. 그만큼 나의 대사 부임에 대해 높은 관심을 보이는 것 같다.

이제 부닥쳤다. 뚫고 나갈 수밖에 없다.

8월 25일 10시 대사관 1층 강당에서 취임식을 시작으로 주일대사로서 나의 공식적인 업무를 시작하였다.

취임식에서는 국교정상화 50주년이 되는 2015년 내년을 한·일관계의 새로운 출발이 되는 원년이 되게 하자고 강조했다.

주일 신임 한국대사를 소개하는 일본 신문 기사

　　취임식을 마치고 바로 다음 날 사이키(齊木) 외무성차관을 예방하여 부임에 따르는 실무적인 일들을 다 마무리하고 일주일 후인 8월 31일, 일요일임에도 불구하고 히로시마 태풍 피해 지역을 위로 방문했다. 폭우로 산사태가 나 74명이나 사망한 큰 천재지변이다.

　　이것이 나의 첫 대외업무다. 신임대사로서 일본 국민에게 다가가겠다는 생각과 또 그 지역이 바로 당시의 기시다(岸田) 외

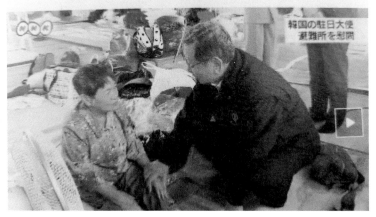

韓国大使が避難所を慰問
09月01日　08時22分

韓国の駐日大使
避難所を慰問

히로시마 방문

무대신의 선거구라는 점도 고려하였다. 또 내가 고령이라는 것을 인식하고 있는 주변에게 당일치기 비행기 출장으로 건강을 과시하겠다는 다목적 포석도 없진 않았다.

그때 피난민 수용소에서 어떤 할머니가 내가 한국대사라고 하니 "좀 사이좋게 지내세요.(仲요쿠 시나사이요)" 하던 말이 지금도 내 귀에 생생하다.

또 기시다(岸田) 외무대신과 사이키 아끼타케(齊木) 외무성 차관을 예방하여 부임인사를 하자마자 천황에의 신임장 제정도 하기 전에 그 전부터 잘 아는 정치인들을 만나기 시작했다.

먼저 누카가와(額賀 福四郎) 일·한의원연맹 회장과 가와무라(河村建夫) 간사장을 만났다. 누카가와 회장은 내가 한·일의원연맹 간사장일 때 일본 측 간사장으로 나의 카운터 파트너이고 가와무라 의원도 그때 의원연맹에서 활동하고 있어 잘 아는 사이였다. 그들은 아직도 일본의 국회의원을 하고 있었고 특히 가와무라 의원은 여러 번 입각을 한 중진으로서 아베 수상에게도 영향력이 있는 사람이다.

모두 나의 부임을 반기고 도와주겠다고 했다.

기시다 대신과 사이키(齋木) 차관도 나의 부임에 대해 특별한 관심을 가진다고 하여 협조를 부탁했다. 그들은 모두 초면이었지만 약 40분 정도 대화를 나누면서 내게 많은 기대를 거는 인상을 받았다.

취임 초부터 강행군이 이어졌다. 틈틈이 업무보고도 받아가면서 외부 일정도 꽉 채웠다. 최고령 대사로서 빠듯한 일정을 소화해 낼 만한 체력이 있을까 하며 우려 섞인 시선을 보내던 직원들도 나를 바라보는 시선이 달라지고 있었다.

나는 실무적인 모든 것은 실무자에게 맡기고 외교상 필요한 인사 중심의 외부활동에 치중하였다. 특히 한·일관계가 어려운 때이지만 국교정상화 50주년이 되는 2015년은 한·일관계

의 새로운 출발이 되는 원년이 되도록 힘을 모으자고 한·일관
계 개선의 의지를 밝혔다.

대사관 직원들도 나의 취임을 계기로 그동안 껄끄러웠던
한·일관계가 개선되기를 바라고 있었다. 대사관 직원들의 말
에 의하면 한·일 국교정상화 이후 일본에 파견된 외교관으로
서 그때처럼 어려웠던 시절은 없었다고 한다. 그만큼 나에게
주어진 책임이 막중한 상황이었다.

대사 취임일에 쓴 일기에 나는 당시의 심정과 각오를 이렇게
적어 두었다.

······ 내겐 지금 나라 위해 일하는 것 말고는 이 자리에서 바라는
것이 아무 것도 없다. 더 잘 되기 위한 자리 생각을 할 필요가 없고
가족들을 위한 생활 걱정도 필요 없다. 아이들도 모두 내가 걱정하지
않아도 될 정도로 자신들의 길을 잘 가고 있다. 그러니까 덤으로 얻
게 된 이 자리를 정말 나라 위한 일로 삼겠다.
혼자 힘으로 한·일관계를 좋게 다 할 수는 없으나 정치 이외의
다른 분야에서는 교류를 활성화되도록 노력하고 주로 일본 각계각
층의 사람들을 만나는 일에 집중하겠다. 내부 사무적인 일들은 공사
중심으로 모두 맡기겠다.' ······

■ 신임장 증정

원래 대사의 공식 외교활동은 신임장을 증정한 후 한다고 한
다. 그러나 나는 부임하자마자 별로 크게 구애받지 않고 많은
사람을 만나는 등 외부활동을 했다.

형식에 얽매여 기다릴 여유가 없었기 때문이다. 모두 호의적
이고 어떻게 하던지 양국관계를 발전시켜나가자고 했다.

천황에 대한 신임장 증정은 부임한 지 한 달쯤 되는 9월 26
일(금)에 이루어졌다. 오후 2시 30분 황궁에서 엄숙한 의식 속
에서 이루어졌다.

황궁에서 보내온 마차를 타고 신임장을 제출하기 위해 가고 있다

연미복 차림으로 황실에서 내준 황금마차를 타고 황궁으로 들어갔다. 가두엔 관광객이 손까지 흔든다.

우리 대사관 쪽에선 김원진, 김옥채, 양 정무공사, 홍동호 경제공사, 권태환 국방무관 등 다섯 명이 수행했다. 일본 측에선 궁내청 장관 등 궁내청 간부와 정부 쪽에서 시오자와(鹽澤) 후생대신이 배석했다.

긴 복도를 걷게 하는 등 권위와 위엄을 갖추려는 의전인 듯하였다. 보통 천황과의 대화는 한 5분 정도라는데 내 경우엔 10분 정도 선 채로 이루어졌다.

천황에 대한 신임장 증정

먼저 천황이 대통령의 안부를 물었다. 그것을 받아서 나도 우리 대통령께서도 천황에게 안부를 전하시고 2015년 국교정상화 50주년이 되는 내년을 새로운 한·일관계의 출발점이 되도록 하자는 말씀이 계셨다고 했다. 천황도 공감을 표시하곤 바로 내 개인에 대해서 묻기 시작했다.

천황은 "일본과의 인연이 있으시다는데?" 하고 말문을 열었다. 나는 어렸을 때 도쿄에 있었던 이야기를 비롯해서 도쿄대학에서 잠시 연수한 것, 한·일의원연맹에서 활동한 것 등을 이야기했다. 도쿄대학에선 뭘 공부했느냐, 일본은 어디가 좋으냐 등 많은 관심을 보였다.

나도 내친 겸에 내년 한국에서 개최되는 물 포럼에 황태자에 대한 초청장이 외무성에 와 있으니 황태자의 방한이 꼭 이루어졌으면 좋겠다고 말했다. 천황은 좀 예상치 못한 말을 들은 듯한 표정이었지만 별말은 없이 고맙다고만 했다. 나루히토황태자(현재는 천황으로 즉위)는 세계 물 포럼 명예총재로서 나도 다만 한국 정부로부터 그런 초청이 있다는 사실만 알리려 한 것뿐이다.

수행원을 소개하고 한·일관계가 잘 되기를 바란다는 말과 또 만나게 되기를 바란다는 천황의 말을 끝으로 긴장된 20분의 행사가 끝났다.

어제까지만 해도 비가 왔는데 날씨가 좋아 너무 다행이었다.

3. 터널의 출구를 찾아라. 외교 분위기 조성에 최선

내가 주일대사로 부임한 2014년 당시의 양국관계는 앞에서도 말한 바와 같이 바로 이렇게 심각한 수준이었다. 한·일 국교정상화 50주년을 앞두고 있었지만 자칫 잘못하면 반세기를 쌓아온 한국과 일본의 관계가 외교적 파국으로 이를 수도 있는 상황이었다.

■ 대사 취임 환영회

다행히 일본 측에서도 나의 임명을 반기는 분위기였다. 일본을 이해하는 사람이고 또 무엇보다도 박근혜 대통령이 나를 대사로 보낸 것은 한·일 양국관계의 개선에 대한 의지가 있는 것으로 읽은 것이다.

마이니치신문 기사

일본의 3개 일한단체가 합동으로 개최해 준 내 환영식에는 정치인 70여 명이 오는 등 대성황으로 그런 일이 일찍이 없었다고 했다.

아쏘 타로(麻生太郎) 대장대신을 비롯해서 다니카기(谷恒) 자민당 간사장, 니카이(二階) 자민당 총무회장(현재는 간사장) 등 집권당의 요인들이 대거 참석했다.

야마구치(山口) 공명당수, 누카가(額賀) 일한의원연맹회장, 가와무라(河村) 간사장, 오자와 이치로(小澤) 야당 당수 등 여야를 막론했다. 경제계, 문화계, 언론인들도 많았다.

유흥수 前주일대사 와 모리 前일본 총리

모리(森) 전 수상은 나와 동갑으로 오랜 친구라고 나를 치켜세우면서 멋진 덕담으로 환영사를 했다. 그는 올림픽조직위원장으로서 아베의 멘토 노릇을 한다고 할 정도로 영향력을 가진 사람이다.

일단 대사로서 안착하는 데는 성공을 한 것 같다.

나는 우선 나에 대한 일본 조야의 호의를 잘 살려서 정·관계 인사 등 일본의 실력자들과 또 각계각층의 사람들을 만나 가급적 많은 대화를 나누었다. 얼어붙어 있던 한·일관계를 풀어내기 위해서는 우선 다양한 사람들을 만나서 의견을 나누는 것이 급선무라고 생각했기 때문이었다.

■ 모리(森 良朗), 니카이(二階)의 청와대 예방

그다음으로는 양국의 지도급 인사들을 서로 교류시키는 것을 목표로 했다.

마침 부임한 지 한 달도 안 돼서 9월에 인천에서 아세안게임 폐막식이 있게 됐는데 모리 요시로 올림픽조직위원장이 그 폐막식에 가게 되었다. 좋은 기회이다. 이때 청와대에서 박근혜 대통령을 만나게 하는 것이다.

꾀를 부렸다. 청와대 김기춘 실장에게는 모리가 청와대 예방을 희망하니 꼭 대통령 예방을 성사시켜달라고 부탁했다. 이런 것을 하려고 부임해 올 때 대통령에게도 미리 일본사람 많이 만나 달라고 건의하고 왔다. 그리고 모리에게는 거꾸로 당신이 인천에 온다고 하니 대통령이 만나기 원하니 꼭 한 번 예방해 달라고 부탁했다.

그렇게 해서 이 예방은 아베의 친서를 휴대하고 이루어졌다.

이것이 일본 거물급 인물의 첫 박근혜 대통령 예방이다. 그 전까지는 거의 이런 일들은 없었다.

모리 전 수상은 당시 2020년 동경 올림픽조직위원장을 맡고 있었고 그것뿐 아니라 아베에게 가장 영향력을 많이 가진 원로 거물 정치인이다.

또 우리나라에선 김종필 총리가 한·일의원연맹회장일 때 일본 측 회장이 모리였다. 그때 나는 간사장으로서 자주 만나고 동갑으로 친하게 지냈다. 서로가 정계를 은퇴한 후에도 교류를 계속해 왔다.

내가 일하기엔 너무 좋았고 사실 그의 도움을 많이 받았다. 이 글을 쓰고 있는 지금도 일본에 가면 식사를 같이 하고 그는 암 투병임에도 불구하고 아직 그 자리에서 열심히 일을 하고 있다.

그 후 니까이 도시히로(二階俊博) 자민당 간사장도 박근혜 대통령을 예방시킴으로서 뭔가 점차 분위기가 좀 누그러지는 감을 느끼기 시작했다.

■ 정의화 의장의 방일

국회의장에 취임한 정의화 의장은 첫 해외 방문국으로 중국이냐 일본이냐를 저울질하고 있었다. 그러나 일본과의 관계가 껄끄러운 점을 감안해 중국 쪽으로 많이 기울어져 있었다. 나는 강력히 일본을 권유했다.

그때 마침 박 대통령도 중국 방문을 앞두고 있었는데 의장마저 그리되면 일본과는 너무 어려워진다고 설득했다. 그리고 나와의 친분을 강조하며 나를 보더라도 일본을 와달라고 사정을 했다. 정의화 의장은 부산 출신으로서 부산에서 국회의원을 같이 했다.

어쩌면 정 의장은 일본과의 관계가 순조롭지 않으니 가서 대접을 잘 못 받을까 하는 우려가 있었는지도 모르겠다.

그러나 그런 걱정 없이 당시의 중의원의장이던 이브키 분뱅이(伊吹文明) 의원은 흡족하게 해주었다. 그도 마침 선거구가 도쿄(京都)로서 도쿄와 인연이 있는 나를 호의적으로 생각하고 있었다.

지금도 그와의 유대는 이어오고 있다. 일본사람들은 한번 맺은 인연을 잘 끊지 않는다는 것도 이번에 알게 되었다.

정 의장의 일본 방문은 성공적이었다. 그 후 의원외교도 활발해져 중단되었던 양국 의원 친선 축구대회도 하고 바둑대회도 계속하게 되었다.

이외에도 현인회의라는 것을 만들어 한·일 양국의 원로들도 분위기 조성에 많은 역할을 했다. 한국에서는 김수한 한·일친

일본을 방문한 정의화 의장 일행

선협회 중앙회장(전 국회의장), 이홍구 전 총리, 공로명, 유명환 전 외무장관 등이고 일본에선 모리 요시로 전 총리, 가와무라 타케오 의원 등이다. 그들은 양국의 정상들에게 양국협력의 중요성을 강조하면서 분위기를 띄워주었다.

■ 윤병세 장관에게 건의

부임해 올 때 아직 뱃소(別所) 주한 일본대사를 만나고 있지 않고 있어 그러면 나도 일본에서 일하기 힘들어지게 되니 빨리 만나 달라고 말했다.

그리고 부임 후에는 9월 19일(금) 윤 장관에게 전화하여 몇 가지를 건의했다.

첫째 U.N에서의 대통령 연설이 너무 일본에 자극적으로 않았으면 좋겠다.

둘째 뉴욕에서 한·일 외상회의는 꼭 하는 방향으로 해 달라.

양국 국장회의를 통해서 불가를 일본에 통보하여 사이키 차관이 개별적으로 내게 성사되도록 부탁해 온 것이다. 결국 윤 장관은 나의 건의를 받아들였다.

나도 몇 가지를 분명히 해두었다. 모리의 청와대 예방 시에는 필히 아베의 친서를 휴대하도록 하겠다고 약속했다.

윤병세 장관은 고교, 대학이 모두 후배여서 나는 편했고 그도 여러 가지로 나를 많이 배려해 주었다.

■ 정치 외의 분야 교류 강화

조금 분위기가 부드러워지자 중단되었던 여러 교류가 시작되었다.

개인 사이도 그렇고 국가 간 외교에서도 첨예한 갈등이 예상되는 때에는 쟁점 사안보다는 서로 동의할 수 있는 공통의 관심사를 통해 접근하는 것이 원칙이다.

미국과 중국 간에 있었던 핑퐁외교는 정치 외교적 쟁점과는 무관한 '탁구'를 교류의 매개로 활용하여 정치적인 관계로 발전시킨 사례로서 유명하다. 한국과 일본의 관계 역시 그러한 노력이 필요하다고 생각했다

미·중 간의 핑퐁외교처럼 스포츠를 활용할 수도 있겠지만 나는 스포츠보다는 문화예술 분야에 노력을 집중하는 것이 외교적으로 더 좋은 결과를 얻어 낼 수 있을 것으로 보았다. 스포츠는 기본적으로 승부를 겨루는 요소가 강하므로 한·일 양국의 정서상 경쟁관계를 배제한 문화예술 분야의 교류가 더 적절하다고 본 것이다.

한 · 일 한마당 축제행사는 양국에서 중단없이 매년 개최되었고 양국의 국보급 문화제의 교환 전시회 등도 이루어졌다. 미륵보살 반가사유상의 전시행사는 와세다대학의 이성시 교수와 나와 개인적으로 매우 가까웠던 타케모토(武本 孝俊) 이사장의 도움이 컸다.

세계적인 소프라노 조수미 씨의 동경공연도 대성황이었다. 백건우 씨의 피아노 연주회도 많은 기여를 했다. 2015년 11월 20일에는 NHK 정기 공연에서 쇼팽 콩쿠르에서 1등을 한 조성진 군의 협연도 있었다. 그 세계적인 쇼팽 콩쿠르 1등이 우리나라 피아니스트인데 왜 우리나라에서 첫 공연을 안 하는가 하고 서운하게 생각하고

성악가 조수미의 동경 공연

있었는데 일본의 NHK가 미리 누구든지 1등 자와 일본이 제일 먼저 하는 것으로 계약이 되어 있다고 한다.

또 연말 정기 공연에 정명화가 지휘하는 서울필하모니가 와서 베토벤의 운명을 연주했다.

양국 도지사 간의 간담회, 경제인 간의 교류도 중단되었다가 다시 시작하게 되었다. 한 · 일 경제인회의가 2014년 말 7년 만에 재개되고 한 · 일 도지사회의도 7년 만에 동경에서 열렸다.

자매결연을 맺은 양국의 지방자치단체 간의 교류도 다시 활발해져 학생들 간의 수학여행 등도 활기를 띠기 시작했다.

일단 정치, 외교 이외의 분야에서는 서서히 기지개를 켜는 분위기가 느껴지기 시작했다.

■ **일본 국민을 향한 문화 공공외교**

또한 일본 국민의 대한 감정을 완화하기 위해서 일본 국민에게 다가가는 일에도 신경을 많이 썼다.

부임 초 히로시마 폭우 재난지역을 방문한 것도 그러한 것의 일환이다.

다음으로 나는 도쿄의 가츠라(桂) 소학교 5학년 때의 반창회를 계획했다. 다행히 당시의 이브키(伊吹) 중의원 의장이 도쿄

경도 소학교 반창회 연 기사(每日신문)

출신이어서 그의 전적인 도움으로 너무도 어렵지 않게 이루어졌다.

여학생 3명을 포함해 9명이 모였다. 옛날 모습들이 좀 남아 있어 서로 알아볼 수 있어 모두 얼마나 반가웠는지 모른다.

그중에서도 나까지 요네조(中路米造) 군은 바로 이웃에 살아 싸움도 많이 했던 친구로 더 반가웠다. 그는 술이 곤드레가 되어 돌아갔다.

분위기는 너무 좋았다. 그들도 난데없이 나타난 내가 한국 대사라는 것에 놀라기도 하고 신기해하기도 하는 것 같았다. 일본 마이니찌(每日)신문에 크게 보도되어 나의 소기의 목적은 충분히 달성되는 기분이었다.

일본 국민의 큰 관심사의 하나인 북한에 의해 납치당한 요코다 메구미 납치 장소까지 둘러보았다. 동일본 대지진으로 아직도 수용소 생활을 하는 이재민도 찾아보고 그로 인해 한국에 수출이 금지된 멍게 시식도 하면서 일본 국민에 다가가는 모습을 보이려 노력을 했다.

그 외에도 경향 각지로 양국관계의 중요성, 문화적, 역사적 관계 등에 대하여 강연도 많이 다녔다. 모두 언론에 잘 보도되어 반응은 좋았다.

아내가 중심이 되는 대사관저에서의 김장축제도 계속되고 있는 중요 행사이다.

아내가 아베 총리 영부인에게 김치를 입에 넣어주고 있다

4. 걸림돌 '산케이신문 가토 지국장 사건'

■ 사건 개요

주일대사 취임 사흘째인 2014년 8월 28일. 일본 외무성으로부터 기시다 후미오(岸田文雄) 외무대신이 나를 만나고 싶어한다는 소식을 들었다. 통상적으로 신임대사가 취임을 하면 신임대사가 먼저 외무대신 측에 예방을 신청하는 것이 관례다. 다소 이례적인 일이었다.

외무성 접견실에 들어가자 기시다 외무대신은 반갑게 나를 반겨주었다. 공식적인 대화를 나누는 과정에서는 의례적인 이야기 이상의 대화는 이어지지 못했다. 그런데 예방을 마치고 접견실을 나오는데 기시다 장관이 엘리베이터까지 전송 나오면서 내 귀에 얼굴을 갖다 대며 귀엣말을 했다.

"산케이신문 서울지국장 사건을 잘 부탁합니다."

순간 관행을 깨면서까지 빨리 만나자고 한 이유가 '바로 이것 때문이었구나'라는 생각이 들었다. 사이키 차관을 처음 만나는 자리에서도 산케이문제를 거론했다.

산케이(産經)신문 가토(加藤)국장 사건은 내가 주일대사로

임명되기 직전인 2014년 8월 3일에 터졌다. 일본 산케이신문 서울지국장인 가토 다쓰야(加藤達也)가 '세월호 7시간 동안 박근혜 대통령의 행적이 파악되지 않았다'는 내용의 〈박근혜 대통령 여객선 침몰 당일, 행방불명… 누구와 만났을까?(朴槿惠 大統領が旅客船沈没当日、行方不明に…誰と会っていた?)〉라는 칼럼을 게재한 것이다.

일개 언론사 소속의 기자가 쓴 글이었지만 일본 특파원이 썼다는 점에서 당시로서는 유언비어를 만들어내는 촉진제가 되었으며 이것은 분명 한·일 양국 간의 첨예한 외교적 갈등을 불러올 사건이었다.

세월호 사건에 대한 여러 억측이 난무하고 있던 상황에서 가토 지국장의 칼럼은 그 억측을 확대하는 꼴이 되고 이것은 그나마 남아 있던 한·일 간의 연결고리를 끊는 폭탄이 되고 말았다.

박근혜 대통령의 분노는 머리끝까지 올랐고 자유청년연합 등 보수단체는 박 대통령에 대한 명예훼손 혐의로 가토 지국장을 형사 고발했다.

8월 7일 급기야 법무부는 가토 지국장에 대해 출국금지조치를 내리게 된다. 이에 대해 일본에서는 언론탄압이라는 여론이 들끓고 혐한 발언이 여과 없이 흘러나오고 있었다. 가토 지국장이 8월 18일 검찰에 출석하는 모습은 사진과 영상으로 찍혀 국내외 언론에 대서특필되었고 특히 일본에서는 혐한 여론에 불을 붙이는 계기가 되었다.

특히 일본 정부, 그중에서도 아베 총리가 큰 관심을 가지는 것은 산케이가 가장 우익적인 신문이고 정부 여당지이기 때문이다.

■ 거세지는 외교 갈등

같은 해 10월 8일 우려했던 일이 현실이 되고 말았다. 검찰은 산케이신문 가토지국장에 대해 불구속 기소했다. 가토 국장에게 적용된 혐의는 '정보통신망 이용촉진 및 정보보호 등에 관한 법률(정보통신망법)'상 명예훼손이었다.

일본 정부는 곧바로 외무상의 유감 표명을 발표했다. 사건이 정식 재판에 회부되었으니 그동안 물밑 소통으로 문제를 해결하려 했던 일본 정부에서도 공식적인 입장을 내놓을 수밖에 없게 되었다.

당시 한·일 간에는 산케이 가토지국장 사건 말고도 위안부 문제 등 갈등이 최고조에 달하고 있었던 때인데 이것마저 겹치니 최악의 상태가 되고 말았다.

일본 정부는 외교청서에 "자유, 민주주의, 기본적 인권"의 가치를 공유한다는 종래의 기술마저 삭제해버렸다. 한·일 간의 갈등은 총을 들지 않았을 뿐 준 전시상태로 접어든 꼴이었다.

그러나 양국관계가 그리 나쁘지 않았다면 풀리지 않을 것도 없는 것인데 이상하게 일이 꼬여갔다. 세월호 사건이 국내에서도 이상하게 돌아갔고 더구나 기사의 내용이 여자 대통령으로서는 감내하기 어려운 억측을 담고 있었기 때문이다.

산케이 측에서 사과를 하고 출판물에 의한 명예훼손 사건이니까 피해자인 대통령이 처벌을 원하지 않는다고만 하면 바로 끝나는 일이다. 그런데 산케이 측에서도 전혀 사과의 뜻이 없고 청와대에는 이런 내용을 건의할 참모가 아무도 없는 것이다. 대통령 개인에 관한 워낙 민감한 사항이기 때문이다.

해가 바뀌어 한·일 국교정상화 50주년이 되는 2015년이 되었다. 여전히 해결의 기미가 보이지 않는 속에서 4월 초 서울에서 공관장회의가 개최되었다. 대사로서도 역할의 한계가 있는 일이지만 귀국을 계기로 백방으로 일본의 분위기를 전했다.

청와대에도 찾아가 건의도 했다. 윤병세 외무장관은 물론 황교안 법무장관을 찾아가 호소도 했다. 황 장관에게는 출국금지만이라도 해제해달라고 건의했다.

국회로 서청원, 김태환 한·일의원연맹 회장단을 찾아가 좀 앞장서서 이 문제를 풀어달라고 간청도 했다. 모두 운신의 한계가 있는 듯 요지부동이다.

가토의 모친이 고령인데 아들이 일본에도 오지 못해 보고 싶어도 못 본다고 연일 일본 신문에 떠들어대니 일본 국민 여론이 좋을 수가 없다. 출국금지 정도는 해제해도 되지 않느냐고 일본 여론이 들끓는다.

일본에선 총리 이하 모든 사람들이 가토 지국장의 출국금지 조치의 해제를 원하고 있으며, 국제적인 여론도 언론에 대한 탄압으로 비쳐지고 있었다. 신속한 조치가 필요한 데도 청와대와 정부에서는 아무도 직언을 하지 못하고 있어 너무 안타까웠다.

다행히 내가 건의한 일주일 후 4월 13일에 출국금지는 겨우 해제되어 그나마 숨통이 트였다.

■가토지국장 무죄 선고 전후

같은 해 10월 19일 검찰은 산케이신문 가토 지국장에 대해 결심공판서 징역 1년 6개월을 구형하였다. 검찰의 구형은 한동안 물밑으로 가라앉아 있던 산케이 문제를 다시 수면 위로 끌어올리는 계기가 되었다. 잠잠했던 언론에서도 사건을 다시 주목하기 시작했다.

만일 검찰의 구형대로 가토 지국장에게 유죄가 선고된다면 한·일 관계는 돌아올 수 없는 다리를 건너게 된다는 것은 불을 보듯 명백하다.

그렇다고 무죄 판결이 나도 문제는 있었다. 가토 지국장에게 무죄가 선고된다면 대통령의 체면은 크게 훼손되는 것이기 때문이었다.

그래서 그동안 청와대의 이병기 실장과 나는 백방으로 물밑에서 움직였으나 뜻대로 되지 못했다. 산케이의 사과를 받아내고 청와대는 처벌을 원하지 않는다고 하여 사건 자체를 원천에서 해결하려고 한 방식이다.

그렇게 되면 한국 대통령의 포용력도 보여줄 수 있고 일본 내의 반한 분위기도 잠재울 수 있기 때문이었다. 즉 박근혜 대통령의 체면도 살리고 외교적인 갈등도 해소하는 일거양득의 계기로 삼을 수 있는 묘수라고 할 수 있었다.

그러나 산케이도 사설을 통해 유감의 뜻은 표했지만 우리가 원한만큼 시원하지도 못했고 박 대통령의 처벌 불원의사도 받아내지 못했다. 짐작컨대 대통령에게 그런 것이 건의되지 못했을 것으로 생각한다. 지금 생각하면 벌써 그때 그 정도로 청와대가 경직되어 있었던 것 같다.

결국 이렇게 해서 2015년 12월 16일 산케이신문 가토 지국장에 대한 언도 공판일이 가까워졌다.

이 과정에는 약간 이야기할 비화가 있다. 이 언도가 선고되기 전에 이병기 실장은 어느 정도 결과를 감지한 것 같다. 만약 그대로 무죄가 선고되면 일본과의 관계에서 아무런 생색도 안 나고 체면만 꾸기고 양국관계만 더 냉랭해질 것이 뻔해졌다. 재판에는 전혀 관여할 수도 없고 관여하지도 않았지만 그래도 최소한 우리 정부가 뭔가 노력했다는 것을 일본에게 감지하게 할 필요가 있다고 생각한 것이다.

그래서 둘이는 묘안을 썼다. 급히 외무성 사이키 차관으로부터 "산케이가 사과문을 내지 않으니 정부에서라도 간단하게 유감의 뜻을 표해주면 우리가 노력하는 데 많은 도움이 되겠다." 고 하여 그것도 시간이 없으니 사이키 차관이 직접 내 휴대폰으로 전화를 하여 그 내용을 받아 그것을 청와대에 전달하는 식으로 이루어졌다. 그래야만 무죄가 선고되었을 때 박 대통령의 체면도 살리게 된다. 그 후 이병기 실장이 그것을 어떻게 처리했는지는 모르겠다.

이것이 재판에 영향을 미쳤다고는 전혀 생각하지 않는다. 이미 결론은 나 있었고 일본과의 관계만이라도 더 악화되지 않도록 고육지책을 다한 것으로 생각하고 있다.

가토 지국장에 대한 재판 결과가 나왔다. 무죄였다. 결과가 나오고 나는 곧바로 일본 측의 입장을 점검했다. 그나마 다행인 것은 아베 총리와 기시다 외무대신 모두 한·일 양국관계 장래를 위해 매우 잘된 일로 평가한 것이었다. 사이키 차관은 우리의 노력에 감사까지 표했다.

다음 날 아침 일본 언론은 전부 산케이 무죄선고를 일면 톱으로 다루었다.

나중에도 나오지만 이런 일들이 이어져 양국관계는 정상화의 길을 찾게 된다.

5. 한 · 일관계의 물꼬를 튼
국교정상화 50주년 기념행사

■ **지천명(知天命)의 한 · 일 외교**

2015년은 1965년 한 · 일 국교정상화로부터 50주년을 맞는 해였다. 사람으로 치자면 지천명의 나이가 된 셈이다. 제 스스로 하늘의 명을 알게 된다는 지천명(知天命). 그러나 한 · 일 관계는 여전히 냉랭하기만 했다.

개인끼리의 관계에서도 소원해진 사이를 새롭게 하기 위해서는 뭔가 특별한 계기가 필요하다. 국가 간의 외교 역시 터닝 포인트가 필요하다. 나는 그 계기를 한 · 일 국교정상화 50주년에서 찾으려고 했다.

일본 정부와의 공감대도 필요하기 때문에 시간 나는 대로 스가 요시히데(菅 偉義) 관방장관과의 자리를 자주 마련했다.

스가 장관 역시 국교정상화 50주년을 맞아 한 · 일관계의 획기적인 변화가 필요하다는데 나와 의견을 같이 하고 있었다. 그는 아베 수상 역시 같은 생각을 하고 있다고 말하면서 이번 기회에 반드시 양국의 관계를 개선해보자고 말했다.

나는 그의 의견에 동의를 표하면서도 한·일 관계가 가시적인 성과를 내기 위해서는 일본 정부에서 위안부 문제에 대해 통 크게 양보하는 자세가 필요하다는 점을 강조하였다. 특히 8.15. 70주년 총리 담화에서 아베 총리가 위안부 문제 등에 대해 전향적인 자세를 보여주어야 한다는 점을 명확히 했다. 만일 그렇지 못할 경우 한국 외교의 무게중심은 더욱 중국 쪽으로 기울어지게 될 것이고 그것은 일본 정부로서는 가장 곤혹스러운 일이 될 것이라고 말했다.

스가 장관도 나의 말에 고개를 끄덕였다. 자신도 나의 말에 공감한다면서 총리 담화가 한·일 양국의 외교관계 개선의 좋은 계기가 되도록 노력하겠다는 뜻을 밝혔다.

그 자리에서 나는 얼마 전 읽은 내가 제럴드 다이몬드 교수의 책『총 균 쇠』에서 나오는 내용을 인용하여 "한국과 일본인은 쌍둥이 형제"라고 하더라고 했더니 스가 장관도 사실 그렇지 않느냐 하면서 형제란 싸우기도 하지만 또 금방 사이좋게 되지 않느냐고 했다.

우리는 일이 있든 없든 격월로 호스트를 교대하면서 자주 만났다. 둘이 만나면 언제나 이렇게 분위기는 좋았다. 그러나 주어진 환경은 어렵기만 했다. 대부분의 외교적 현안이 대사의

권한이나 노력으로 해결될 사안이 아니었고 양국 간의 첨예한
정치적 사안과 관련이 있었기 때문이다.

그렇지만, 다행이었던 것은 내 전임 주일대사였던 이병기 씨
가 청와대 비서실장으로 있었기 때문에 내가 일하기가 훨씬 수
월했다. 그 전에는 또 김기춘 실장이 있었고 해서 내가 대사로
일하기엔 그나마 좋은 여건이었다. 중요 외교사항이란 대개 대
통령이 결정해야 하기 때문에 급하면 바로 그들과 협의할 수
있기 때문이다.

■ 기념 리셉션에 양국 수뇌를 참석시켜야 한다

한·일 국교정상화 50주년 리셉션 일정이 확정되었다. 2015
년 6월 22일. 이날의 행사를 어떻게 치르느냐에 따라 한국과
일본은 냉랭한 긴장관계를 이어가느냐 아니면 새로운 협력의
관계로 나아가느냐가 결정된다고 해도 과언이 아니었다. 50주
년 기념행사는 주일 한국대사관 그리고 주한 일본대사관에서
동시에 주최하여 같은 날에 개최될 예정이었다. 다시 말하자면
서울과 동경에서 같은 날 동시에 개최되는 것이다.

나는 이 행사에서 양국 관계 개선의 계기가 안 생기면 이제
기회는 없다고 생각하고 있었다. 그래서 추진한 것이 두 가지

다. 하나는 박 대통령과 아베 총리를 각각 그 주재국 대사관 주최의 기념 리셉션에 참석시키는 것이고, 둘째는 장관이 된 후 아직도 한 번도 일본을 온 일이 없는 윤병세 장관을 방일시키는 일이다.

사실은 이 기념 리셉션에 양국의 정상들을 참석시키려고 오래전부터 외무부 실무 차원에서 추진해 왔다. 즉 서울 일본대사관이 주최하는 기념행사에는 박 대통령이 참석하고 동경에서 한국대사관이 주최하는 행사에는 아베 총리가 참석하는 그런 계획이었다. 그러나 양국의 외무부끼리의 협의 과정에서는 잘 되지 못해 그만 없던 것으로 끝내버리고 말았다.

주된 원인은 일본에서는 국회가 개원 중이라 총리가 나오기가 어렵다는 것이고 우리나라는 우리대로 별로 내키지 않는다는 것이다. 그러나 나는 이것을 꼭 성사시키고 싶었다. 양국의 지도자가 다 같이 상대국의 기념행사에 참석하여 서로 축사를 해준다는 사실은 그것 하나만으로 마음이 많이 열렸다는 것을 의미하기 때문이다.

나는 특히 한 번도 온 일이 없는 윤병세 외무부장관까지 동경으로 오도록 추진했다. 그는 고교와 대학이 다 후배여서 말하기가 좀 편하다. 이번 기회에 양국관계의 개선의 물꼬가 안 생기면 정말 이제 내 재임 중엔 기회가 없다.

그래서 나는 모리 전 총리와 가와무라 의원을 동원했다. 아베 총리에게 강력히 권유하여 꼭 식에 참석토록 해달라고 그들에게 간곡히 부탁을 했다. 그들은 아베 총리에게 영향력이 있는 사람들이다.

행사일인 6월 22일은 월요일인데 그 전 주의 금요일 즉 19일 오후 3시쯤 총리 관저에 들어갔던 가와무라 의원에게서 내 핸드폰으로 전화가 왔다 "만일 아베 총리가 내일 모레 한국대사관 기념행사에 참석하면 한국에선 어떻게 하느냐?" 하고 묻는 것이다. 말하자면 박근혜 대통령도 서울에서의 일본대사관 행사에 나올 수 있느냐 하는 것을 타진하는 것이다. 나는 무조건 그것은 내가 책임지고 참석하도록 하겠으니 아베 총리를 꼭 참석시켜달라고 재차 강력히 요청했다.

그날 오후 7시경 일본 외무성으로부터 아베 총리가 기념리셉션에 참석하겠다고 우리 대사관으로 정식으로 통보가 왔다. 나는 바로 그날 저녁 청와대 이병기 실장에게 급히 전화를 걸어 자초지종을 설명하고 박근혜 대통령의 일본대사관 주최 행사엔 이 실장이 책임지고 나가도록 해달라고 간곡히 호소했다. 그러나 참으로 마음은 조마조마했다. 박 대통령이 나온다 할까, 우리 대통령을 잘 설득할 것인가 정말 걱정이 되어 밤잠을 못 잘 지경이었다. 만약 실패하면 나는 일본에서 체면을 구기고 대사직도 더 이상 할 수 없다.

나는 사실 그 전에 이미 본국에 아베 총리의 참석 여부에 관계없이 박 대통령이 전격 참석을 결정하는 것이 좋겠다고 건의도 했었다. 이럴 때야말로 상대국의 눈치를 보지 말고 통 크게 결단을 내리는 것이 더 성숙해 보인다고 확신했기 때문이었다.

그러나 다행히 모든 것이 다 뜻대로 잘 되었다. 양 수뇌가 다 참석하기로 하고 그 발표도 윤병세 장관이 동경으로 와서 외무장관 회담을 하면서 동시에 발표되어 모양도 좋았다.

■ 윤병세 장관의 첫 방일

윤병세 장관도 첫 일본 방문을 하여 기시다 외무대신하고 외상회의를 했다. 윤 장관도 장관이 되어 2년이 다 되었으나 이웃인 일본을 한 번도 오지 않았을 뿐만 아니라 주한 일본대사도 공식적으로 만나주지도 않고 있었다. 그래서 내가 이런 상황 속에서 어떻게 양국관계를 개선시킬 수 있느냐 하면서 몇 번씩이나 방일을 건의했다.

회담 분위기는 화기애애했다. 당시 일본의 근대문화유산의 유네스코 등재를 앞두고 우리와 이견이 많았는데 그것도 원만하게 합의되었다.

저녁에 외무성 영빈관에서의 만찬은 참 분위기가 좋았다.

윤 장관이 내가 고교와 대학이 다 선배가 되어 꼼짝 못한다고 덕담으로 나를 띄워주니 기시다(岸田) 외무대신도 자기는 내가 정치선배로서 또 자기도 꼼짝 못한다고 하면서 서로 나를 추켜 세워주니 기분이 나쁘지 않았다.

일련의 과정을 잘 알고 있는 그들이기에 우회적으로 나의 노력을 인정해 준 것이다.

■ 성황리에 마친 50주년 행사

행사 당일인 6월 22일이 밝았다. 식은 오후에 열릴 예정이다. 오전에 윤병세 장관과 동행하여 아베 총리를 예방했다.

오후엔 행사 장소인 쉐라톤 미야코 호텔로 이동하여 최종 점검을 하였다. 행사는 대성황을 이루었다.

행사에는 내외 귀빈 1,000여 명이 참석하였는데 스가(管) 관방장관, 기시다(岸田) 외무대신은 물론 나가타니(中谷) 방위대신, 오타(太田) 국토대신 등 많은 각료들이 참석했다. 또 모리(森), 후쿠다(福田), 하토야마(鳩山) 전직 총리, 고노(河野), 이브키(伊吹) 전 중의원의장 등 많은 중, 참의원들은 말할 것도 없고 신문사 사장, 경제계 인물들 – 일본의 모든 분야의 요인들은 다 참석한 듯했다.

식전 문화행사가 이어지고 아베 총리가 나타남으로써 바로 식이 시작되었다.

내가 먼저 개회사를 하고 이어서 아베 총리가 직접 축사를 했다. 아베 총리는 양국관계의 중요성을 강조하고 자기의 고향인 시모노쎄키(下關)에 대해 말하며 시모노쎄키는 조선 통신사가 처음 일본열도에 상륙했던 지역이어서 특별히 한국과 인연이 깊다고 강조했다. 아베 총리의 축사에 이어 윤병세 장관이 박근혜 대통령의 메시지를 대독하였다.

한국대사관 주최 기념식에서 축사하는 아베 총리

아베 총리는 박 대통령의 메시지 대독까지 지켜보며 약 30분 가량을 머물렀다.

당초에는 식 도중에 와서 10분 정도 자기 축사만 하고 바로 가야만 한다고 통보가 왔었다. 아무리 바빠도 그건 안 된다고 생각했다. 우리 언론에서 알게 되면 좋게 쓸 일이 아니다. 억지로 무성의하게 왔다고 떠들어대면 안 온 것만 못하다.

나는 급히 타케모토(武本孝俊)를 동원하여 "그렇게 왔다 가려면 오지 말라고 해라." 하고 비상조치를 취했다. 시간도 없으니 공식 라인을 통하여 이야기해서 해결될 일이 아니기 때문이다. 타케모토는 한국 피를 가진 일본인인데 총리관저와 매우

일본대사관 주최 행사에 참석한 박근혜 대통령

311

가깝고 잘 통하는 사업가로서 나와는 각별한 사이이다. 급할 때는 가끔 그에게 SOS를 쳤다.

나는 관료들의 패턴을 알기 때문에 총리실에 바로 얘기가 되면 달라질 것으로 믿고 있었다. 결국 그대로 깔끔하게 잘 되어 박 대통령의 메시지를 윤병세 장관이 대독하는 것까지 다 듣고 자리를 뜬 것이다.

공식 행사 후 열린 한국이 낳은 세계적인 성악가 조수미 기념 공연의 열기도 대단했다. 황실에서 다카마도노미야 비가 참석했고 모리, 하토야마 전 총리, 가와무라 의원, 사이키 차관 등도 공연을 관람했다.

특히 일본을 대표하는 여성 지휘자 니시모토 토모미(西本朋美)와 협연했다는 점에서 한·일 국교정상화 50주년의 의미를 더욱 잘 살릴 수 있었다.

■ 깜짝 놀란 해프닝, 아내의 졸도

이 행사를 준비하면서 우리 내외는 얼마나 긴장했는지 아내는 졸도하는 소동이 일어났다. 리셉션 라인에 아내도 같이 서야 하고 또 조수미 공연 때는 황실의 전하 비 옆에 앉아서 맞이하게 되어 있었다.

그런데 마침 그때 아내는 감기기가 있어 기침을 하고 있었는데 그걸 멈추게 하려고 기침약을 과다 복용하여 행사 전날 밤에 졸도를 한 것이다. 처음엔 기침약 과용인지도 모르고 한 4, 5분 깨어나지는 않으니 얼마나 놀랐는지 모른다.

지금은 이렇게 이야기하지만 그때는 하늘이 노래지는 것 같았다. 그러나 다행히 행사 당일엔 아내는 기침 하나 없이 너무나 훌륭하게 자기의 역할을 잘 마무리해 주었다.

행사가 다 끝나자 우리 내외는 모두 녹초가 되었다. 지금 생각하면 나이도 적지 않는데 좀 우직하게 일했다 하는 생각도 들지만 그래도 그날은 내 대사 재임 중 제일 보람을 느낀 날이기도 했다.

6. 위안부 합의, 한·일 정상회담

한·일 간에는 그 역사적 특수성 때문에 여러 가지 문제들이 시한폭탄처럼 깔려 있었다. 역사 교과서 문제, 독도 문제 등도 있지만 이 당시의 현안은 종군위안부 문제가 제일 컸다.

특히 박근혜 대통령이 여성이다 보니 좀처럼 이 문제는 쉽게 풀려 하지 않았다. 이 문제가 해결되기 전에는 일본과의 정상 회담은 절대 하지 않겠다는 것이 박 대통령의 확고한 입장이었다.

미국의 오바마 대통령이 중재한 유럽 어디에서의 3자 회담 때 그 어색했던 한·일 두 정상의 표정을 잊을 수 없다.

이러하니 위안부 문제를 원만히 해결하는 것이 한·일 관계를 복원시키는 제일 중요한 관건이었다. 내 전임인 이병기 대사도 이것을 잘 알고 추진하다가 성과를 못 보고 국정원장으로 가게 되었다. 그래서 자연스럽게 이병기 원장의 관심과 주도하에 이 문제에 접근할 수 있었던 것은 큰 다행이었다.

■ 이병기 – 야치(谷內) 라인

위안부 문제는 이병기 국정원장과 야치(谷內 正太郎) 총리부 국가안전보장국장 사이에서 실질적이고 심도 있는 논의가 가능해졌다. 야치는 외무성 차관 출신으로 아베의 신임이 두터운 측근이다.

결국 양국 정상의 결심이 제일 중요한 사항이기 때문에 정상과 가장 가깝고 신임을 받는 사람끼리 협상한다는 것은 지극히 당연하고 가장 효과적인 방법이다.

그러나 대외적인 명분이라는 면에서 외무당국자가 표면에는 나서야 한다. 그래서 외무부의 실무급회담도 병행되었다. 이상덕 동북아국장과 이하라(伊原) 일본 아시아태평양국장 간의 회담은 서울과 동경에서 교대로 몇 달에 한 번씩 열렸다. 그러나 물론 실질적인 논의는 언제나 이병기, 야치 선에서 다루어졌다.

나중엔 이 원장이 청와대 비서실장으로 자리를 옮기게 되어 이 문제는 더욱 속도감 있게 추진되었다.

그러나 참 힘들었다. 양 지도자가 조금도 서로 양보하지 않는 것이다. 아주 결렬이 될 상황까지를 몇 번이나 갔는지 모른다. 그래도 완전 팽개치지 않고 그나마 끝까지 유지될 수 있었던 것은 이 – 야치 라인이 있었기 때문이다.

드디어 2015년이 저물기 전에 서울에서 한·중·일 3국 정상이 만나는 게재에 한·일 두 정상이 만나고 위안부 문제에 대한 가닥이 잡히게 되었다.

국교정상화 50주년 행사에서 분위기 조성이 되고 가토지국장이 무죄가 되는 등 일련의 과정을 거치면서 양국 정상 간의 신뢰가 약간씩 쌓이게 된 것이다.

나는 그런 과정에서 일본의 정치권 또는 일본의 언론 경제계 문화계 등 조야에 현지 대사로서 할 수 있는 최선을 다했다고 생각한다.

■ 한·일 정상회담

한·중·일은 매년 돌아가면서 3국 정상회의를 개최한다. 그러나 여러 가지 사정이 발생하면 개최하지 못하는 경우도 없지 않다.

마침 2015년은 우리가 주최국인데 합의가 잘 이루어지지 못하다가 연말에 와서야 전격적으로 개최하게 되었다.

그해 11월 1일 일요일인데도 오후 2시부터 서울 청와대 영빈관에서 한·중·일 3국 정상회의가 열렸다. 나도 배석했다. 중국에선 리커창 총리가 오고, 일본에선 아베 총리가 참석했다.

저녁 만찬은 국립현대미술관에서 열렸다. 단상에 세 정상이 마주하고 있었으나 박근혜 대통령은 내일의 양국 정상회담을 염두에 둔 듯 아베를 배려하는 듯한 느낌이 감지되었다.

다음날 11월 2일 10시부터 드디어 한·일 정상회담이 개최되었다. 3년 6개월 만이다. 박 대통령 취임 후 박근혜 대통령과 아베 총리가 단독으로 만나는 최초의 일이다.

1시간가량의 단독회담과 45분간의 확대 회담을 했다.

단독회담에서 우리 측은 윤병세 외무장관, 이병기 비서실장, 김규현 외교수석이, 일본 측은 기시다 외무대신, 야치 안전국

박근혜 대통령과 아베 일본 총리 정상회담

장, 하기우다 관방부장관이 배석했다. 나는 확대회담에만 배석했다.

나는 감개무량했다. 이것을 성사시키려 얼마나 애를 썼나! 그동안의 외교적 성과가 일조가 되어 어느 정도 양 정상 간의 신뢰가 좀 쌓였다고 인식되었기에 가능했다. 그 간의 외교적 성과의 총 집대성인 셈이다. 비교적 솔직한 대화로 회담은 실패가 아니었다.

그때 포인트를 요약하면 다음과 같다.

1. 위안부 문제는 피해자들이 고령인 점과 금년이 국교정상화 50주년이라는 점을 감안해 조기 타결될 수 있도록 가속화한다는 데 일치했다.

2. 앞으로 있을 국제회의 등에서 자주 접촉하는 것이 바람직하다.

3. 남지나해의 자유항행, 자유비행 등에 대해서는 인식을 같이 한다.

4. 북한의 비핵화를 위한 한·미·일의 공조의 중요성과 일본인 납치 문제의 해결에 협조한다.

5. 한국의 TPP가입 시의 일본 협조 요청에 대해 일본은 잘 지켜보며 검토하겠다.

양국 기업 제3국 공동 진출에도 협력한다.

■ 위안부 합의에 속도가 붙다

한·일 정상회담 후 위안부 문제는 속도를 내기 시작했다.

정상회담을 마치고 온 지 며칠도 안 된 11월 7일(토) 야치국장이 서울로 가서 이병기 실장을 만나고 왔다. 그 후도 자주 비밀리에 야치가 서울로 갔다. 이병기 실장은 눈에 띄일 수가 있으니 주로 야치가 서울로 가고 외무부 국장회담은 나라를 바꿔가면서 병행해 열렸다.

사실은 그동안 위안부 문제는 이병기, 야치 사이에서 상당한 정도 진전이 있었으나 정상 간의 합의를 끌어내지 못해 교착에 빠져 방치하고 있던 것을 이번 양국 정상회담을 거치면서 속도감 있게 합의에 이르게 된 것이다.

그 내용을 여기서 살펴보자.

첫째 위안부 문제는 당시 군의 관여로 이루어졌다는 점을 명기했다는 것이다.

이것은 한·일 양국 간에 강제성이 있었느냐의 여부로 다투던 것을 군의 관여라는 말로 합의했다. 군이라는 조직은 그 특성상 강제성이 수반되는 조직이기 때문에 이렇게 함으로써 우리가 주장한 강제성을 우회적이지만 끌어낸 것이다.

둘째로 아베(安倍) 총리대신은 "일본국 내각총리대신으로서 위안부로서 큰 고통과 치유할 수 없는 상처를 준 모든 분들께 마음으로부터의 사죄와 반성을 표합니다."라고 했다.

이것은 사실 그때까지만 해도 아베 총리는 역대정권의 역사의식을 계승한다는 말만 했지 자기가 주어가 돼서 스스로 이렇게 사죄와 반성이라는 말을 한 적이 없다. 그런 의미에서 큰 성과라고 할 수 있다.

셋째는 일본 정부 예산으로 10억 엔을 출연한다는 점이다. 이것은 돈의 문제가 아니라 일본 정부의 예산이라는 점이 중요하다. 우리가 한결같이 주장하던 일본 정부의 법적 책임을 유추할 수 있기 때문이다.

그동안 이런 종류의 일본의 출연금은 있었지만 그것은 모두 기업이나 다른 출처이지 이번처럼 일본 정부 예산으로 된 것은 처음이다. 이런 점에서 큰 의미가 있는 것이다.

합의는 이렇게 이루어졌지만 한국에선 여전히 불만이 많았다. 왜 최종적이고 불가역적이라고 했느냐 또 피해자의 의사가 존중되지 않아 절차적으로도 문제가 많다 등등.

그러나 국제적인 합의라는 것은 서로 이해가 충돌하는 상대가 있는 것이기 때문에 100% 우리 요구대로 다 되는 것은 아니다.

그동안 나왔던 안 중에는 그래도 이만하면 최상이라고 나는
생각한다.

그럭저럭 넘어갈 듯했는데 문재인정권이 들어서면서 파기는
아니지만 그 비슷한 상황까지 가서 다시 한·일 갈등의 한 축
이 되고 말았다.

그러나 문재인정부의 위안부 합의사항 검열단도 그 내용에
대해서는 크게 문제 삼지 않았다. 다만 피해자 중심이 아니라
는 절차상의 문제와 사죄의 진정성이 없다고 하는 것이 아닌가
싶다. 어떻게 보면 문제 삼기 위한 문제에 불과하다는 생각이
든다.

7. 내 역할은 여기까지

　한·일 국교정상화 50주년 행사에 한·일 양국 정상이 참석함으로써 경직되었던 한·일 관계는 드디어 물꼬를 트기 시작했다. 일본이 그토록 관심이 컸던 가토 산케에 지국장도 무죄가 되고 한·일 정상회담도 개최했다.

　그해 12월엔 오랜 현안이던 일본군위안부 문제도 합의를 이룸으로써 그동안 걸림돌이 되었던 많은 문제가 풀려나갔다.

　민단산하의 상공인연합회와 별도의 사단법인 상공인연합회가 갈등하고 싸우는 것도 봉합하여 하나의 한국인 상공연합회로 만들어 놓은 것도 잊지 못할 일이다.

　이렇게 되기까지엔 오공태 민단장이나 최종태 회장이나 나와의 개인적인 친분이 문제 해결에 많은 도움을 주었다고 생각한다.

　나에게 맡겨진 역사적 소임이 어느 정도 실현되었다고 생각하니 나도 이제 내 거취를 결정해야겠다고 생각했다.

　해가 바뀌어 2016년 2월 22일 윤병세 외무장관에게 전화로직접 사의를 표했다.

내가 이 시기를 선택한 것은 한·일관계가 이제 정상을 찾았고 내 재임도 1년 6개월이 되어, 후임 대사가 한 2년은 재임할 수 있도록 배려한 것이다. 일본대사는 대개 대통령과 임기를 같이 한다. 그리고 무엇보다도 자리에 연연하는 듯한 노추를 보이기 싫었기 때문이다.

그러나 사표는 금방 수리되지 않았다. 그래서 4월에 있었던 공관장 회의 참석차 귀국하였을 때 한 번 더 강력히 사의를 표시하고서야 수리되었다. 정식 퇴직처리가 된 것은 8월이니 꼭 2년을 재임한 셈이다.

내가 주일대사로 재임하던 시기에 있었던 한·일 외교의 과정이 역사적으로 어떤 평가를 받게 될지는 아직 모른다.

다만 한 가지 스스로 자부할 수 있는 것이 있다.

그것은 내 생애 마지막으로 맡겨진 공직자의 소임을 정말 사심 없이 열심히 수행했다는 점이고 또한 더 욕심을 부리지 않고 그 소임이 끝났다고 판단되었을 때 미련 없이 스스로 물러났다는 점이다.

이것만은 스스로 생각해도 잘했다고 생각한다.

내가 대사직에서 물러나고 얼마 후 국정농단 사건이 불거지고 정국은 다시 태풍 속으로 빠져들었다. 만일 현직에 있었더라면 나 역시 본의 아니게 사람들의 입방아에 휘말렸을지도 모른다.

박근혜 대통령이 불명예스럽게 탄핵을 당하고 구속이 되는 사태까지 벌어지자 주변에서는 마치 이런 상황을 예견하고 사임을 한 것 같다고 하기도 했다. 하지만 그것은 예견도 아니고 단순한 우연도 아니다.

그것은 일관되게 흐르고 있는 나의 삶의 자세이다. 과도한 욕심을 버리고 언제나 넘치지 않으려는 나의 절제 정신이고 정도를 걸으려는 나의 생활신조이다.

정치를 그만둘 때도 나 스스로 불출마를 선언했듯이 이번 주일대사직에서 물러날 때도 늘 해왔던 대로 때가 되었다고 생각해서 스스로 물러난 것뿐이다.

어쩌면 이런 것들이 이 아슬아슬한 세상을 살아남을 수 있었던 것이 아니었을까 하고 가끔 생각하곤 한다.

2016년 6월 30일 대사관 직원들 앞에서 행한 나의 이임사를 참고로 게재한다.

여러분 마지막 인사를 드리게 되었습니다.

여러분들의 헌신적인 지원과 노력으로 저를 도와주신 덕택에 2년 가까운 대사직을 큰 탈 없이 마치고 돌아갈 수 있게 되어 정말 여러분께 감사를 드립니다.

처음 주일대사로서 발령이 났을 때 나도 의외였었고 아마 여러분들도 깜짝 놀라셨을 겁니다. 외교 경험도 없고 나이도 많은 사람이 와서 걱정 반 호기심 반으로 나를 맞이했을 것이라고 생각합니다. 사실 나 자신도 그러했습니다.

이렇게 주위 사람의 걱정과 불안을 잘 알고 있었기 때문에 내 나름대로는 열심히 하려고 했습니다.

나는 공무원생활, 정치생활을 합하면 공직자 생활을 44년을 했습니다. 이 44년의 공직생활 중 이번 대사직이야말로 아무 사심 없이 아무 구애됨이 없이 정말 나라를 위한 일념으로 하리라 다짐하고 부임했습니다. 다음에 또 무엇을 해야겠다 하는 목표가 있는 것도 아니고 사생활에 대한 부담이 있는 것도 아니고 해서 정말 그리하리라 생각하고 또 그리 해왔다고 자부합니다.

중략…

    오늘 기시다(岸田) 외무대신으로부터 욱일대수장의 훈장을 받는 자리에서 대신도 얘기했습니다. 작년 6월 22일 국교정상화 50주년 기념식전에 양국 정상이 각각 그 나라 대사관이 주최하는 행사에 참석함으로써 그것이 하나의 큰 계기가 되어 흐름이 바뀌지 않았나 생각한다고 했습니다. 나도 똑같은 생각입니다. 그 흐름이 이어져서 정상회담이 성사되고 그 어렵던 위안부 문제의 합의가 도출됨으로써 한·일 양국관계의 개선에 대한 앞길이 열리고 어두운 터널을 지나게 된 것입니다.

    그 양 정상을 행사에 참석하게 유도한 것은 하나의 큰 업적으로 자부하고 싶습니다.

    또 재임 중에 오랫동안의 숙원이었던 한상련(한국상공인연합)의 통합도 일단 고비를 넘겼고 국정감사 때마다 지적을 받았던 민단의 법인화도 일부 이루어졌고 교포들의 오랜 숙원인 '헤이트스피치법안도 일본 국회에서 성립을 보았던 것도 참으로 행운이라고 생각합니다.

일본 최고 훈장 욱일대수장을 받고 기시다 외무대신(현 총리)과 함께

7장

일본에서 배우자

흔히 한국과 일본을 '가깝고도 먼 나라'라는 말로 표현한다. 지리적 거리로 보면 가장 가까운 나라지만 일본에 대한 한국인의 감정적 거리는 여전히 멀기만 하다.

그러나 한반도를 둘러싼 외교와 안보 그리고 무한경쟁의 세계 경제의 소용돌이 속에서 민족적 감정만으론 살아남을 수 없다.

반일이 애국이고 친일이 매국이라는 그런 의식부터 버려야 한다. 오로지 국익 우선으로 생각해야 한다.

한국과 일본은 지정학적 운명 때문에 싫든 좋든 서로를 위해 협력해야만 하는 대상이다. 이를 위해 우리는 일본에 대한 감정적이고 부정적인 선입견과 오래된 고정관념을 걷어내고 있는 그대로의 일본을 알고 배워야 한다.

그렇게 하는 것이 극일로 가는 현명한 길이다. 일본이 앞선 것은 열심히 배워서 일본을 넘어서야 한다. 이것이 극일이고 승일이다.

그런 뜻에서 내가 보고 느낀 있는 그대로의 일본을 몇 가지 소개하면서 일본을 이기기 위해서 일본을 알고 배우자라고 나는 강조하고 싶다.

1. 정성을 다하는 의리 있는 사람들

흔히 말하기를 일본사람들은 너무 실리적이어서 의리가 없는 것으로 알려져 있다. 나도 그렇게 생각했다.

그 생각에 약간 의문이 생기기 시작한 것은 나카소네 전 총리가 전두환 대통령에게 하는 것을 보고서다.

나카소네(中曾根) 총리는 전두환 대통령 때 일본의 총리로서 한국을 첫 공식 방한한 일본의 총리다. 그는 전 대통령이 불행했을 때도 변함없이 그를 챙기고 그의 88세 미수연에는 전 대통령 내외를 일본에 초청해 손수 안내하는 것을 보고 놀랐다.

그것을 보면서 일본사람들이 의리가 있고 신의가 있다고 느끼기 시작했다.

이런 생각은 그 후 일본 대사로 가서 몇 번 더 확인할 수 있었다. 한번 맺은 인연은 특별한 일이 없는 한 늘 간직한다는 것이다.

모리 전 총리도 마찬가지다. 나하고는 현역의원 시절에 한·일의원연맹에서 인연을 맺었다. 동갑 갑장이라 하면서 대사 시절에도 많은 도움을 받았고 그 인연을 퇴임 후인 지금도 잘 이어오고 있다.

한번은 대사를 그만둔 후 동경에 갔는데 그때 마침 그는 암 투병 중이라 병원에 입원해서 치료를 받는 기간이었는데도 의 사의 외출 허가를 받아 나를 만나러 온 일도 있다.

또 하나, 내가 부임했을 때 중의원 의장이던 이브키(伊吹) 의 원은 도쿄 출신인데 내가 어릴 적 도쿄에서 자랐다고, 거기다 학년도 같다고 하여 각별한 인연으로 대해 주었다.

경도로 우리 내외와 모리 전 총리 내외를 같이 1박2일로 초대하 여 관광을 시켜주고 최고의 요리 집에서 큰 환대를 받았다. 지금

후쿠다 내외와 도쿄 방문

도 일본에 가면 아무리 바빠도 시간을 내서 식사를 같이 한다.

후쿠다(福田) 전 총리도 마찬가지다. 내가 대사를 사임하고 귀국을 앞두고 있는 시점인데 도쿄로 우리 내외를 초대하여 마지막 추억을 만들어 주었다. 곧 귀국하는 사람에게 우리 같으면 이렇게 할 수 있을까 하는 생각을 하게 했다.

그래서 나도 한국에 부임해 오는 주한 일본대사에게 잘해 주어야겠다고 그때 결심했다. 결국 그것이 결과적으로 자기 나라를 위하는 일이다.

상대에게 정성을 다하는 예의를 중시하는 사람들이다.

2. 잘 훈련된 국민

일본 국민은 교육이 잘 되고 잘 훈련된 국민이다.

교육이 잘 됐다는 말은 고등교육을 받은 사람이 많다는 말이 아니다. 통계를 갖고 있지는 않지만 대학 진학률은 우리보다 낮을 것이다.

그러나 이들은 어릴 때부터 가정에서나 학교에서나 공동생활에 필요한 공중도덕을 철저하게 가르친다. 더불어 사는 규칙과 지혜를 가르치는 것이다. 소위 말하는 "오아시스" 교육이다. '오하요고자이마스(아침인사)' '아리가또(감사합니다)' '시츠레이시마스(실례합니다)' '스미마센(미안합니다)'의 일본 말의 앞머리만 딴 것이다.

'메이와꾸 카케루나(남에게 폐를 끼치지 마라)' 하는 것은 어떻게 보면 일본의 국민정신이다.

예를 하나 들면, 몇 년 전 일본인 젊은 프리랜서가 중동에서 무장 IS폭도들에게 생포되어 TV를 통해 일본 정부에 공개협상을 제의한 사건이 있었다.

그러나 협상은 이루어지지 못하고 그 일본인은 처형되고 말았다. 그 후 그의 어머니가 TV에 나와 이야기 하는 것을 들었다. 자기 아들로 인하여 정부와 국민에게 폐를 끼쳐 미안하다는 내용이었다. 어느 나라의 어머니가 자기 아들을 잃고 이런 자제된 말을 할 수 있겠는가를 생각하면 놀라기보다 무서웠다.

또 하나 있다. 일본에서 온타케산(御嶽山)이라는 휴화산이 갑자기 폭발하여 수십 명이 죽고 그중 6명인가 7명은 화산재에 덮혀 시체도 찾지 못했다. 화산 폭발이 9월이었는데 11월이 되자 춥고 눈도 내려 더 이상 수색이 불가하여 구조대원들인 자위대와 소방대원들이 하산하게 되었다.

그러자 그 유족들이 나와서 줄을 서서 하산하는 그들에게 감사하다고 절을 하며 고마워하는 모습을 TV에서 본 일이 있다. 아무도 울고불고 하는 사람이 없고 왜 더 계속하지 않고 철수하느냐고 항의하는 사람도 없었다.

일본 국민은 이런 사람들이다. 이런 생각이 일상의 생활 속에서도 늘 지켜지고 있다. 성실하고 정직하고 서로 신뢰하고 친절한 국민이다. 또 정부를 믿고 정부의 정책에 잘 순응한다.

일본에서 살아보면 이런 것은 쉽게 느껴진다.

이 모든 것이 교육인 것 같다. 우리도 어릴 때부터 더불어 사는 지혜와 공중도덕을 철저하게 가르쳤으면 좋겠다. 유치원과 초등학교 교육은 이것만이라도 철저하게 교육했으면 좋겠다.

3. 고대와 현대가 조화롭게 공존

일본에 가면 고풍스런 신사(神社)와 사찰이 눈에 많이 띈다. 일본의 고도(古都) 도쿄에는 무려 절이 3천 개에 이른다고 들었다.

그리고 사람들은 이런 곳에 가서 여러 가지 소원을 빌기도 한다. 또 집집마다 불단을 가져 매일 예배하는 사람들도 많다.

일본은 다신교의 나라다. 건건마다 신이 있다고 믿는다.

택시를 타보면 운전석 위에 안전신(安全神)이라고 쓴 글귀가 있는 이상한 새끼줄 같은 것을 본 사람이 있을 것이다.

일본에서의 신이란 어떤 의미에서는 부적 같은 것으로도 생각하는지 모르겠다. 액운을 막아주고 행운을 가져준다는 그런 생각이다. 워낙 옛부터 자연재해가 많은 나라이니까 그렇게 되었는지도 모르겠다.

한번은 이런 모습도 보았다. 건물의 준공식을 하는 장면이다. 음식을 차려 놓고 하얀 전통 복장을 한 제주가 하얀 종이 막대기를 흔들어대면서 주문을 외운다. 옛날 우리네 돼지머리 얹어놓고 대나무 가지 흔들면서 고사 지내는 모습의 변형이다.

마치고 나면 모여 있던 관계자들이 음복을 한다. 우리나라에선 미신이라고 없어져가는, 아니면 거의 없어진 풍경이다.

이러한 것들이 첨단을 걷는 현대사회에서도 잘 유지되면서 일본의 좋은 전통이 되어 관광자원화 되고 있다.

우리나라와 연관이 있는 고마진쟈(高麗神社)도 그중의 하나다. 일본에 사신으로 왔던 고구려인 약광(若光)을 모시는 사당이다.

이렇게 고대와 현대가 잘 조화하면서 공존하는 것이다. 우리처럼 무조건 미신이라고 타파하고 버릴 것이 아니다.

4. 언론의 자세

일본의 언론은 우리가 본받을 것이 많다.

물론 여당지, 야당지가 다 있지만 대체로 그들의 보도 자세는 정말 국익 우선이고 공공의 이익을 중시한다. 매스컴의 영향력을 충분히 숙지하고 있는 것처럼 느껴진다. 참으로 신중하다.

아무 것이나 함부로 보도하지 않는다. 정부가 관여하는 것이 아니다. 언론이 스스로 자기 통제를 하는 것이다. 혹자는 민주

일본 기자클럽에서의 이임 기자회견

언론이 아니라고 말할지 모른다. 그러나 민주언론도 누구를 위한 민주언론인가. 전체의 이익, 공중의 행복, 사회의 질서 등이 다 중요한 것이 아닌가. 개인의 중요성만을 강조하는 것이 민주언론이라 해야 하는가! 언론인들도 전혀 권위적이지 않다. 우리나라에서 언론은 하나의 큰 권력인데 일본에선 전혀 그런 분위기나 생각도 아니다. 사장들도 겸손하다.

5. 한국과 일본, 뿌리는 같다

세계적 석학인 인류학자 재레드 다이아몬드(Jared Diamond) 박사는 여러 가지 고증을 통하여 한국인과 일본인은 성장기를 함께 보낸 쌍둥이 형제와도 같다고 했다.(그의 저서. '총, 균, 쇠'의 654page)

물론 한국인과 일본인은 수긍하기 힘들 것이다.

일본의 인류학자 하나와라 가즈로(埴原和郎) 동경대학 명예교수도 일본인 75% 내지 90%는 한반도에서 온 도래인(渡來人)이라고 주장했다.

또 큐슈(九洲)대학의 고고학자 나카하시(中橋) 교수에 의하면 야요이 시대의 인골들이 큐스대학에 많이 보관되어 있는데 이들의 유전자가 현대 한국인의 유전자와 거의 같다는 것이다. 일본의 토질은 알칼리성이라 많은 인골이 그대로 발굴된다는 것이다.

야요이 시대는 바로 한반도에서 일본 큐스 지방으로 벼농사 기술을 가지고 많이 건너왔다고 한다. 소위 도래인이라고 말하는 한반도사람들이다.

나는 이 말들을 믿는다. 실제로 일본에서 살아보면 이런 것을 굉장히 실감있게 느낄 때가 많다. 우선 외모를 구별하기 어렵다. 지하철 전차에 한국인과 일본인이 같이 앉아 있으면 쉽게 구별할 수 없다.

그리고 양국의 언어를 아는 사람으로서는 그 말의 유사성을 발견할 때가 여간 많지 않다. 일본사람들은 모르고 쓰고 있지만 한국사람의 입장에서 들으면 아 저것은 한국말에서 왔구나 하는 것들이 아주 많다.

몇 개만 예를 들겠다.

- 눈부시다 – 마부시다. 우리 옛말로 눈을 마로 불렀다 한다.

- 둘 끼리 – 후타리 끼리(二人kiri) 이때 '끼리'라는 말의 뜻은 똑같다.

- 무엇이 부족하다고 할 때 '다리(足)나이'라고 하는데 足자를 쓰고 읽기를 '다리'로 읽는다. 우리 말 그대로가 아닌가.

- 동무가 변형되어 도모(友), '슬슬'이 변형되어 소로소로, '터벅터벅'이 변형되어 토보토보.

언어학자도 아닌 내가 느끼기에도 이런 것들은 수없이 많다. 사실 이러한 것들은 일부 한·일 양국의 언어학자들도 주장하고 있다.

언어뿐만 아니다. 음식이나 문화나 풍습의 유사성은 세계에서 별로 유래를 찾아보기 힘들 것이다.

그리고 지금도 이러한 한국인의 일본화는 계속되고 있다. 현재 일본에 살고 있는 많은 재일 교포 한국인들이 귀화하고 있기 때문이다. 손정의, 한창우, 장훈 등은 유명해서 알려져 있지만 그렇지 않은 많은 보통의 한국인들이 지금도 일본인이 되고 있다.

내가 잘 알고 일본 사회에도 영향력을 갖고 있는 타케모토

임진왜란 때 남원에서 끌려간 심수관 도공의 14대손

(武本 孝俊) 사장도 그러한 사람이다. 부친은 배(裵)씨 성을 가진 재일 교포였고 어머니는 일본인이다. 우리 교포사회에는 그렇게 알려져 있지 않지만 엄청난 부동산 갑부이고 한·일 양국을 위해 여러 가지 좋은 일을 많이 하고 있다. 한국말도 잘 모르는 완전 일본인이지만 애국심이 있어 내가 대사 재직 시절에 어려운 일이 있을 때마다 많은 도움을 받았다.

그래서 나는 두 국민의 뿌리는 같다고 믿고 있다.

6. 기타 생각나는 일

대사를 그만두고 국회로 이임 인사를 갔다. 일한의원연맹에서 중의원 50여 명을 모아주었다. 간단한 고별 스피치를 했다.

사실 지금 생각해보면 나의 외교무대는 일본 국회를 중심으로 한 정치무대였다. 과거 의원연맹에서 맺어진 인맥이 큰 역할을 해주었다. 일본은 내각책임제이기 때문에 그것이 가능했다. 외교 문외한이 그나마 이 정도의 성과를 걷을 수 있었던 것은 오로지 이들의 협조와 도움 덕이었다. 그런 취지의 인사를 했다. 큰 박수로 맞아 주었다.

그뿐 아니라 의원들이 모두 자기 지역구에서 생산되는 일본 술 한 병씩을 선물로 가져왔다. 내가 일본 술을 좋아한다고 누까가와(額賀) 일한연맹 회장이 미리 요청해 놓았던 것 같다. 무려 50여 병이다. 마음에 드는 몇 병 정도만 제외하고 모두 대사관 직원에게 나누어주었지만 참으로 잊을 수 없는 일이다.

또 자민당 여성의원들이 긴좌(銀座)의 좋은 요정에서 송별연을 해준 것도 오래오래 잊을 수 없을 것이다.

총리 경선에도 나온 일이 있는 노다 세이코(野田聖子), 장래 여성 총리 1호로 촉망받는 전 오부치 총리의 딸, 오부치유우코

十八番は吉幾三の「酒よ」とか

全国の銘酒に囲まれて笑顔なのは近く離日する柳興洙駐日韓国大使（78）「実はこれ、歓送会で日韓議員連盟（額賀福志郎会長）の国会議員が持ち寄ったもの。額賀会長は『那乃誉』（茨城）、『織田信長』（岐阜）は永田町きっての左党、野田聖子衆院議員……と「全部で40本ほどですか。日本酒好きと知られていたみたいでね」。

慰安婦を巡る日韓合意など「関係改善に道筋がついた」として辞任を決めた柳大使。

「韓国人は、日本人は情がないと言うがそんなことはない。日本の政治家ともよく飲みましたよ。日本酒には土地土地の味があって、日本文化の豊かさを感じます。両国はまだ雨降って地固まるとはいっていませんが、暗いトンネルは抜けたと思います」。ソウルでいただいたお酒を飲み、2年の間に見聞した日本の姿、声を伝えていくつもりです」。

写真＝北山夏帆
文＝毎日新聞編集委員・鈴木琢磨

일본 중의원 50여 명이 이임식에 보내온 술병

345

(小淵優子) 등 일본 정계에서는 여성 걸물들이다. 술도 세다. 모두 곤드레만드레가 되어 잊을 수 없는 추억이 되었다.

내가 그래도 대사로서 그들에게 크게 나쁜 인상은 남기지 않은 것 같아 기분은 나쁘지 않았다.

또 한 가지 아베 수상의 아버지 이야기도 남기고 싶다. 내 수첩의 기록에 의하면 내가 초선의원이던 1987년 5월 16일이다. 부산의 요정 동래 별장에서 아베 수상의 아버지인 아베 신타로(安倍慎太郎) 전 외무상과 만찬자리를 가졌다.

부산 JC의 초청으로 온 것으로 기억된다. 부산 JC에 관계하고 있었던 김진재 의원(현 김세연 의원의 부친)과 서울에서 권익현 의원도 내려와 합류했다. 그와 폭탄주로 러브샷을 한 것은 지금도 기억에 남아 있다. 그는 차기 총리를 내다보는 거물이었지만 그 후 얼마 안 가 타계했다.

그때 그의 비서로 수행해 왔던 그의 아들인 아베 전 수상은 옆방에서 내 비서 유재중(전 의원)과 함께 저녁을 했다.

그 후 한 · 일의원연맹 간사장이던 허주 김윤환과 함께 그의 묘소를 참배했다.

8장

뒤늦게 찾은 행복

노후가 행복하다

1. 내려놓으니 보이더라

나는 은퇴 후 비로소 여가를 즐기며 자유인으로 살고 있다. 인생의 즐거움을 만끽할 수 있는 여가가 얼마나 삶을 풍요롭게 하는지 몰랐다.

물론 나의 경우 은퇴라고 해서 완전히 아무것도 안 하는 상태는 아니었다. 내가 소속했던 정당의 상임고문과 한·일친선협회의 회장 자리는 가지고 있었다.

그러나 실실적인 활동은 그리 많지 않았기 때문에, 2004년 정계은퇴를 선언한 후 한 10년 자유로운 취미생활을 즐기며 여유롭게 보냈다. 나이로 치면 68세부터 78세가 되는 시기이다.

그렇게 지내고 있는데 갑자기 생각지도 않던 주일대사를 맡게 되어 다시 잠깐 공직에 머물렀다. 그 후에도 한·일친선협회 중앙회 회장직을 맡아 지금까지 일이 전혀 없는 것은 아니다.

그러나 일상의 많은 시간을 내 의지대로 활용할 수 있다는 의미에서 지금의 이 생활은 자유생활이다.

너무도 바쁘게 보낸 공직 40여 년을 마치고, 홀가분하게 모든 것을 벗어던지고 나니 온통 딴 세상이다. 차로 다니던 길을 천천히 걸어서 가본다. 꽃이 보이고 돋아나는 새싹이 보인다. 낙엽 밟는 소리가 들리고 하늘의 별이 보인다.

자연의 아름다움이 비로소 눈에 들어온다.

아내의 귀중함이, 가족의 소중함이 보이기 시작한다. 세상이, 사람이, 사는 것이 보이기 시작한 것이다. 올라갈 땐 보이지 않던 것들이 내려오니 이렇게 보이는 것이다.

고은의 시
'내려갈 때 보았네. 올라갈 때 못 본 그 꽃'이라는 시의 의미를 이제야 깨달은 것 같다.

2. 노후의 3원칙

은퇴는 자유가 있어 좋지만 자유(自遊)할 줄 모르면 그 많은 시간이 오히려 부담일 수 있다.

그러면 어떻게 보낼 것인가. 그래서 나는 노후의 3원칙을 다음과 같이 정했다.

첫째는 건강관리, 둘째 일상생활 즐기기, 셋째는 봉사와 나눔이다.

이 원칙을 지키기 위하여 부단히 노력하고 배우고 있다. 장수시대는 여태까지와 전혀 다른 제2의 인생을 산다는 각오로 다시 인생을 설계하는 것이다.

건강관리는 육체와 정신이 함께 가야 한다.

운동이다. 헬스센터를 거르지 않고 또 골프도 좋아한다. 스트레스가 만병의 근원이라고 믿고 있는 나는 정신건강을 위해 이를 해소하기 위한 노력도 잊지 않는다.

마음의 때를 벗겨내기 위해 교회도 가는 등 정신적인 수양에도 게을리하지 않고 좋은 책도 찾고 삶의 지혜가 담긴 좋은 글은 따로 써서 모은다. 컴퓨터 앞에도 자주 앉는다.

일상의 즐거움을 찾을 줄 알고 즐겨야 한다. 나는 스스로 일상의 즐거움을 만들고 찾았다. 여행하고, 골프 치고, 친구 만나 술도 즐긴다. TV의 연속극도 기다린다.

자식들은 물론이지만 손자 손녀들하고도 지리적으로는 멀리 떨어져 있지만 카톡으로 거의 매일 소통한다.

이렇게 일상의 즐거움 이것이 행복이다.

일상의 즐거움이 모이면 그것이 행복이라고 생각하기 때문에 언제나 그것을 찾기 위한 노력을 게을리하지 않는다.

나는 언제나 일상의 즐거움으로 가득 찼다. 마음을 그렇게 먹는다. 그래서 나는 노후가 즐겁다. 그리고 마지막 노후의 원칙으로 나는 또 내 능력의 범위 내에서 남을 돕고 나누는 것도 잊지 않으려 노력한다.

■ 남촌장학회

재단법인 남촌장학회를 설립하여 20년 이상 학생들에게 장학금을 전달하고 있다.

처음엔 적은 수의 대학생 위주로 졸업할 때까지 학자금을 지원하는 식으로 운영해 왔다. 그것이 훨씬 실질적인 효과를 줄 수 있기 때문이다. 그러나 운영기금이 많지 않아서 점점 운영하기가 힘들어져 중·고생 위주로 바꾸어 지원해오다가 이제 그것마저 어려워 할 수 없이 부산에 있는 부경대학교에 기부하기로 결정하여 2021년 4월 13일 총장실에서 3억 원 전액을 장학기금으로 기증했다.

어디다 기부할 것인가 여러 가지 생각했으나 역시 나의 선거구에 있고 내가 명예 지역경제학 박사를 받은 부산의 부경대학교에 기부하기로 했다.

이외에도 내가 졸업한 서울법대의 낙산장학회, 경우장학회, 종친회 장학회 등에도 나름대로 능력껏 장학금을 출연했다.

■ 기타

해마다 연말의 불우이웃돕기도 빠지지 않는다. 내가 지금 살고 있는 동에는 매년 작은 액수이나 해마다 보내고 있고 지난 연말에는 코로나로 어려움을 겪는 내 옛 선거구 부산 수영구청에 1,000만 원을 희사했다.

불우아동을 돕는 세계적인 기구인 유니세프에는 매달 10만 원씩 20년 가까이 꾸준히 내고 있고 이외도 어려운 저소득층

의료지원을 돕는 의료재단이라든지 모교 발전기금 등으로도 10년 이상 매달 10만 원씩을 보내고 있다. 내가 큰 부자는 아니니까 큰 목돈을 한꺼번에 내지는 못해도 이렇게 작은 액수지만 꾸준히 노력하고 있는 것이다.

일상의 생활에서도 가능하면 베푸는 쪽에 서려고 노력한다.

그리고 한·일친선협회에 관계하면서 한·일 간의 민간외교에 작으나마 기여하려고 봉사하고 있다. 이 협회는 40여 년이나 된 오랜 조직이지만 예산 지원 등 재정이 열악해서 임원들이 일정액을 내면서 봉사하고 있다.

이재형, 김종필, 김수한 등 역대 회장은 모두 우리 정계의 거물급이었다.

나는 경기고 동기회장으로 4년 동안 봉사한 것을 큰 보람으로 생각한다. 특히 우리가 54회 졸업생인데 그 54주년 졸업기념 행사(Re-Union행사)를 서울에서도 하고 또 비행기를 타고 L.A에 가서 미주 지역 동창과 함께 버스 3대를 전세 내어 Grand Canyon 등지를 돌아보고 무사히 마쳤던 것을 참으로 자랑스럽게 생각한다.

내가 이렇게라도 할 수 있는 것은 가족에 대한 큰 부담이 없기 때문이기도 하고 또 이런 노후를 하나님이 주신 것에 대한 감사의 뜻이 담겨 있기도 하다.

'비우고, 베풀고, 낮추고, 감사하고 모든 것을 사랑하자' 아침마다 나의 다짐이고 기도이다.

남촌장학회 장학금 전달식

20여년 한결같은

돕기 성금 1000만원 쾌척한 명...

同窓會報 제377호

장학빌딩 건립기금 출연
柳興洙동문 가족 1천3백만원

부경대학교 장학금 기증

부경대학교 명예 박사학위 수여

경기고 졸업54주년 리유니온 LA 캘리포니아 칸트리클럽
2012년 5월 9일 Farewell Party

경기고 54회, 54주년 졸업기념 LA리유니언

3. 나의 가족 이야기

은퇴 후 제일 하고 싶었던 것이 가족과 함께 하는 일이었다. 40여 년의 공직생활에서 늘 밀려왔던 가족과의 사랑을 나누는 일이다.

나는 옛날부터도 가족의 가치를 최우선에 두었다. 가족은 사랑의 공동체다.

세상 모든 사람들이 하나하나 자기 가족을 챙기고 행복하기 위해서 노력한다면 세계는 모두가 행복해질 것이다. 그런 의미에서 가족은 세계평화의 시작이고 필수요소다.

■ 우리 가족

나는 1964년 11월 14일 박용신 님과 김용란 님의 외딸 박혜자와 결혼했다.

장인은 대전 현충원 독립유공자묘역에 묻혀 있지만 경기고와 경성법학전문학교[(서울대학교 법과대학의 전신(前身)]을 나오신 사업가다.

아내 박혜자는 이화(梨花)여고, 이화여대 가정과를 나온 전업주부다.

해외여행 중 아내와

2남 1녀 아이들과 제주도에서

한 번도 사회생활을 해본 일이 없는 그야말로 전형적인 현모양처 형으로 애 키우고 나를 내조하는 데만 일생을 바쳤다. 오늘날의 나와 우리 가족이 있는 데는 그녀의 인내와 희생과 헌신이 있어서이다.

　나는 아내 박혜자(朴惠子)와의 사이에 2남 1녀가 있다.

　장남 지열(志烈)은 서울대 외교학과와 컬럼비아대학원 MBA를 거쳐 밴드빌트(Vanderbilt) Law School을 나와 지금 법무법인 화우에서 파트너로 변호사 생활을 하고 있다.

　이화여대 불문과와 미국 U-Penn을 나와 계요병원 이사장을

아이들 부부와 함께

맡고 있는 며느리 이경은(李庚恩)과의 사이에 1남 1녀를 두고 있다.

딸 가영(嘉玲)은 서울 음대와 보스톤의 New England Conservatory에서 피아노를 전공했으나 전업주부가 되어 U-Penn의 wharton school에서 MBA를 하고 컬럼비아 Law School을 나온 미국 변호사인 사위 이붕규(李朋圭)와의 사이에 1남 2녀를 두고 뉴저지에서 살고 있다.

막내아들인 창열(暢烈)은 성균관대와 Boston대 MBA를 마치고 버지니아에서 사업을 하면서 이대 영문과를 나온 장지희(張智稀)와의 사이에 두 아들을 두고 있다.

손자가 4명, 손녀가 3명, 모두 7명이다. 2명만 중·고생이고 나머지는 대학을 졸업했거나 재학 중이다. 고맙게도 모두 일류급에 드는 좋은 학교이다.

참고로 첫 손자인 재현이를 처음 봤을 때의 기록이 있어 옮겨본다.

'1995년 2월 11일 19시 30분(미국 시간) 재현이 첫 상면. 첫 손자를 보기 위해 아무래도 이때 아니면 힘들 것 같아 전격적으로 결정하여 아내와 함께 지열이 살고 있는 미국 내쉬빌로 왔다. 매일 손자만 들여다본다. 귀엽기 짝이 없다. 겨우 3개월 인데 이목구비가 분명하다. 피부가 희고 인중이 길며 속눈썹, 귀, 이마 모두 귀공자 타입이다.'

■ 가족여행

공직생활에 뺏겨 좋아하는 여행을 하지 못했던 것을 은퇴 후에는 마음껏 즐겼다. 지인들과의 골프여행도 있었지만 가족들과의 여행을 가능하면 많이 다니려 애썼다.

가족 간에 추억을 공유한다는 것은 유대를 강화시키고 어린 손자 손녀들에게도 가족의 가치를 깨닫게 하는 등 좋은 교육적 영향을 줄 것이다. 그래서 나는 무슨 기념일마다 가족여행을 했다.

가족 전체의 첫 해외여행은 나의 환갑 때이다. 그때는 내가 아직 국회에 있을 때이고 막내 창열은 미혼이었지만 장남 지열과 딸 가영이가 결혼해서 막 갓난아이들을 갖고 있을 무렵이다.

만년설에 덮인 캐나다 록키산맥을 구경하면서 차로 다니는 여행이다. 벤쿠버에서 출발하여 중간에 경치 좋은 카나나스키, 스프링필드, 벤프 등 중간 지점에서 머물면서 제스퍼까지 갔다

라스베가스에서 전 가족이 함께

가 다시 비행기로 벤쿠버에 와서 흩어지는 계획이다.

나로서는 잊을 수 없는 첫 가족여행이었지만 지금 생각하면 어린애들을 데리고 며느리와 딸은 얼마나 힘들었나 싶다. 그저 온 가족이 함께 여행한다는 생각만 했지 그때는 전혀 그런 걸 몰랐다.

그리고 이 여행 후 애들과 헤어져서는 미국의 Pebble Beech 골프 코스로 가서 부산의 친동생처럼 지내는 성재영, 양용치, 유용주 부부와 어울려 지내온 것은 아주 오래오래 내 가슴에 남아 있다.

이 여행 코스는 후에 고교 친구인 김정운, 조풍언 등과 함께 차를 몰면서 부부동반으로 골프 투어를 했는데 그것도 좋은 추억으로 남아 있다.

그 후 칠순 고희 때는 미국의 관광지 라스베가스에서 모두 모였다. 서울과 미국에 흩어져 살고 있는 우리 가족이 모두 비교적 중간 지점인 이곳에서 모인 것이다.

라스베가스 하면 카지노만 연상하기 쉽지만 이제 거기는 종합 관광 휴양소다. 세계적인 쇼가 있고 주변에 가볼 때도 많고 쇼핑과 음식도 좋다.

할머니와 손주들

3박 4일간 우리 부부는 참 편하게 7명의 손자 손녀들에 싸여 뒹굴고 구경하며 즐겁게 보냈다.

그때가 연말연시였는데 애들이 다 떠나고 난 뒤에는 마침 세계 전자 컨퍼런스 행사에 와 있던 박병헌 전 재일 민단장 내외와 그 유명한 Shader Creek라는 골프장에서 운동한 것도 잊을 수 없다.

그 후 우리 부부는 L.A를 거쳐 하와이로 와서 겨울을 보내고 들어왔다. 이미 은퇴한 후였기에 운신이 자유로웠다. 하와이는 은퇴 후 겨울에 몇 번을 가서 한두 달씩 머물렀다. 갈 때마다 좋았다.

자유가 있어 너무 좋다. 아무리 은퇴했다 하더라도 유교적 분위기의 한국사회에서 갖는 자유는 한계가 있지만 그야말로 여기서는 완전 해방이다. 복장부터 자유롭고 이렇게 좋을 수 없다.

그래도 전 가족여행의 압권은 지중해 크루즈여행이었다.

나의 팔순과 아내의 희수(77세)에 맞추어 애들이 저희들끼리 의논해서 준비한 것이다. 비용이고 일정이고 모두 저희들이 알아서 정하여 우리는 너무 편했다.

손자 손녀들의 방학에 맞추기 위해 더운 여름철을 택할 수밖에 없었던 것은 부득이하다. 큰손자 재현(在炫)은 군에 복무 중

크루즈 여행 중 가족들과

이었는데 다행히 해외여행 허가도 떨어져서 한 사람도 빠진 사람이 없었다는 것은 엄청난 행운이다. 내 직계가 손자 손녀 7명을 합해 모두 15명의 대 부대다.

아마 이제 이런 여행은 더는 힘들 것이다.

온 가족이 모두 국내외로 흩어져 살고 있으니 크루즈선의 출항지인 이태리 베니스에서 만나기로 했다. 우리와 장남 가족은 서울에서, 딸 가족은 미국 뉴저지에서 그리고 막내 식구는 버지니아에서 각각 온다.

그리고 더욱 효과적으로 활용하기 위해 가고 오는 시점도 잘 살리도록 치밀하게 짜여 있다.

우리 내외가 갈 때는 조금 일찍 스페인 바르셀로나로 가서 미국에서 오는 막내 창열 식구와 합류해서 그 일대를 관광하고 베니스로 가는 것이다. 귀국할 때는 장남 지열 식구와 이태리 북부지방인 피렌체로 가서 구경하고 로마로 와서 같이 서울로 귀국하는 일정이다.

나머지는 크루즈선상에서 보낸 일주일이다.
베니스를 출발하여 몬테네그로 올림피아 그리고 그리스, 크

손주들과의 행복한 시간

그리스 아테네에서

로아티아 등 아름다운 지중해 연안을 다니는 코스다. 동화에 나오는 그림 같은 집들이 있는 아름다운 곳이다. 아테네에서는 배에서 내려 아크로폴리스 광장, 파르테논신전, 필로파포스언덕 등을 구경하면서 찬란했던 그리스 문명을 상상해 볼 수 있었다.

크루즈선의 우리 부부 방은 애들이 피카소라 이름 붙인 스위트룸을 마련해주었다. 여기가 본부가 되어 식구들이 모두 여기로 모인다. 지금 생각하면 너무 호화판 여행이었다.

여기저기 처음 가보는 곳도 재미있고 즐거움이지만 무엇보다 손자 손녀들과 많은 시간을 같이 하고 같이 웃고 떠들고 skin-ship을 하면서 추억을 공유할 수 있었다는 것이 최고이다.

그들의 일생에서도 이번 여행은 할아버지와 할머니의 추억으로 오래 그들의 기억에 남아 있으면 좋겠다.

정말 흐뭇하고 잊을 수 없는 큰 추억이다.

■ 형제들

나는 6남매의 장남이다. 일본에서 보내던 어린 시절을 제외하고는 모두 어려운 성장기를 보냈다.

나도 학창시절을 고학으로 보냈듯이 동생들도 학비가 적게 드는 육군사관학교, 교육대학교를 다닐 수밖에 없었다.

다행히 모두 그런대로 잘살고 있다.

두 여동생은 미국에서 살고 있다. 큰여동생 옥자는 이미 고인이 된 장선근과의 사이에 아들 셋과 딸 하나를 두었는데 모두 사업가, 의사, 교수로 미국 주류사회에서 잘 활동하고 있다.

막내여동생 명숙은 학교 선생을 잠시 하다가 미국으로 건너가 사업에 성공하여 우리 형제 중 경제력이 비교적 나은 편이다. 김영호와의 사이에 아들 하나를 두고 있다.

둘째 여동생 경숙은 서울 상대를 나와 대우그룹에 근무한 김광조와의 사이에 1남 1녀를 두었는데 수년 전 고인이 되었다.

아우인 범수는 고려대학을 나와 사업을 했고 막내아우인 외수는 육사를 나와 대령으로 명예 예편하여 이회창 씨가 대선 후보일 때 그의 경호대장을 맡고 있었으나 그의 낙선과 함께 지금은 연금으로 조용히 살고 있다.

우리 형제 중 반은 미국으로 갔고 나의 직계 또한 미국에서 많이 살아서 지금은 미국 쪽이 우리 가족의 대세를 이루고 있다.

또한 나의 큰집은 일본으로 갔기 때문에 나의 사촌들의 가족은 모두 일본에서 살고 있다.

나의 조부를 중심으로 볼 때는 그의 후손들은 미국, 일본으로 흩어져 사는 셈이다. 이런 흐름을 볼 때 인류의 흐름도 유추해 볼 수 있을 것 같다.

■ 사돈 이야기

나는 2남 1녀를 두고 있기 때문에 그들이 혼인을 함으로써 새로운 인척이 생겼다.

우리말로 사돈이라는 새로운 가족이다.

우연하게도 바깥사돈 네 사람이 모두 경기고등학교와 서울대학의 동문들이다.

그중 딸의 시부인 이태섭(전 과기처장관. 라이온스 세계 총재)은 고교 동기이면서 가까운 오랜 친구이다. 그래서 딸과 사위도 어릴 때부터 자연스럽게 알았고 성인이 되더니 둘이 부부가 되고 말았다.

흔히들 사돈은 멀리 지날수록 좋다고 하는 말이 있지만 우리 경우는 그렇지 않다. 우리는 사돈끼리도 자주 만나고 아주 가깝게 지나고 있다. 특히 이태섭 사돈네와는 지금도 일주일이 멀다 하고 자주 만나는 편이다.

4. 모임, 여행 이야기

나는 비교적 인간관계가 많아 교우 범위도 많은 편이다.

학연과 직업으로 맺은 각종 모임도 빠트리지 않는 편이지만 취미로 맺어진 사회의 모임도 많다. 그래서 모임도 많고 같이 다닌 여행도 많다. 다 기록할 수 없지만 대표적인 몇 개만이라도 추억을 위해 기록하고 싶다.

■ 수필동인회

은퇴 후 내가 하고 싶었던 일 중의 하나가 글 쓰는 것이었는데 그래서 수필 동인회가 있다. 부산에서 시작되었다.

어렴풋이 학창시절에 갖고 있던 문학에 대한 미련이 남아 있어서다.

시인인 강남주 전 부경대 총장, 김상훈 전 부산일보 사장, 김천혜, 김동규 교수, 성병두 전 부산시 기획관리실장, 최상윤 전 부산예총회장 등이다.

해원(海源)이라 이름 붙여진 이 수필 동인회(海源)는 2000년 6월 26일에 부산 대연동의 '초원복국'집에서 창립을 본 이후 10여 년 동안 매년 '파도 밭을 건너며'라는 동인지를 발간했다.

한 사람이 5편 정도의 수필을 실었다.

나중엔 김형오 국회의장도 합류했다. 나는 수필가로 부산문단에 정식으로 추천받아 등단도 했다.

《올라가는 길을 내려가며》라는 수필집도 출판했고 또 한 권의 수필집을 낼 준비도 하고 있다.

지금은 한국경제신문에 5월, 6월 필진으로 선정되어 주 1회 에세이를 연재하고 있다.

■ 천맥회

천맥(天脈)회는 서울 법대 16회 동기들이다. 하늘 천(天)자가 '一 六'을 가르쳐 16이 되니 붙인 이름이다. 사회 각계각층의 인사들이지만 김기춘, 김두희, 김헌무, 이재후, 이정락, 정성진, 황주명 등 역시 판검사 출신이 많다.

언론계로는 단연 독보적인 김대중 조선일보 주필을 비롯해 김경철, 김상태, 강용식(나중에 국회의원), 관계로는 김영진, 이병기, 이상배, 임인택 등이다.

모두 그 분야에서 한동안 한국 사회를 이끌던 주역들이다. 매달 16일에 오찬을 하고 연말엔 부부동반 송년회를 한다.

이외 대학모임으로는 문호가 개방되어 비교적 많은 얼굴을

볼 수 있는 다사회가 있다. 조봉균 동문이 기초를 세웠고 지금
은 전수일 동문이 수고하고 있다.

■ 유유회

국민배우 신영균, 윤세영 SBS회장, 박관용 국회의장, 허억
삼아제약 회장, 김기춘 전 청와대 비서실장, 전윤철 전 감사원
장 등과 함께하는 유유회도 오랜 기간 친목을 유지하고 있다.

처음엔 신라호텔 중국집 '팔선'에서 모였다 하여 팔선회라 하
기도 했다. 그 전엔 또 구순회라 했는데 일본 구주지방을 자주
여행 다녔다 해서 붙인 이름이다. 그때 멤버였던 국회의 정석

제주도에서 신영균 부부와 함께

모, 권익현, 김종호, 일본 동경의 박병헌, 큐슈의 박 종, 대전의 이병익, 서울의 김봉균 등은 모두 고인이 되었다.

그 명맥이 지금 유유회로 계승되고 있다.

한때 각계각층에서 이 나라를 이끌었던 중추적인 인물들이지만 지금은 모두 일선에선 은퇴하여 부부 동반하여 맛있는 곳을 찾아다니며 한 달에 한 번꼴로 만나 즐겁게 보낸다. 골프를 같이 치기도 하고 휴가를 같이 보내기도 한다.

연세가 최 연장인 신영균 회장은 올해 95세로 우리들의 좋은 롤 모델이다.

윤세영 부부와 골프

■ 27회, 솔밭회

27회는 고향 합천 출신 우리 또래의 모임이다.

50년이 넘어 가장 오래된 모임이다. 유효수 씨가 연락책을 맡아 수고하고 있으며 회원이 20여 명 되었으나 많은 분이 작고하여 지금은 권해옥 의원을 비롯해 김선홍, 이상윤, 이희종, 차재휴, 공정무 등 몇 명 남지 않았다.

고향 출신인 참빛그룹의 이대봉 회장의 중국 골프장에도 갔고 고희 기념으로 베트남 하롱베이 갔을 때의 기억도 생생하다.

솔밭회는 충남지사를 할 무렵의 기관장들의 모임이다.

한밭은 대전의 순수 한글 이름인데 서울에서 모이는 한밭회라는 의미를 발음대로 줄여서 '솔밭회'(서울 한밭회의 준말)라 했다.

1984년에 지사를 그만두었으니 근 40년이 되어가지만 지금도 3개월에 한 번씩 모이고 있다. 많은 사람이 타계하여 지금은 심대평 당시 대전시장, 최인기 당시 부지사, 장정열 육군 교육사령관, 이병후 법원장, 김종명, 장호경 보안대장, 함택삼 경찰국장, 박규열 건설청장 등이 얼굴을 보여준다. KBS지국장이던 이범경 씨가 연락책으로 수고하고 있다.

■골프모임 일맥회, 이월회

퇴임 후 운동으로서 골프를 즐기기 때문에 나는 여러 골프모임에 나가고 있다

그중에서도 역사가 오랜 일맥회가 있다. 한 40년 이어오는 명사들의 전통 있는 모임이다.

법무장관을 지낸 배명인 회장을 비롯해서 윤세영, 주병국, 장유상, 허억, 장익룡, 전윤철, 김영수 등 저명인사가 많다. 요즘 신영무 변호사, 이구택 회장, 윤증현 장관, 류한익, 승은호, 홍승달 회장 등 젊은 사람들을 많이 새로 영입했다.

매달 한 번씩 운동을 한다.

전두환 대통령 내외, 이한동 총리 내외와 함께

조부영 의원이 주도하는 이월회에도 비교적 열심히 나가는 편이다. 매달 두 번째 월요일에 한다고 해서 이월회라 부른다. 심정구, 박관용, 목요상, 김봉조, 권정달, 이해구, 김영진, 나오연, 김영구 김기수 등 모두 전직 의원들이다.

윤세영 회장, 이용만 장관, 박관용 의장, 박수길 전 유엔 대사, 김명하 회장 등도 자주 어울리는 내기 골프 멤버이다.

요즘은 집사람을 운동시키기 위해 이철우 회장 부부와 매주 1회 라운딩을 한다. 이 회장과 나는 케디 피 내기를 하는데 여간 재미있지 않다.
그 외 골프로 자주 어울리는 친구로는 김동건, 손경식, 윤영석, 이상배, 김도언, 원철희 등이 있다.

또 중학교 친구들인 성기득, 이종범, 권병룡, 유홍종, 김인호, 박태오, 권헌상, 이세영 등도 한 달에 한 번씩은 같이 골프한다.

여행도 어지간히 많이 다녔다.
5대양 6대주를 거의 한 번쯤은 다 가보지 않았나 싶다. 아프리카의 남단 케이프타운에서부터 남미의 브라질, 칠레까지 다 돈 셈이다.

알프스의 몽블랑, 융프라우요후의 설경도 그 경이로움이 말할 수 없지만 중국의 황산 장가계도 그 장엄함이나 아름다움에 있어 결코 서양 산에 못지않다.

어떻게 조물주가 이렇게 웅장하고 섬세하고 아름답게 빚을 수 있을까 하고 오직 탄복할 뿐이었다.

그러나 역시 여행은 크루즈여행이 일품이다. 처음 간 것이 알라스카 크루즈였는데 기착지마다 새롭고 볼거리가 많았다. 특히 개썰매를 타기도 하고, 수십 개의 백두산 천지 같은 곳이 널려 있는 산꼭대기를 헬기로 올라가기도 했다. 정말 장관이었

하와이에서 김동건, 필자, 이종찬, 허억

다. 처음 간 크루즈여행이었기에 호기심과 흥미가 그야말로 진진하고 감동 그 자체였다.

그 후 덴마크에서 출발하여 북극 해안을 도는 북극크루즈에서 오로라를 관광하고 노르웨이의 그림 같은 솔베지에서 낭만적인 생각에 젖던 일이 어제 같다.

중동의 두바이에서 출발하여 인도의 여러 해안도시, 스리랑카, 미얀마, 태국을 거쳐 싱가포르에 도착하는 인도양 크루즈도 인상적이었다. 동남아지역의 샤머니즘과 결합된 고대 문물

세계적 프로 필 미켈슨과 함께. 옆은 손경식, 윤영석

에 넋을 놓기도 하고 인류의 오랜 진화를 생각해보기도 했다.

대부분의 크루즈여행은 주로 부산의 동생처럼 가깝게 지나는 성재영, 양용치, 유용주, 도종이 등과 늘 부부동반으로 같이 다녔다.

또 이들하고는 미국 페블비치, 하와이 등으로 골프여행도 자주 다녔다.

두바이에서 성재영, 양용치, 도종이

신영균 회장, 박관용 의장, 김기춘, 김도언, 차수명, 성재영, 박병헌 등과 같이 간 호주와 뉴질랜드 여행도 잊을 수 없다.

그리고 아내와 같이 백두산까지 올라간 것은 두고두고 자랑 거리다.

아내와 백두산 등정

또 영원히 기억에 남아있는 것은 타케모토의 자가용 비행기로 하와이로 가서 미국 뉴져지에서 와 있던 딸 가영 그리고 손녀인 종은, 종민을 데리고 빅 아일랜드에 있는 그의 별장에서 보낸 최고의 휴가이다. 타케모토와는 이제 가족처럼 지내고 있지만 그의 세심한 배려에 늘 감사하고 있다.

타케모토 자가용비행기 앞에서

5. 나의 신앙

나는 신앙적으로 그렇게 철저하지 못하다. 전통적으로 우리 집안에서는 아무 종교가 없었다.

이모 두 분이 모두 교회의 권사였고 이종형님이 미국에서 신학대학을 나온 목사였지만 우리 집은 그렇게 기독교적인 분위기는 아니었다. 그러나 교회를 전혀 안 나간 것은 아니다. 교회를 처음 접한 것은 중학교 때부터다. 그리고 지금은 애들이 혼인으로 인해 사돈 모두가 크리스찬이다 보니 자연스레 나도 그렇게 되어갔다.

비교적 영적 생각을 많이 하는 편이지만 독실한 신앙인은 아닌 것 같다. 독실한 신앙이라는 것이 무엇일까. 교회에 열심히 나가는 것이라 하면 나는 독실하지 않지만 내 나름으로 하나님을 믿는 것으로 하면 나도 꽤 신앙인이다.

나는 하나님은 사랑이라 생각하는 사람이다. 하나님은 교회에 계시는 것이 아니라 사랑이 있는 곳에 계신다고 생각한다. 그래서 교회에는 열심히 나가지 못해도 하나님의 사랑을 실천하려고 노력해야 한다고 믿는 편이다.

너무 교회만 나가면 형식화될까 걱정이다. 가끔 나가서 자극을 받는 것이 더 좋지 않을까도 생각한다.

그러나 이러한 나의 생각이 교만이기를 바란다. 아니 교만이다. 교회적으로 보면 예수의 부활이나 예수를 하나님으로 믿지 않으면 아무리 선한 일을 한다고 해도 구원받지 못한다고 하니 나의 생각은 교회적으로 보면 분명 말도 안 되는 것이다. 의문이나 의심을 갖지 말고 무조건 믿어야 하는데 나의 신앙이 부족한 것이다. 나이가 들어갈수록 조금씩 생각은 바뀌어 가는 것 같다. 나는 창조주 하나님은 믿는 사람이다. 더욱 영적문제에 고민해 보고 싶다.

그리고 나는 가끔 내가 죽을 때 어떤 모습으로 죽게 될까 하고 생각할 때가 있다. 비참한 사고 같은 것으로나 오래 병으로 고통받다가 죽지 않았으면 싶다. 이것이 요즘 내가 하는 기도이기도 하다.

책을 끝내며

　나는 20대 약관의 나이에 경찰 간부로 사회를 출발하여 치안 총수, 도지사, 청와대 수석비서관, 교통부차관, 4선의 국회의 원에다가 그리고 말년엔 일본대사까지 역임했다.
　최연소 경찰국장(36세)에서 최고령 주일대사(80세)까지 한 셈이다.

　이 글을 쓰고 있는 지금도 나는 예산이 지원되는 한 · 일 관 계 단체를 하나 맡고 있다. 이렇게 보면 내 일생은 결국 50년 가까운 공인으로서의 생활이 전부다.

　지금 와서 생각하면 이 험난한 세상 50년에 가까운 공적 무 대에서 아슬아슬하게 용케도 살아남았구나 하는 생각도 든다. 그 어려운 시대를 공직자로 큰 탈 없이 무사히 살아왔다는 것 은 그리 쉬운 일은 아니다.

내 나름의 원칙과 삶의 철학은 있었지만 운이 좋았다고 해야 할 것이다.

공평무사, 순리, 균형감각, 타인에 대한 배려 등 내 나름의 원칙과 삶의 철학은 철저하게 지키려했다. 균형감각을 가지고 순리대로 욕심을 부리지 않은 것이 어려움이 나를 잘 비켜 가게 했다는 생각도 든다.

공직도 조금 더 할 수 있는데 하고 여겨질 때 그만두는 것으로 노력했다. 정치를 그만둘 때도 그랬고 일본대사를 그만둘 때도 그러했다. 아쉬울 때 떠나는 것이다.

화이부동(和而不同)도 나의 삶의 자세의 하나이다.
여러 자리를 거치는 과정마다 그 사회의 분위기가 있다. 그들과 잘 화합하면서도 또 자기의 소신이나 신념은 굽히지 말아야 한다.

　이것은 출세를 위한 전략이 아니라 원래 나의 모습이다.

　거문고 줄은 너무 탄탄하면 끊어지고 너무 느슨하면 소리가 안 난다. 적당해야만 끊어지지도 않고 소리도 난다. 모자라지도 넘치지도 않는 나의 삶이다.

　내 삶의 철학인 중용의 사상을 지키려 한 것이다. 중용은 바람에 따라 깃발은 흔들려도 깃봉은 결코 흔들림 없이 중심을 지키는 것이다.

　개인적인 삶에서도 나는 아무 아쉬움이 없는 노후를 보내고 있다.

　아직도 80이 넘은 아내가 해주는 아침밥을 같이 먹을 수 있고 자식들은 모두 자기 할 일을 잘하고 있다. 손자 손녀들도 부족함이 없이 잘 크고 있다.

나는 모든 것을 긍정적으로 바라보면서 여유를 자유(自遊)할 줄도 안다. 좋은 친구들과 이런저런 모임에서 어울리기도 하고 여행도 때때로 같이 하기도 한다. 일상의 즐거움도 놓치지 않는다.

하늘의 별을 보면서 인간이 얼마나 작은 존재인가를 느끼고 사람들을 연민의 정으로 바라볼 줄도 안다. 그래서 작은 장학회도 운영하고 또 좀 더 나은 사회를 위해 내 능력의 범위에서 더불어 사는 노력을 한다.

종교는 기독교이지만 교회는 좀 게을리 한다. 교회를 가야만 꼭 하나님을 믿는 것이라는 생각이 강하지 않다.

사랑이 있는 곳에 하나님이 계신다는 믿음이다. 사랑이 하나님이고 사랑이 예수라고 믿는 편이다. 그래서 사랑으로, 긍휼이 여기는 마음으로 하나님의 뜻을 실천하려고 노력하는 것이 오히려 참 신앙이라고 믿는 편이다.

아무튼 나는 극히 보통사람이다.

이렇게 노후에 와서 생각해보면 나는 정말 보통사람인데 너무 많은 은혜와 행운을 얻었다. 그래서 늘 감사하는 마음으로 살고 있다.

요즘 내가 즐겨 외우는 기도문 "비우고 베풀고 낮추고 감사하고 사랑하게 하소서." – 이것은 내 노후의 생활자세이기도 하다.

이제 내 인생에 아무 아쉬움도 후회도 없다.

아직 조금 더 내 삶이 주어진다면 남은 여생은 '가슴이 따뜻한 자유인'으로 살고 싶다.

나는 책을 끝내는 이 순간 내 묘비명에 쓸 글이 생각났다.

'살아서 행복했고 죽어서도 편안하도다.

하나님 감사합니다.'

부록

한국과 일본의
언론 기사와 강연

1. 한국의 언론 기사

중앙일보   2014년 8월 27일

The JoongAng   오피니언

나 올드보이 맞다 … 신386이라도 일만 잘 하면 되지 않나

중앙일보 입력 2014.08.27 01:14 업데이트 2014.08.27 07:13   지면보기 ⓘ

배명복 기자
중앙일보 칼럼니스트 (구독)
외 1명 ∨

지난 주말 도쿄 현지에 부임한 유흥수(76) 신임 주일대사는 자신이 '올드보이'임을 부정하지 않는다. 역대 최고령 주일대사인 건 물론이고, 역대 최고령 현직 대사다. 박근혜 정부의 최고령 공직자이기도 하다. 경찰 공무원에서 국회의원을 거쳐 외교관으로 변신한 그는 '호모 헌드레드(homo hundred)' 시대의 인생 3모작을 남보다 앞서 실천하고 있는지 모른다. 청와대에서 주일대사 신임장 수여식이 있었던 지난 21일, 그를 중앙일보 유민라운지에서 만났다.

박근혜 정부 최고령 공직자가 된 유흥수 신임 주일대사는 "내 나이에 구애받을 게 뭐 있겠냐."며 "오로지 나라를 위해 소신껏 당당하게 최선을 다할 것"이라고 말했다.

? 대사 내정 통보를 받고 고민하진 않았나?

"뜻밖의 제의라 놀라기도 하고, 머뭇거리기도 했다. 어린 시절 일본에서 자라고, 국회에서 일본 관계 일을 쭉 하기도 했지만 내 나이를 생각하면 공연히 이 정부에 부담만 주는 결과가 되지 않을까 하는 걱정이 앞섰다. 그러나 이 나이에도 할 역할이 있다고 생각해 나라가 나를 불러준다는 건 고맙고 영광스러운 일이라는 생각도 들었다. 다행히 아직 건강에 문제는 없으니 나라를 위해 사심 없이 마지막 봉사 한번 해보자는 쪽으로 마음을 굳혔다."

? 언론을 통해 알려지고 난 뒤 일본 쪽에서 연락이 많이 왔나?

"아그레망이 도착하고 나서 일본에서 더러 전화도 오고, 내가 연락을 하기도 했다."

? 구체적으로 어떤 사람들인가?

"한·일의원연맹 일본 측 회장인 누카가 후쿠시로(額賀福志郎)한테는 내가 먼저 연락했다. 내가 의원연맹 한국 측 간사장일 때 일본 측 파트너였다. 의원연맹의 일본 측 간사장인 가와무라 다케오(河村建夫)한테도 연락했다. 관방장관과 문부대신을 지낸 중진 의원으로 한·일친선협회 일본 측 이사장도 겸하고 있다. 법무대신과 공안위원장을 지낸 민주당의 나카이 히로시(中井洽)한테서는 전화가 왔다."

? 2004년 17대 총선 불출마를 선언하고 정계에서 은퇴했다. 그동안 어떻게 지냈나?

"'가슴이 따뜻한 자유인'으로 사는 게 은퇴 후 내 목표였다. 글 쓰고, 여행하고, 운동하고, 좋아하는 친구 만나며 자유롭게 지냈다. 한 · 일친선협회 이사장직을 맡아 일본에도 왔다 갔다 했다."

? 박근혜 대통령과의 개인적 인연은?

"특별한 인연은 없다. 내가 국회 통일외교통상위원회 위원장일 때 박 대통령도 같은 위원회 위원이었다. 국회 본회의장에서는 바로 내 뒷자리에 앉았었다. 박 대통령이 날 어떻게 생각하는지 잘 몰랐는데 이번 인사를 보니 나쁜 인상은 안 가졌던 모양이다."

? 당선 또는 취임 후 박 대통령을 만났나?

"새누리당 상임고문단을 청와대로 초청해 만찬을 하는 자리에서 딱 한 번 봤다."

? 김기춘 대통령 비서실장과는 경남중 · 고 동창 아닌가?

"나는 경남중에 경기고, 그분은 마산중에 경남고 출신이다. 고등학교 졸업할 때까지 서로 전혀 몰랐다. 나는 부산이 선거구여서 경남중 · 고 동창회에 자주 나갔지만 김 실장은 한 번도 나온 적이 없다. 동창이라는 유대감은 그분도 없고, 나도 없다. 언론이 김 실장과 나를 중 · 고등학교 동창으로 엮는 것은 완전한 억지다."

❓ 서울대 법대 58학번 동기동창 아닌가?

"대학 생활 잘 알지 않나. 동기라고 다 친한 것은 아니지 않나."

❓ 그래도 유 대사 인사는 김 실장 인사라는 소문이 파다하다.

"김 실장은 아주 합리적이고 정확한 사람이다. 개인적 인연이 있다고 해서 대통령에게 '유흥수 대사 시킵시다'라고 말할 사람이 아니다. 물론 일본 문제가 잘 안 풀리는 상황이다 보니 누굴 대사로 보내야 하는가에 대한 의논이 두 분 사이에 있었을 수 있다. 일본을 알고, 일본어도 잘한다는 이유로 내 얘기까지 나왔을 수 있지만 당연히 나이가 문제가 됐을 것이다. 그래도 건강만 좋으면 괜찮은 것 아니냐…. 짐작컨대 이런 식으로 얘기가 진행되지 않았나 싶다."

❓ 일본어 실력은 어느 정도 수준인가?

"며칠 전 벳쇼 고로(別所浩郞) 주한일본대사와 통역 없이 단둘이서 점심을 했다. 벳쇼 대사는 한국어를 전혀 못 한다."

❓ 일본 내 인맥이 상당한 걸로 알려져 있다.

"앞서 언급했던 사람들 말고, 은퇴한 사람들 중에서는 모리 요시로(森喜朗) 전 총리도 알고, 나카소네 야스히로(中曾根康弘) 전 총리와도 잘 안다. 나카소네와는 서울에서 골프를 같이 친 적도 있다. 그의 장남으로 현재 참의원으로 있는 나카소네 히로후미(中曾根弘文)도 잘 안다."

? 아베 신조(安倍晋三) 총리의 부친인 아베 신타로(安倍晋太郎)와 각별한 사이였다고 하던데.

"그가 외상일 때 JC(청년회의소) 초청으로 부산을 비공식 방문한 일이 있다. 각별히 친했다기보다 그때 몇몇이 어울려 그를 부산의 유명한 요릿집인 동래별장에 초대해 폭탄주 마시고 러브샷까지 한 적이 있다. 그때 비서관 자격으로 따라왔던 아베 총리는 옆방에서 내 비서와 같이 저녁을 먹었다."

? 1991년 아베 신타로의 장례식에도 갔었다고 하던데.

"그건 사실이 아니다. 나중에 허주(김윤환)하고 둘이 묘소를 참배한 적은 있다."

? 2011년 '욱일중수장'이라는 일본국 훈장을 받았다. 일본 정부가 인정한 친일파란 뜻인가?

"일본이 인정한 지일파란 뜻 아닐까(웃음). 한·일의원연맹 간사장을 하고 나면 대개 받는 훈장이다."

? 30년대에 태어나 80을 바라보는 나이에 60년대에 공직을 시작한 분들을 가리키는 신조어로 '신(新)386'이란 말이 등장했는데 ….

"말하기 좋아하는 사람들이 지어낸 말이겠지만 기분 나쁘게 생각하지 않는다. 구(舊)386이든 신386이든 일만 잘하면 되는 것 아닌가(웃음). 내 인사에 대해 야당도 처음엔 '5공(共) 올드보이의 귀환'이니 '김기춘의 오기인사'니 하더니 요즘엔 그런 소리가 쑥 들어간 것 같더라."

? '올드보이의 귀환'은 사실 아닌가?

"내가 올드보이란 건 부인하지 않는다. 나이 많은 사람들 중에는 내 인사를 반기는 사람이 많다. 그러나 나이 많은 사람을 시켜 놨더니 지혜는 있을지 몰라도 건강과 체력, 판단력과 기억력 등 여러 가지 문제가 많더라는 소리가 나올까 걱정하는 사람들도 있다. 적어도 그런 소리는 안 들어야 하지 않겠나. 그래서 '걱정마, 내가 잘할게'라고 스스로 다짐하고 있는 중이다."

? 나이를 떠나 박정희 · 전두환 시대의 인물이란 이미지가 있다.

"어린 나이에 고시에 합격해 박정희 · 전두환 시대에 공직생활을 한 건 맞지만 김대중 · 노무현 시대 때도 국회의원으로 활동했다. 박정희 · 전두환 때 얘기만 하고 김대중 · 노무현 때 얘기를 안 하는 것은 공평하지 않다."

? 전두환 정권 출범 초기에 치안총수를 했다는 사실에 대해 어떻게 생각하나.

"내가 치안본부장을 할 때는 박종철 고문 치사사건 같은 불미스러운 사건이 없었다. 운이 좋았다고 생각한다."

? 역대 주일대사는 물론이고 역대 현직 대사 중에서도 최고령이다.

"현 정부 공직자 중에서도 최고령일 거다."

? 대한민국 최고령 공직자로서 어깨가 무거울 것 같다.

"그렇다. 이중으로 무겁다. 한·일관계가 어려울 때 주일대사를 맡았으니 어깨가 무겁고, 나이 많은 사람들의 대표로 나라의 중책을 맡았으니 어깨가 무겁다. 하지만 이 나이에 구애될 게 뭐 있겠나. 그러니 정말 사심 없이 과거 공직생활을 했던 때와는 딴판으로 한 번 해보겠다는 생각을 갖고 있다."

? 무슨 뜻인가?

"솔직히 옛날에는 승진과 영전도 신경 쓰고, 가족 걱정도 했을 것 아니냐. 지금은 그런 게 전혀 없다. 오로지 나라를 위해 남의 눈치 안 보고, 소신껏 정말 당당하게 나라만 생각하고 일을 하겠다는 뜻이다."

? 필요하면 대통령에게도 소신을 피력하겠다는 뜻으로 받아들여도 되나?.

"대통령의 국정 철학을 벗어나지 않는 범위 내에서 건의할 건 해야 하는 것 아니겠나."

? 대사 제의를 처음 받았을 때 사양하지 않고 덥석 받으면 노욕(老慾)으로 비칠 수 있다는 생각은 안 해 봤나?

"내가 먼저 자청한 건 아니니까 노욕이라고 생각하진 않는다. 다만 외교부 사람들 앞길을 막는 꼴일 수 있겠다는 생각은 했다."

? 박 대통령 주변에는 왜 나이 든 분들뿐이냐는 얘기가 많다.

"김기춘 실장 한 명 아닌가. 나야 일본으로 가니 주변도 아니고, 또 누가 있나?"

? 정홍원 총리도 우리 나이로 71세다.

"그 정도는 이제 나이 많은 것도 아니다. 고령화 시대에 맞게 사람들 인식도 바뀌어야 한다. 70대 초반 정도는 나이 많다고 배척할 게 아니라 일을 시켜야 한다. 그래야 우리 사회가 균형 있게 발전할 수 있다. 그 사람들 부양하려면 젊은 사람들도 힘들지 않나. 나는 분명히 나이가 많은 사람이지만 70대 초반 정도는 나이 많은 사람 취급하면 안 된다."

? 그럼 몇 살부터가 나이가 많다고 봐야 하나?

"75세 정도 아닐까."

? 성공한 인생이란 뭘까?

"행복한 인생 아닐까. 옛날에는 목표를 달성하는 것이 성공이라고 생각했는데 지금은 내가 행복하면 성공이라고 생각한다. 뭘 하든 현재 만족하면 그걸로 성공이다."

? 신임 주일대사로서 각오를 밝혀 달라.

"한·일관계가 어려운 때 주일대사라는 중책을 맡게 돼 책임감이 매우 무겁다. 국가 간 관계도 개인 간 관계와 같다고 생각한다. 좋을 때도 있고 나쁠 때도 있다. 지금은 최악이라면 최악인 상황이다. 그러나 확실한 것은 이런 비정상적인 관계가 지속돼서는 안 된다는 점이다. 더구나 내년은 한·일 국교 정상화 50주년이 되는 해다. 대통령도 8·15 경축사에서 내년이 양국 관계가 새 출발하는 원년이 되도록 하자고 했다. 그렇게 될 수 있도록 미력이나마 최선을 다할 생각이다."

글=배명복 논설위원·순회특파원
사진=김성룡 기자

배명복 기자 인터뷰 후기

자신을 내려놓는 솔직함에 빨려 들어갔다

부임 준비로 바쁜 사람을 오래 붙잡아둘 순 없었다. 해서 딱 한 시간만 하기로 한 인터뷰였다. 웬걸, 하다 보니 두 시간이 훌쩍 넘었다. 자기를 내려놓는 솔직 담백함에 나도 모르게 빨려 들어갔음을 고백하지 않을 수 없다.

"이런 얘기해도 괜찮을지 모르겠지만 알아서 잘 써 줄 걸로 믿고…."

그는 이렇게 운을 떼고는 일본과 얽힌 가족사, 고시 합격 후 경찰을 택한 이유, 고향 선배인 전두환 전대통령과의 관계 등에 대해 솔직한 얘기를 털어놓았다. 그는 출세가 빠를 것 같아 경찰을 택했고, 그걸 기반으로 정계의 문을 두드렸다고 했다. 4선 의원까지 했지만 '정치인 유흥수'는 낙제생이라는 말도 했다. 전두환 대통령 덕을 본 건 없지만 지금도 친분을 유지하고 있다고 했다. 그는 연희동으로 부임인사도 갔다.

그는 경남 합천에서 태어났지만 일본 교토에서 자랐다. 소학교(초등학교) 5학년 때 부모를 따라 귀국해 8개월 만에 6·25를 맞았다. 경남중학교를 나와 1년 재수 끝에 경기고에 입학했다. 서울대 법대를 졸업하던 해 고시에 합격해 경찰 관료로 승승장구했다. 일본어만큼 사고도 자유로운 그에게서 희

수(壽)의 나이를 체감하긴 어려웠다. 꽉 막힌 한·일관계를
풀기 위해서는 외교적 관료주의의 틀에서 그를 자유롭게 풀어
주는 것이 낫겠다는 생각이 문득 들었다.

[나의 삶 나의 길]

"욕심내지 않고 순리로 살아… 옳지 않은 길은 가지 않았다."

'42년 공직생활' 유종의 미 거둔 유흥수 전 주일대사

치안총수, 도백, 대통령 정무수석비서관, 차관, 국회의원 4선, 국회 상임위원장, 주일대사.

경력이 다양하고 화려하다. 매서운 눈매인데도 그의 얼굴에서 차갑다는 인상을 찾아볼 수 없고, 성품은 소탈하고 부드럽다. 남을 험담하거나 욕하는 모습을 보지 못했다.

국회의원 시절 그를 10여 년간 취재했던 기자의 머릿속에 남아 있는 유흥수 전 주일대사(79)에 대한 기억이다. 지난 2일 서울 여의도 한일친선협회 사무실에서 그를 만났다.

욕해본 적이 있느냐는 질문에 그는 "한국에서 태어나 4살 무렵 일본으로 가 체류하다 초등학교 6학년 때 부산에 와서 살았는데, 같은 반 아이들의 말투가 너무 거칠고 사나워 무섭고 겁이 났다." 고 운을 뗐다. 이어 "스트레스 발산이랄까, 마음속으로 욕을 되게 하고 싶어 남 있는 곳에서는 못하고 집에 있는 화장실에서 혼자 욕을 해봤다."고 답변했다. 그것이 그에겐 처음이자 마지막 욕이 었다.

고시 합격 후 경찰을 택한 동기가 궁금했다. 유 전 대사는 "성공부와 경찰을 놓고 진로를 고민하던 중 말 위에서 갑옷을 입고 칼을 빼든 꿈을 꾼 후 경찰에 몸담기로 결심했다."고 회상했다. 경찰에 입문한 그는 부산시경 국장, 서울시경 국장에 이어 치안총수에 오르는 등 승승장구했다.

20대에 고등고시 행정과에 합격해 일찍 출세한 그가 77세 고령에 주일대사로 임명되는 등 늦은 나이에까지 공직을 맡은 데는 나름의 비결이 있을 법했다. 그는 2014년 주일대사에 취임해 79세인 올 7월에 그만두었다.

그는 "격동기에 살면서 험한 꼴 당하지 않고 42년 공직생활을 무사히 마칠 수 있어 감사하다."며 "잘나가다 정권이 바뀌는 전환기에 자기 잘못이 없어도 감옥에 가는 경우가 있었는데 운이 좋았다."고 소회를 밝혔다. 그러면서 "욕심을 내지 않고 순리대로 살았고, 분수에 넘치는 생각과 일을 하지 않았다."며 "옳지 않은 길은 가지 않았다."고 했다.

무리수를 두지 않는 '순리론'은 유 전 대사 삶의 모토였다. 그는 "우주와 해가 둥근 게 자연의 법칙인 것처럼 사람의 마음도 둥글어야 하며, 모가 나서는 안 된다."고 했다.

치안본부장, 대통령 정무수석 등 힘 있는 자리에 있을 때 완장 차고 거들먹거리지 않았던 겸손한 그의 태도는 오랜 공직생활에서 유종의 미를 거둔 원동력이 됐다. 유 전 대사는 "공직자는 그만둬야 할 때 물러나야 한다."고 강조했다. 그는 2004년 17대 총선에 앞서 스스로 불출마 선언을 했었고, 주일대사직도 자진해 사퇴했다.

'나이 많은 사람이 오래 하면 노욕으로 비칠 수 있다'고 판단한 그는 취임한 지 2년 만에 대사직을 내려놓았다.

소년 급제한 그는 경찰에 재직하면서 사람 냄새 나는 지휘관이 되기로 결심했다. 사무실에서 업무적, 이론적으로만 따지면 나이 많은 직원을 통솔하는 데 힘들 것이라는 판단에 따라 인간적, 인격적으로 대하기로 했다.

유 전 대사는 엘리트 의식을 의도적으로 드러내지 않았고, 직원들과 어울리며 '너와 나는 똑같다'는 인식을 행동으로 보여주었다. 직원들과 스킨십을 강화해 이질감이나 열등감이 생기지 않도록 하고 마음의 벽을 허물어버렸다고 한다."부하 직원이 마음으로부터 승복하고, 복종해야 지휘관의 통솔이 가능하다."는 게 그의 신조였다. 부산시경 국장 때 일화다. 그는 부산 지역 103개 파출소장 간담회 전 소장 이름을 모조리 외웠고, 회의 도중에 소장 이름을 불러 당사자를 깜짝 놀라게 했다고 한다.

유 전 대사는 자신이 실천한 '3대 공직자상'을 제시했다. 그는 "부정을 절대로 저질러서는 안 되고, 공평무사한 업무처리, 균형감각을 가져야 한다."며 경험담을 소개했다. 그는 "윗사람에게만 잘 보이려고 하고, 아랫사람을 닦달하는 스타일보다는 상사를 잘 모시면서 부하에게도 잘하는 균형감각을 갖춘 공무원이 바람직하다."고 설파했다.

그는 대인관계를 원만히 하면서도 자신과 주변을 엄격히 관리하는 외유내강형이다. 권모술수가 판치는 정치판이 그와 잘 어울리지 않을 것으로 예상했었는데, 의외로 그는 일찍이 정치를 동경했다고 한다. 고교 3학년 때 수업을 빼먹고 국회 방청을 갔다가 선생님한데 야단을 맞던 그는 "의정 단상에서 발언하는 당시 의원들이 애국자로 보였다."고 회고했다.

 1985년 12대 국회에 진출한 그는 1988년 13대 총선 때 부산에서 일었던 YS(김영삼 전 대통령) 바람으로 낙선한 후 일본으로 건너갔다. 그는 "교토대학에서 1년간 유학하며 어릴 적 일본에서 성장하며 구사한 일본어 수준을 향상시키는 계기가 됐다."고 설명했다. 그의 일본어 발음은 일본 사람과 구별이 안 될 만큼 정확하다.

 질문이 주일대사 임명과정으로 넘어갔다. 그는 "주일대사로 발탁될 것이라고 전혀 예상하지 못했다."고 했다. 의원을 그만두고 10년간 완전한 자유인이 돼 여행 등 취미를 즐겼다고 한다. 그런데 갑작스럽게 공직 제안이 온 것이다. 친분 있는 청와대 고위 관계자가 "대사 자리가 공석이다. 한 · 일 관계가 어려운데 아무리 생각해도 당신만 한 사람이 없다. 정치인 출신이 가서 풀어야겠다."며 대사직을 제의했다고 한다.

유 전 대사는 "무슨 소리야. 이 사람아. 내 나이가 몇인데"라고 거절했으나 고심 끝에 "나라로부터 부름을 받은 것은 고마운 일"이라고 생각해 수락했다고 한다. 대신 유 전 대사는 소명의식과 책임감을 가졌고, 나이가 많아도 일을 잘할 수 있다는 것을 행동으로 보여주겠다고 각오했다. 자신이 실패하면 역시 나이 많은 사람은 안 된다는 뒷말이 나올 것이라고 여겨 성공한 '올드보이'가 되기로 다짐했다. 그는 대사로 근무하면서 한 번도 결근하거나 지각한 일이 없었다고 한다.

그는 대사직을 수행하며 박근혜정부 출범 후 꽉 막힌 한·일 양국 관계를 정상화하는 데 역할을 했다는 평가다. 그는 "지난해 6월 22일 한·일 국교 정상화 50주년 기념식 날, 주한 일본 대사관 리셉션에 박근혜 대통령이 참석하고, 도쿄 주일 한국대사관 리셉션에 아베 신조 총리가 참석한 일이 양국 관계 개선의 터닝포인트가 됐다."며 "양국 정상이 리셉션에 참석하기까지는 우여곡절이 적지 않았지만 보람도 컸다."고 했다.

그는 위안부 합의를 '최상의 합의'라고 자평했다. 이어 "2014년 세월호 참사 당일 박 대통령 행적 관련 사생활 의혹 보도로 한국 재판에 넘겨진 가토 다쓰야 전 일본 산케이신문 서울지국장 문제가 어려운 일 중 하나였다."고 담담하게 털어놨다. 그는 "가토 문제를 바라보는 한국과 일본의 시각, 입장이 너무 달라 힘들었다."며 "할 얘기는 많으나 아직은 할 수 없고, 나중에 책을 통해 소상히 밝힐 것"이라고 말했다. 그는 "한·일 군사보호협정도 당연히 해야 한다."며 "협정을 통해 북한을 상대로 못 얻을 정보를 일본으로부터 취득할 수 있다."고 했다. 유 전 대사는 "한·일 두 나라는 지정학적으로 친하게 지낼 수밖에 없다."며 "가까운 이웃 나라로 여러 문제가 많이 발생할 수 있지만 이를 뛰어넘어야 한다."고 역설했다.

박 대통령과의 인연을 물었다. 그는 박 대통령과는 국회 외통위에서 5년간 함께 활동했었는데, 그때 알았다고 한다. 유 전 대사의 국회 본회의장 의석도 박 대통령 바로 앞에 있어 두 사람은 오가며 서로 인사를 주고받았다고 한다. 이때 박 대통령은 유 전 대사가 어릴 때 일본에서 자라 일본어를 자유자재로 구사하고 한일의원연맹 상임간사, 간사장으로 활동하는 등 일본통이라는 점을 자연히 알았을 터이다.

유 전 대사는 최순실 국정농단 파문과 관련해 "박 대통령은 학생으로 치면 모범생이었는데, 왜 이런 일이 일어났는지 애석하다."고 안타까워했다. 이어 "박 대통령 자신이 이득을 취한 일은 없지만 최순실 꾐에 넘어간 것은 큰 실수"라며 "최순실이는 대통령을 이용해 사리사욕을 취했다. (박 대통령이) 세상물정을 너무 몰라서 그렇게 되지 않았나 싶다."고 아쉬워했다.

그는 "대통령 비서실, 부처 장관 등 국가 공조직을 이용하지 않고 최순실과 상의했던 국정운영 방식에 국민은 더 배신감을 느꼈고 분노했을 것"이라고 진단했다. 박 대통령이 대면보고를 받지 않고 서면이나 전화 보고를 받은 것은 잘못된 일이라고 지적했다. 그는 "만나서 보고를 받아야 현안뿐 아니라 온갖 얘기를 할 것이 아닌가."라고 반문했다.

그는 박정희 전 대통령 시절 부산 시경국장으로 박 전 대통령을 만날 기회가 있었다고 한다. 아버지 박 전 대통령과 딸 박 대통령을 비교해 달라는 물음에 그는 "나라를 사랑하는 애국심은 같았으나 통치 스타일은 다르다."고 답했다.

유 전 대사는 "박 전 대통령은 유신독재를 했지만 여야 지도자, 부하 직원과 격의 없이 막걸리를 마시는 등 정감 있는 서민 지도자였다."라고 평가했다. 소통이 원활했다는 것이다. 반면 박 대통령의 성격은 특수하다고 했다. 그는 "의원 시절 동료 의원과 어울려 식사하는 것을 꺼렸고 사람 만나기를 좋아하지 않았는데, 성장 과정이 영향을 끼쳤을 것"이라며 "부모의 불행한 죽음이 대인기피증으로 이어지지 않았나 하는 생각"이라고 분석했다.

그는 "여야는 나라와 국민을 생각하고 책임 있는 정치를 해야 한다."며 "대선 유불리를 따지지 말고 시끄러운 군중을 진정시켜야 하는데, 헌법 질서가 아닌 민중에 의한 정권교체가 이뤄지면 앞으로 같은 일이 반복될 수 있다."고 우려했다.

유 전 대사는 "역대 대통령이 집권 말 또는 퇴임 후 모두 불행했다."며 "헌정중단 사태는 부끄러운 일로 이제는 개헌을 해야 할 때"라고 주장했다. 그는 "빵이 없는 자유는 없다."며 "우리나라는 산업화를 토대로 민주화를 이뤘고, 물질적인 민주화, 경제적인 민주화는 많이 성장했다. 국민의 의식 수준이 선진화에 이르면 완전한 선진국에 도달할 수 있을 것"이라고 기대했다.

여러 관직을 거치면서 어느 자리가 매력적이었느냐는 질문에 그는 도지사와 대사를 꼽았다. 유 전 대사는 "도지사는 예산을 편성·집행하는 등 종합행정을 펼칠 수 있어 좋고, 대사는 나라를 대표해 직무를 수행하는 멋진 직업"이라고 했다.

마지막으로 많은 공직을 거치면서 장관직이 빠졌는데, 한 번 맡아 보고 싶지 않았느냐고 묻자 그는 "한 사람이 좋은 점을 모두 다 갖는 것은 공평하지 않다. 지금 나와 아내, 자녀, 손자 등이 모두 건강하고 무탈하게 잘 지내고 있다."며 "만약 내가 장관을 했더라면 현재 누리고 있는 행복 중 하나를 못 가질 수도 있었을 것이라는 생각이 든다."고 말했다. 과연 '유흥수'다운 답이었다. 4선 의원을 지낸 이태섭 전 과학기술처 장관과 손경식 CJ회장, 김동건 전 KBS 아나운서는 경기고 동기로 매월 한 차례 정례모임을 갖는다. 유 전 대사와 이 전 장관은 사돈 간이기도 하다.

황용호 선임기자 dragon@segye.com

"韓·日 '함께 가야할 나라' 인식해야"

사회 > 피플

"韓·日 '함께 가야할 나라' 인식해야"

-취임 1년 맞은 유흥수 주일 대사
"정상회담 연내 좋은 소식 있을 것"

도쿄=김수혜 특파원
입력 2015.08.20 03:00

유흥수(78·사진) 주일 한국 대사가 25일 취임 1년을 앞두고 기자들과 만났다. 그는 "처음 임명받았을 땐 다들 (나이가 많은) 저를 보며 '건강이 받쳐줄까' 걱정 반, 호기심 반이셨는데, 지난 1년을 돌아보니 결근·조퇴한 적 없고, 만나야 할 사람을 못 만난 적도 없어 다행이라 생각한다"고 말했다.

그는 4선 의원 출신이다. 경남 합천에서 태어나 세 살 때 도일(渡日)했다가 초등학교 6학년 때 귀국했다. 내무부 치안본부장과 충남지사를 거쳐 국회에 들어갔다. 2004년 은퇴했다가 2014년 주일 대사로 컴백했다. 그는 "'한·일의원연맹' 활동을 오래 해서 부임 후 바로 만날 수 있는 일본 정치인이 많았다"면서 "양국 관계가 아직 다 회복된 건 아니지만 한국 경단련과 일본 게이단렌(經團連)이 7년 만에 회의를 여는 등 몇 년 만에 재개된 회의가 분야마다 여럿 있다"고 했다. 유 대사는 "양국 정상회담도 연내에 좋은 결과가 있을 것"이라고 했다.

유 대사는 지난 14일 아베 신조(安倍晋三) 일본 총리가 발표한 담화에 대해 "누가 누구에게 뭘 잘못했는지 애매하게 표현하는 등 나무 하나하나를 보면 꼬집을 게 많지

유 대사는 지난 14일 아베 신조(安倍晋三) 일본 총리가 발표한 담화에 대해 "누가 누구에게 뭘 잘못했는지 애매하게 표현하는 등 나무 하나하나를 보면 꼬집을 게 많지만, 숲을 보면 일본 정부도 나름대로 노력했다고 본다."고 했다. 아베 총리가 일본 총리 중 처음으로 담화 속에서 간접적으로나마 일본군위안부의 고통을 언급한 점, 기자회견 때 "(무라야마 담화 등) 역대 내각을 계승한다는 입장은 흔들리지 않는다."고 말한 점이 근거였다.

유 대사는 "아베 총리의 역사 인식에 근본적인 변화가 없는 것은 안타깝지만, 이 정도면 (아베 총리의 원래 입장에 비해) 다소 변화된 모습을 보이려 노력한 것 아닌가 생각한다."고 말했다.

유 대사는 "한·일은 바로 옆에 있기 때문에 위안부 문제가 해결돼도 다른 문제가 또 생기게 되어 있다."면서 "지도자들뿐만 아니라 국민도 '상대는 수천 년을 같이 가야 하는 나라니까 문제를 극복하고 넘어서야겠다. 일이 생길 때마다 싸울 순 없는 것 아니냐'는 의식을 가져야 한다."고 했다. 그는 "양국 관계가 나빠지면 재일동포 60만 명이 고생한다는 걸 간과하면 안 된다."고 덧붙였다.

위안부 문제, 양국 합의한 내용 착실한 이행이 중요

The JoongAng　중앙SUNDAY

위안부

위안부 문제, 양국 합의한 내용 착실한 이행이 중요

중앙선데이 | 입력 2016.07.03 01:15　　　　　지면보기 ⓘ

오영환 기자

　　지난 5월 24일 오후 일본 도쿄 중의원 의원회관. 한·일의원연맹의 카운터파트인 일·한의원연맹 소속 의원 40여 명이 유흥수(78) 주일본 한국대사를 초청해 고별 강연을 열었다. 강연 형식을 빌린 송별회였다. 유 대사는 솔직한 심경을 피력했다.

"직업 외교관도 아닌 내가 다소 일본과 인연이 있다고 해서 나라의 부름을 받고 왔습니다. 외무성 사람도 알지 못하고 해서 나의 외교는 국회를 통해 이뤄졌습니다. 여러분이 내 외교 무대였고 대상이었지요. 음으로 양으로 도와줘 무사히 대사직을 마치고 떠나갑니다."

유 전 대사는 강연 후 일본 전역의 니혼슈(일본 청주) 40여 병을 받았다. 누카가 후쿠시로(額賀福志郎) 연맹 회장이 사전에 참석 의원들에게 유 전 대사가 니혼슈를 좋아한다고 한 병씩 가져올 것을 부탁한 터였다. 이날 모임은 역대 최고령 대사이자 박근혜 정부 최고령 공직자인 유 전 대사의 대일 외교를 상징적으로 보여준 행사였다. 그의 재임 1년 10개월 동안 한ㆍ일 관계는 어둡고도 긴 터널을 빠져나왔다. 지난해 11월 한ㆍ일 정상회담이 3년 반 만에 이뤄졌고 연말엔 최대 현안인 일본군 위안부 문제가 타결됐다. 한ㆍ일 관계 개선의 디딤돌이 마련된 데는 유 전 대사 특유의 친화력과 헌신이 한몫했다.

귀국(7월 1일)을 앞두고 이삿짐을 꾸리던 지난달 22일 도쿄 한국대사관 집무실에서 그를 만났다. 사의 표명 4개월이 지나서야 귀국 날짜가 잡혀서인지 어느 때보다 홀가분한 표정이었다. 그는 "주일대사는 대통령과 임기(2018년 2월)를 같이하기 쉬운데 건강이 좋다고 욕심내서 하고 싶을 때까지 하고 그만두면 후임자의 임기가 너무 짧아진다."며 "기왕에 그만둘 바에야 그것도 배려해야 한다고 생각했다."고 말했다.

? 재임 중 가장 기억에 남는 일을 꼽는다면 무엇입니까?

"지난해 6월 22일 서울과 도쿄에서 동시에 열린 한 · 일 국교정상화 50주년 행사죠. 박근혜 대통령과 아베 신조(安倍晋三) 총리가 행사에 교차 참석하면서 한 · 일 관계의 흐름을 바꾸는 계기가 됐지요. 하지만 정상의 교차 참석이 쉽게 이뤄진 것이 아니었습니다. 당초 정부 간 교섭에서는 정상 간 일정 등은 의제로 하지 않는 것으로 일단 마무리됐습니다. 나중에 양국 정상이 참석하게 된 데는 나와 친한 사람들의 노력이 컸습니다. 예전부터 가깝게 지낸 동갑의 모리 요시로(森喜朗) 전 총리와 가와무라 다케오(河村建夫) 일 · 한의원연맹 간사장이 많은 애를 써주었습니다. 가와무라 간사장이 아베 총리를 만나고 나서 휴대전화로 연락을 해왔습니다. 그 때문에 정부가 하지 않기로 했던 것(정상 교차 참석)을 다시 살리게 됐지요."

하지만 이 과정이 순탄했던 것만은 아니다. 행사 진행 문제를 협의하는데 또다시 걸림돌에 부닥쳤다. 도쿄에서 열린 기념행사에 아베 총리가 행사 도중에 참석해 10분간 축사만 하고 돌아가겠다는 입장을 전해왔다. 유 전 대사는 '그렇게 하면 우리 국민에게 좋지 않은 인상을 남겨 오히려 역효과가 날 수 있다고 판단했다'고 한다. 그래서 일본 측에 참석 시간을 늘려줄 것을 요청했지만 행사 당일 아침까지 10분 이상은 안 된다는 답이 돌아왔다. 그는 "총리 관저 쪽에 '그럴 바에는 차라리 오지 않는 게 낫다'고 전화를 했는데 30~40분 후 연락이 와서 우리 희망대로 됐다."고 했다. 아베 총리는 29분 동안 참석해 윤병세 외교부 장관이 대독한 박 대통령 메시지까지 듣고 돌아갔다고 한다.

이날 이후 한·일 간 교류의 물꼬가 텄다. 11년 만에 한·일의 원 친선 바둑대회가, 7년 만에 친선 축구대회가 이뤄졌다. 11월에는 서울에서 한·중·일 정상회의를 계기로 박 대통령과 아베 총리 간 첫 정상회담이 열렸다. 유 전 대사는 "이 회담에서 양 정상이 솔직한 대화를 나눠 서로 신뢰 관계가 생겼다."고 평가했다.

이렇게 해빙 무드는 조성됐지만 여전히 가토 다쓰야(加藤達也) 전 산케이신문 서울지국장 기소 문제가 양국 관계의 발목을 잡는 아킬레스건이었다. 당시 가토 지국장은 세월호 참사 당일 박 대통령의 행적에 의혹을 제기해 명예훼손 혐의로 기소된 상태였다.

? 가토 지국장 문제는 드러내놓고 거론하기 어려운 '뜨거운 감자'였습니다.

"산케이 문제는 재임 중 가장 골치 아픈 사안이었습니다. 이것이 차지하는 비중을 놓고 한·일 간에는 느낌의 괴리가 있었지요. 아베 총리는 산케이신문을 좋아했습니다. 개인적으로 만나는 사람들도 줄줄이 잘 처리해 달라고 요청해왔습니다. 일본에서 비중이 다르다는 것을 본국에 보고했습니다. 사안의 성격상 밑에서 얘기하기 어려운 내용입니다. 가토 전 지국장을 선처해 달라는 일본 입장을 법무부에 전달했고 11월에 무죄 판결이 났습니다. 이런 것을 바탕으로 12월 말 일본군 위안부 문제가 합의됐습니다."

❓ 협상안에 대해 반대하는 여론도 높습니다.

"위안부 문제 합의는 양국 정상 간 결단의 산물로 완벽하다고는 할 수 없지만 최상의 합의입니다. 아베 총리가 '이렇게 바뀔 수 있느냐'고 할 정도로 변화를 보였고 오히려 집권 자민당 내에서 불만이 나올 정도였지요. 위안부 합의에는 ▶일본군의 관여와 일본의 책임 ▶아베 총리의 사죄와 반성의 마음 표명 ▶일본 정부 예산 10억 엔 출연이 들어가 있습니다. 아베 총리가 미국 의회 연설 등에서 역대 내각의 역사 인식을 계승한다고 했지만 사죄와 반성을 한다고 한 적은 없었습니다. 그런 만큼 위안부 문제는 양국 간 합의한 내용의 착실한 이행이 중요합니다. 출연 방법은 일시금 등 여러 가지가 있겠지만 오는 10일 참의원 선거가 끝나면 10억 엔을 낼 것으로 생각합니다."

❓ 향후 추진 전망은 어떻게 보십니까?

"일본에서는 우익의 불평이 있습니다. 우리 쪽에서도 국민의 인식이 합의돼 있는 것이 아닙니다. 다만 국내 정치적으로는 더 좋은 여건이 됐다고 봅니다. 야당이 제1당이 됐고 국회의장도 야당에서 나왔습니다. 야당이 책임을 갖고 이 문제를 보게 됐다고 생각합니다."

유 전 대사에게 최고령 대사직을 마치는 소회를 물었다. 그는

"처음 발령받았을 때 나이도 많고 대사 경험도 없는 올드 보이라는 얘기를 들었는데, 되돌아보면 일하는 데 아무런 지장이 없지 않았느냐고 말하고 싶다."며 "이 나이에도 일할 수 있다는 것을 보여줘 나이 많은 사람들에게 희망을 주지 않았을까 생각한다."고 말했다.

도쿄=오영환 특파원 hwasan@joongang.co.kr

유홍수 주일대사 "전후 70주년 담화에 반성 담겨야"

유홍수 주일본 한국대사는 일본 군 위안부 문제의 해결이 한국과 일본이 정상회담을 하는 "전제가 아니다."라고 말했다. 그러면서도 그는 전후 70주년 담화에 올바른 역사 인식이 표명돼야 한다고 밝혀 사실상 과거사 문제가 정상회담의 전제일 수 있음을 시사했다. 굳이 일본군 위안부 문제가 일단락되지 않더라도 과거사에 대한 일본의 구체적 사과와 반성이 담겨야 함을 주문한 것으로 해석된다.

그는 20일 보도된 마이니치신문과의 인터뷰에서 "어느 정도 정상 간에 이 문제에 대한 양해가 있는 가운데 (정상회담을) 개최하게 될 것"이라며 이같이 말했다.

유 대사는 "앞으로 아시아태평양경제협력체(APEC) 회의 등 다자간 정상회의가 예정돼 있고 그런 장소에서 열리면 좋겠다고 개인적으로 바란다."며 "연내에 정상회담이 개최될 수 있도록 환경 정비에 모든 힘을 다하고 있다."고 밝혔다.

그는 역사 문제를 둘러싼 아베 신조(安倍晋三) 정권의 움직임에 관해 "고노(河野)담화 수정을 암시하고, 검증하고, 모호하게 간접적인 표현을 사용하기 때문에 한국의 국민은 일본이 말하는 반성이나 사죄에 진심이 담겨 있는지 의문을 지니고 있다."고 지적했다.

이어 "일본 일부에서 '일본이 과거의 잘못에 대해 몇 번이나 사죄했는데도 한국이 여전히 사죄를 요구한다'는 오해가 있다. 한국 정부와 국민은 일본에 대해 반복해 사죄와 반성을 요구하는 것이 아니라 사죄를 뒤집거나 바꾸지 말고 지키기를 바라고 있다."고 덧붙였다.

유 대사는 무라야마(村山)담화에 있던 침략, 식민지 지배, 반성, 사죄 등의 표현이 전후 70년 담화에 들어가는지가 담화가 어떻게 평가되는지를 결정한다며 전후 70년 담화 발표가 올바른 역사 인식을 표명하는 기회가 되기를 바란다고 제언했다.

손병호 기자 bhson@kmib.co.kr

유홍수 주일대사 "韓 · 日정상회담 연내 열릴것"

문화일보

[국제]　　　　　　　　　　　　　게재 일자 : 2015년 07월 15

유홍수 주일대사 "韓·日정상회담 연내 열릴것"

유홍수 주일대사가 올해 안에 박근혜 대통령
과 아베 신조(安倍晋三) 일본 총리의 정상회
담이 성사될 것이라고 전망했다.

15일 아사히(朝日)신문에 따르면 지난 14일
일본 구마모토(熊本)현을 방문한 유 대사는
구마모토 현청에서 열린 기자회견에서 "연내
에 (정상회담)이 열릴 것이라고 생각한다"고
말했다.

　　유 대사는 올가을 이후 국제회의에 맞춰 양국 간 정상회담이
가능하다는 견해를 시사하며 "한 · 중 · 일 정상회의 사이에라도
한 · 일 정상회담을 따로 열 수 있을 것으로 본다."고 말했다.

　　한 · 일 정상회담 성사의 근거로 유 대사는 최근 변화하고 있는

양국 관계 기류를 제시했다. 유 대사는 이날 "양국 관계 흐름이 바뀌고 있다."며 지난 6월 22일 한·일 국교정상화 50주년 행사에 양국 정상이 상대국 대사관이 주최한 기념행사에 교차 참석한 것과 일본 메이지(明治) 산업시설 세계문화유산 등재 당시 조선인 노동자 동원 사실을 관련 시설에 대한 역사 설명에 반영하도록 한국과 일본이 합의한 것을 예로 들었다.

앞서 윤병세 외교부 장관도 지난 9일 관훈클럽 토론회에서 한·중·일 정상회의에 대해 "그런 계기도 (한·일 정상회담 개최를 위한) 상당히 좋은 계기가 되지 않겠느냐."고 전망했다.

박준희 기자 vinkey@munhwa.com

The JoongAng   국제

[간추린 뉴스] 유흥수 주일대사, 일본 최고 훈장 받는다

중앙일보 | 입력 2016.06.18 00:58 업데이트 2016.06.18 01:01   지면보기 ⓘ

이정헌 기자

이달 말 퇴임하는 유흥수(79·사진) 주일대사가 한·일 관계 발전에 기여한 공로로 일본 최고급 훈장인 욱일대수장(旭日大綬章)을 받는다.

일본 정부가 국가와 공공에 대해 공로가 있는 이들에게 수여하는 욱일장 여섯 종류 가운데 가장 높은 등급이다. 한국인으로는 이홍구·남덕우 전 국무총리, 유명환 전 외교통상부 장관 등이 받았다.

일본 정부는 28일 각료회의를 거쳐 29일께 유 대사에게 훈장을 전달할 예정이다. 아베 신조(安倍晉三) 총리 또는 기시다 후미오(岸田文雄) 외상이 수여한다. 유 대사는 "냉랭하던 양국 관계 개선을 위해 역할을 한 걸 인정해 준 것으로 보인다. 한·일 관계 발전을 위해 계속 노력할 생각"이라고 말했다. 유 대사는 17일 부인과 함께 아키히토(明仁·82) 일왕을 만나 이임 인사를 나눴다. 후임 이준규 대사에 대한 일본의 아그레망(주재국 임명 동의)은 다음주 나올 전망이다.

도쿄=이정헌 특파원 jhleehope@joongang.co.kr

문화일보 제 7517호 2019년 3월 25일 월요일

"韓日관계 최악… 일본은 과거에, 한국은 미래에 겸허해야"

유흥수 한일친선협회중앙회 신임 회장

"국민 간 감정까지 멀어지면
양국 관계 더 어려워질 것
민간 교류 활성화에 최선"

1920. 3. 5. 創刊   2019년 7월 12일 금요일   일본의 경제보복

"한국, 강대강 맞서면 아베 선거 도와주는 꼴"

한일 외교 원로에게 듣는다 〈6〉유흥수 前 주일대사

"DJ·노무현도 국익 위해 日에 실리외교, 文대통령이 그걸 배워야
한국서 反日 부추기는 움직임 있어… 냉정 잃으면 갈등 해결못해"

유흥수 전 주일대사가 10일 본지와 인터뷰하고 있다. 그는 "우리 정부가 강대강 전략을 펴면 아베 총리를 도와주는 꼴"이라고 했다.

2. 일본대사 부임- 일본 언론 기사

산인중앙일보(山陰中央新報)　　2015년 8월 29일

≈ 顔

新しい駐日韓国大使に着任した

柳　興洙さん

大使の信任状を受け取る際、朴槿恵大統領から「来年は韓日国交（正常化）50周年なので、うまくやってください」と指示された。

来年を新しい日本との関係修復のスタートにしたい。朴氏が日本による植民地支配からの解放記念日となる8月15日に演説で述べた希望は、自分の思いと同じだと話す。

だが、旧日本軍の従軍慰安婦問題で日本が先に「誠意」を見せなければ韓国からは動けない、との原則も変えられない。幼少期から近くで見てきた日本との関係を「最悪だ」と評しながら、関係正常化を模索する難しい職務に就いた。

2、3歳のころ日本に渡り、小学5年生まで今の京都市右京区で暮らした。ソウル大を卒業し、当時治安本部と呼ばれた警察で外事課日本係長などを経てトップに。政治家に転身し中部の忠清南道知事を務めた1983年には熊本県と姉妹提携を結んだ。

議員を4期務めた国会では韓日議員連盟で活動し、外交委員会で議員だった朴氏と机を並べた。安倍晋三首相の父、安倍晋太郎外相（当時、故人）とは腕を組んでビールに洋酒を混ぜた「爆弾酒」をイッキ飲みしたことも。「美空ひばりと都はるみが好き。『北の宿から』がいいな」と流ちょうな日本語が出る。

大使起用には大学の後輩で朴氏の最側近である金淇春大統領秘書室長が大きな役割を果たしたとみられ、朴政権中枢とのパイプも太い。「私のもつ日本との縁と人脈が役立つなら力の限りを尽くす」と話す。76歳。

도오닛보(東奧日報)　　2014년 8월 29일

3. 일본에서의 강연과 기사

일반사단법인 내외정세조사회 주최 강연 기사   2015년 4월 22일

강연 주제: 한일 국교정상화 50주년에 생각하는 한일관계

韓国の柳興洙・駐日特命全権大使は4月22日、内外情勢調査会の全国懇談会で「韓日国交正常化50周年に考える韓日関係」と題して講演した。柳大使は歴史認識や慰安婦問題で悪化している両国関係について、安倍首相が8月に発表する「戦後70年談話」に注目しているとした上で、「ひところよりいろいろな分野で両国の交流は活発化している」と述べ、年内の首脳会談実現に期待感を表明した。　　　　　　　（文責：編集部）

内外情勢調査会
全国懇談会
2015年4月22日講演

講演

駐日本大韓民国特命全権大使

柳 興洙

韓日国交正常化
50周年に考える
韓日関係
―今後の50年を見据えたパートナーになるためには―

日韓は切っても切れない大切な隣国

柳興洙(ユ・フンス)1937年生まれ。1962年ソウル大学法学部卒、慶熙大学教授。釜山市・ソウル市警局長、治安本部次長、交通部次官、民正党政策委員会副議長なども歴任。1965年に韓日国会議員に立候補し当選。2004年に引退するまで当選で4期(12・14・15・16代)務める。2000年7月~2008年11月、駐日韓国大使、2014年退職。小学校5年生まで原住、日本語も堪能。

戦後70年、韓日国交正常化から50年を迎え、両国が歩んできた道を振り返ると、第二次大戦後に韓国は独立したが、またすぐに南北に分断され、1950年には「韓国戦争」が起きた。韓国民にとって悲惨な時期だったが、この戦争は日本にとっても二つの重要な意味がある。一つは日本の経済復興の契機となる特需をもたらしたこと。もう一つは安全保障面で米国に日本の戦略的重要性を改めて認識させたことだ。一方、韓国と日本の間では1965年に国交正常化が実現し、その結果、韓国経済は日本の資本や技術にも支えられて発展するきっかけを得た。国交正常化から今日までの50年の変化は目覚ましい。1965年当時、日韓両国の人的交流は1万人程度していたが、今は550万人以上に増えている。両国の貿易量も、国交正常化時は2億ドルにすぎなかったが、2013年には約950億ドルに増えた。韓日両国はいまや互いに世界で第3位の貿易相手国である。両国関係は進展と停滞を繰り返しながらも前進してきた。

このように、両国は助け合いながら発展し、切っても切れない大切な隣国にもかかわらず、韓日関係が厳しい状況にあるのは残念なことだ。ただ、私が着任して8カ月になるが、いろいろな分野で交流は比較的活発になってきており、ひとことより回復しているのも確かだ。

昨年秋のAPEC首脳会議の際には公式の首脳会談はなかったが、朴槿恵大統領と安倍晋三総理の会談で話をした。政治分野でも韓国の国会議長が晩餐会で話をした。昨年12月には、韓日民間議員連盟の先生方が訪韓し、今年1月、両国の知事の歓談会が6年ぶりに開かれた。首脳会談開催の可否が韓日関係改善の重要なイシューとして認識されているだけに、実現に向けてさまざまなレベルで話が進んでいる。

「韓国が中国に傾いている」というのは誤解

現在の東アジア情勢を見ると、地政学的な変化が起きている。その一つは、中国の台頭である。中国のGDPはすでに日本の2倍を超え、国防予算も日本の防衛予算を上回っている。このような地殻変動にどう対応していくかは、極東アジアを構成する韓国・日本・中国にとってここ数年の関係について。中国との関係については、韓日で微妙な認識の違いがあるのではないか。最近、日本では「韓国が中国のほうに傾いているのでは…」と懸念する声も聞かれるが、これは絶対誤解だと私は信じている。

もちろん韓国にとって、中国は日本と同様に重要な隣国である。韓国は大陸につながっている。中国は今や第一の貿易相手国である。また韓国は北朝鮮と接しており、中国はその北朝鮮に影響力を持っている。「韓半島の統一」という私たちの宿願があるから、そういう点で見て

日韓国交正常化50周年記念ロゴ

内外情勢調査会
全国懇談会 講演
2015年4月22日開催

も中国は無視できない国だ」。しかし、北朝鮮に
核問題などの脅威が存在している点から見て、
韓国・米国の3カ国の連携は安全保障上
重要であり、この連携を切り離すことはできな
い。国交正常化の時期を見ても、韓国が中国と
国交正常化を結んだのは1992年だが、日本
とはそれより前の1965年だ。だから韓国が
中国に傾いているというのは誤解で、むしろ韓
国と日本はお互いの戦略的な価値を再発見すべ
きではないか。

70年談話の評価は3つのキーワード次第

二つ目の課題は、歴史認識の問題である。こ
れには重要な点が二つある。一つは慰安婦の問
題であり、もう一つは戦後70年の総理の談話だ。
慰安婦問題については女性としての名
誉と尊厳を傷つけられたのは事実であ
いるが、慰安婦問題についてはさまざまな意見があることは承知して
日本にもさまざまな意見があることは承知して
実際に韓国に残っている元慰安婦は53人しかい
ないが、被害者の方々が納得できるような誠意
ある政策をもって解決
するよう、私たちは期
待している。

70年談話について
は、「一番重要なのは「侵
略」「植民地支配」「反
省」という三つのキー
ワードがそこに入るか
入らないかが大きな焦
点となっている。安倍
総理は、村山談話や小
泉談話を「全体的に継
承する」と述べている
が、これらの言葉が入
るか入らないかによっ
て、この談話がどう見
えるかが決まるのでは
ないか。

特に韓国や中国では
「この政権の歴史認識
はちょっと不可解」と

の見方が根底にある。だからそういう疑問を払
拭するために、こういうキーワードを使えば、
その談話は周辺国の国民からも評価され、世界
的に向けてもっと輝くのではないか。使っても
いいし、使わなくてもいいというくらいならば、
使って周辺がやかましくならないようにするの
が日本にとって得策ではないか。談話にそう
した言葉が入れば、確実なメッセージを周辺国
に伝えられる。

これは簡単な問題ではないが、両国が知恵を
絞っていけば、両国に横たわる全ての問題は克
服できる「国民レベルではお互いに良いこ
とをした人が大勢いる。例えば、日本の植民地時
代には、朝鮮の植林に貢献した人や3000人
の韓国の戦争孤児に将来を捧げた日本女性が
いた。韓国側にも、JR新大久保駅で自らを犠牲に
して日本人を助けた韓国人留学生がいた。東日
本大震災のときは、韓国民は1カ月で900億
ウォン(90億円)もの募金を日本のために集め
た。こうした記憶を忘れないことが、お互いに
必要ではないか。

私は韓国内で「日本こそが韓国の安全保障や
経済、最終的には統一事業に最も重要な戦略
的なパートナーだ。絶対に私たちに必要な友人
であり隣国だ」と強調している。特に韓国は分
断国家であり、統一が一つの宿願であるだけに、
将来の日本の協力は非常に有用だといつも言っ
ている。逆に韓国こそが日本の安全保障・経済、
そして北東アジアという大きな枠組みの中で、
日本にとって大切な友人でありパートナーであ
ることを強調したい。

강연 주제: 한일 우호 증진을 위해(나고야(名古屋)관광호텔)

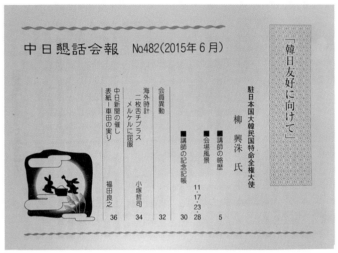

中日懇話会報　No.482(2015年6月)

「韓日友好に向けて」

駐日本国大韓民国特命全権大使
柳　興洙　氏

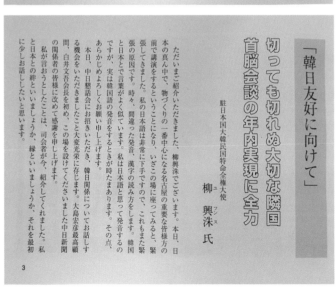

「韓日友好に向けて」

首脳会談の年内実現に全力
切っても切れぬ大切な隣国

駐日本国大韓民国特命全権大使
柳　興洙　氏（ユ フンス）

　ただいまご紹介いただきました、柳興洙でございます。本日、日本の真ん中で、物づくりの一番中心になる名古屋の重要な皆様方の前で講演をするということになり、いざこの場に座ってみると、緊張してきました。私の日本語は非常に下手ですので、これもまた緊張の原因です。時々、間違った発音、漢字の読み方をします。韓国語と日本とで言葉がよく似ています。私は日本語と思って発音するのですが、実は韓国語の発音をするときが時たまあります。その点、あらかじめよろしくお願い申し上げます。

　本日、中日懇話会にお招きいただき、韓日関係についてお話しする機会をいただきましたこと大変光栄に存じます。大島宏彦会長始め、この場を設けてくださいました中日新聞の関係者の皆様に改めて感謝を申し上げます。

　私が言おうとしましたことは、司会者が今、紹介してくれました。私と日本との絆といいましょうか、縁といいましょうか、それを最初に少しお話ししたいと思います。

3

435

私にとって日本という国は非常に親しみを感じる、なじみの深い国です。私は大使になって日本に来ましたが、これが三回目の日本滞在になります。一回目は、今、司会者の話がありましたが、幼いとき京都で暮らしていました。私の生まれは韓国ですけれども、三歳のとき、お父さんが日本で仕事をしており、両親に連れられて京都に来て、小学校五年生まで小学校に通いながら京都に住んでいました。それで、私の「幼い記憶」とか「思い出」というのはみんな、日本のほう（国）に残っていると言えると思います。

幼い時生活、京大で勉強、今の仕事で日本滞在三度目

今回、大韓民国の大使として私が着任してきたときに、京都出身の前衆議院議長だった伊吹文明先生のお世話で昔の同級生六人と会いました。そのうち二人ぐらいは思い出がありますし、話をしているうちに、また、食事をしているうちに、記憶が戻って、確かに昔、よく遊んだ思い出がよみがえってきました。私にとってこれは本当に感無量でした。そして、私が思い出したのは、駐日韓国大使の一番古い友達が日本人であるということは、これは何か意味があるのではないかということです。そのときは、六十五年ぶりの再会でしたので、本当に懐かしく、いい思い出になりました。

二回目の来日ーー私は国会議員をしているときに一回、落選しました。韓国では国会議員の任期は四年です。それでも、落選した一年間、京都大学に来て勉強しました。勉強といっても、学問的な勉強をするというよりも、二十五、六年ぶりに自由になったものですから、いろんなことをして考えてみたかったのです。その一つは、幼いとき京都に住んでいたので、日本語がもう少し上手になりたいというのが一つの目的でした。もう一つは、日本の社会を一遍、勉強

し直したいという思いでした。日本という国はどうやって、先進国になったかということを、現場に行って勉強したいということもあったし、また、母国を外から、ほかの国から眺めてみたいという。そういう思いもありました。京都大学に一年ぐらいいましたが、大

●講師の略歴

柳 興洙（ユ・フンス）

一九三七年慶尚南道生まれ。父親の仕事の関係で幼少時代を日本で過ごし、日本語が堪能。京畿高校、ソウル大卒。六二年高等考試行政科合格。釜山、ソウル市警察局長などを経て、八〇年治安本部長（日本の警察庁長官）。八二年忠清南道知事。八五年第十二代国会議員。十三代選挙で落選。京都大で一年間研修。九二年から二〇〇四年まで三期にわたり国会議員。この間、韓日議員連盟副会長、幹事長などを務める。〇九年韓日親善協会理事長。一二年セヌリ党常任顧問。日本政界とのパイプが太く森喜朗元首相、中曽根康弘元首相をよく知る。「国交正常化五十周年に当たる今年を新たな出発の元年にしたい」と語る。

静岡県総合情報誌
ふじのくに vol.21
2015, Summer

日韓の縁 静岡から

知事対談

静岡県と韓国は歴史的に深いつながりがある。江戸時代最初の朝鮮通信使を徳川家康が歓待し、日本と朝鮮の関係修復に道筋をつけた場所が今の静岡市だった。現在、富士山静岡空港からソウル便が飛び、静岡県と韓国・忠清南道（チュンチョンナムド）は2013年に友好協定も締結。日韓国交正常化50周年の節目の年に、川勝平太・静岡県知事と柳興洙（ユフンス）・駐日韓国大使が、国家間の関係にとらわれない地方主体の日韓交流について、富士山を臨む日本平ホテルで語り合った。

（この対談は、平成27年5月26日付毎日新聞静岡版に掲載された記事・写真の転載です）

駐日韓国大使
柳興洙氏（ユ フン ス）
×
静岡県知事
川勝平太（かわ かつ へい た）

柳興洙氏
駐日韓国大使
慶尚南道蔚山生。幼少期を京城で過ごす。終戦後釜山を経て1951年東京の日本高校に転入し、81年頃迄の日、釜日韓文化財団理事長などを歴任。韓日親善協会中央会副会長。2010年、駐日韓国大使に就任。77歳。

知事 静岡県と韓国には不思議な縁がありますね。

柳氏 朝鮮半島では660年に百済が唐・新羅の連合軍に屈伏しました。663年に白村江の戦いで没落しましたが、その後復興のため多くの人が渡来しました。遺族の主力部隊が静岡県掛川市付近にたどり着いたようです。大使として1607年に朝鮮から派遣された正使たちは、初めて清見寺にお立ち寄りいただきました。1607年に朝鮮通信使が最初に立ち寄った正使の記録を引き合いに、400年以上前にお互いにゆかりがあると駿府で徳川家康公と会見しました。

知事 まさに、そういうことです。

柳氏 それが出会う世界、その二。

知事 ご興味でしょう。

知事 会見の日は、当時の朝鮮通信使われていた今年6月20日であった。400年になりますね。

柳氏 約400年になりますね。

柳氏 見ると……その時の朝鮮通信使の一員が挿絵を書いたその風景に付けた「この世界」という扁額が、今も残っていますよ。（二度）も残っている主役のこの建物ですね。

知事 そこでもう一つは韓国国、一つは日本への反日感情が強かった。一方、家康公は戦国武将でした。

柳氏 そう、平和を大事にしたん

つの世界と言うこともできるな、二つの世界を照らすという意味でも、あると思います。400年前のが私にとっては米たことがなかった。我々の先輩、祖先が二つの国の重要な交流をした所。それを踏まえて反日問題を語ろうとしているのは、恥ずかしいではないかな、と思います。家康公は清水の大使節一行に接する。

知事 豊臣秀吉は文禄・慶長の役（1592～1598年）で朝鮮半島を侵略しました。当時の朝鮮王国へ、日本人との同じ気持ち、争いを起こさないという反日感情が強かった。一方、家康公は戦国武将でした。

じゃないかなと思います。そうです。静岡を独立し、朝鮮に対して、捕虜を交換したいという人道的な政策をしました。受けた分の被害を日本との交流で補おうという意思が、日本へ飛び帰るほどの大送節だった。家康公は清水に出迎え、駿河国まで招き合った。

柳氏 最初、朝廷ではこうだと信じていなかったんです。文禄・慶長の役があったばかりでしたから。おまえ戦争を起こすかという懸念が強かった。ところが信頼を寄せた僧侶（松雲）の大師が日本に来て徳川家康公に会ったという報告をした。そこから信頼関係が芽生え、徳川家康が朝鮮通信使に会うという縁が来るようになったんですね。

清見寺

静岡市清水区にある臨済宗妙心寺派の古刹。江戸時代、朝鮮通信使が宿泊したり休憩したりした。今では僧が選んだ言葉を私に梳み、当時から杆緒者に宛ず、信頼と通信使の事跡などが残る。1643年に揮毫(きごう)された「慶禄(けいろく)」[世界の宝物]「へんがく」は、被壊「現在補修中」に掲げられたが、今に琉球の便節も立ち寄った。

通信使が行き来した時代は、平和そのものでした。韓国と日本の関係を2000年と考えると、文禄・慶長の役の6年と、最近の35年間の不幸な時期で、それ以外はいい関係だったのではないでしょうか。だから、あの徳川家康の平和に対する考え方も学ぶべきではないかと本当に考えております。

知事　朝鮮の人々が文禄・慶長の役で受けたいやしがたい痛みを克服しようという勇気は寛容の精神、これは両国民にとって極めて大切だと思います。清見寺はそれを思い出させる所であり、大使にはそれは何としてでもお越し頂きたいと思っていました。

鮮通信使という交流の形から、今でも私たちは学ぶべきじゃないかと本当に思います。

柳氏　韓日首脳会談の実現が、一番

知事　6月に日韓国交正常化50年を迎えます。どのようなことを重視しておられますか。

柳氏　首脳会議の場所はこちらのほうがいいかもしれませんね静岡、ここにはいいですね冬でもこんなに暖かいと思っていませんでした日韓関係はちょっと厳しい時期にあります

知事　2年前に静岡県は忠清南道

家康公は、1616年4月17日に亡くなり、今年は400回忌ですが、「パックス・トクガワーナ「徳川の平和」ごと言われる天下泰平の社会の基礎を作ります。韓国と静岡の関係は、それより古く、百済の時代からあります。江戸時代に朝鮮通信使の往来が長く続いた最大の功労者は、家康公と朝鮮王朝です。20世紀の不幸な時代だけでなく、長期のスパンの歴史も考え併せ、かつ霊峰富士を仰ぎつつ、お互いの歴史と文化を謙虚に学び、いがみ合うことをいけない姿勢が、生まれることを願います。

知事　数百年前、いや、千年単位の歴史の中で東アジアの歴史、寛容の精神が日本も韓国も持ち、りも大きな視点、寛容の精神を持ち、えます。

が、私はきょう、朝鮮通信使が訪れた清見寺、平和を育んだ徳川家康のまつられている久能山東照宮を訪ねました。また、こんなに素晴らしい静岡の歴史を持つこの「改善できた」という国民への一つのシグナルになります。

が、私はきょう、朝鮮通信使が訪れた清見寺、平和を育んだ徳川家康のまつられている久能山東照宮を訪ねました。また、こんなに素晴らしい姿、富士山の霊気、この色がいいから、ということである予感が。

知事　家康公は幕府を息子に譲った後、すぐに将軍職を息子に譲って静岡にいしいから、何とか食べるものがおいしいから、色がいいから、ということで晩年をここで過ごされました。

(笑)

柳氏　私が韓国に帰ったら、静岡の大使になります本当ですよ、これ。はるか昔から静岡発の外交が続いてきたわけですね。

知事　2年前に静岡県は忠清南道と友好協定を結びました。今年は、忠清北道と友好関係にある山梨県と共に、日韓の4県道が連携します。衷事業を進めようと考えています。忠清南道の一部だった地域に東京・特別市ができ、そこにソウル一極集中を克服するため首都機能の一部を移転しましたが課題は地方創生のために、日本も地域のそうした取り組みができる先原の取立つことがあればいつでも声をかけてください。

柳氏　そうした交流で大切なことは、中を克服する韓国のそうした取り組みを学びたいと思っています。

学校と私

駐日韓国大使
柳興洙さん
（ユ　フンス）

1937年生まれ。80年治安本部長（警察庁長官）。82年忠清南道知事。85〜88年、92〜2004年国会議員。韓日親善協会理事長、セヌリ党常任顧問を経て14年、現職。
＝藤井達也撮影

父の仕事の関係で、小学5年まで日本で暮らしました。通ったのは京都の市立桂小学校。近くに桂川があり、夏になれば泳いで遊び、魚を釣って。当時はウナギも捕れました。神社の境内で野球をして遊んだことも思い出します。

英語の特別活動の時間に、先生に発音をほめられたのは小学校の同窓生に会えたのですが、こういう機会が訪れるとは思いませんでしたね。

1949年に帰国し、50年まで日本で暮らしました。ところがその年の6月に「韓国戦争（朝鮮戦争）」が発生し、校舎は軍に接収されました。校舎がないので公園が教室になりました。どの学校も同じ状態でした。極限の非常事態ですが、それでも学校は途絶えなかった。

中学のころ、戦災から逃れてきたソウルの人が釜山に大勢いて、ソウルへの関心が独くなり、難関の京畿高校を受験しました。運良く合格しました。

から釜山の小学校の6年に編入しました。ウルへは単身です。裕福な家に住み込み、その家の子の家庭教師をして生計を立て、高校に通いました。

高校では弁論部に参加しました。政治への関心が旺盛だったので、友人2人と学校を無断欠席して国会傍聴に行ったこともありました。このうち、私と、もう1人は後に国会議員になりましたね。無断欠席だったので、担任の先生に怒られました。ただ、この先生はすばらし

したが、家族は釜山なのでソ

友人と無断欠席して国会傍聴

かった。「風呂敷のように何でも包み込む大きな心を持ちなさい」。先生はそう教えてくれた。今も座右の銘になっています。

ソウル大学生だった60年、学生革命で李承晩大統領が失脚し、その約1年後には軍事クーデターもあり、学生運動が盛んになりました。学生運動に強い関心があった社会問題に強い関心があった私も、友人と学生運動に加わりました。大学の4年生の頃は政治家を志しつつ、公務員試験の勉強に没頭していました。

大学卒業後は公務員、国会議員と働きづめでしたが、88年に1年間、京都大に通いました。日本語のレベルを上げたくなった。そして日本社会を研究し、離れた場所から韓国をも考えるためです。人生いつでも勉強が必要ですね。

【聞き手・坂口雄亮】

440